Carson McCullers

麦卡勒斯文集

Complete Stories of Carson McCullers

麦卡勒斯短篇小说全集

上海译文出版社　　　　　　　　　　〔美〕卡森·麦卡勒斯 著　胡织女 译

《麦卡勒斯文集》总序

孙胜忠

作为这套《麦卡勒斯文集》的译者之一，应《文集》责编宋玲女士之邀为其作总序，我感到既有义务也很荣幸。下文首先简介麦卡勒斯在文学史上的地位及其作品的接受情况和当下性，然后对麦卡勒斯小说逐一做个概述，以便读者对这套文集有个总体把握。在评介的基础上，我将进一步对麦卡勒斯的创作风格、作品的重要主题、小说之间的关联，以及最新的研究动态等略做探讨，以期为研究者提供参考。

麦卡勒斯无疑是美国文学史上一位重要的作家。1947年，麦卡勒斯就被评选为"美国最佳战后作家之一"，几乎同时，她被称为"最佳美国女小说家"；1951年《纽约时报》"感谢美国是卡森·麦卡勒斯的国家"，而《时代》杂志则宣称"麦卡勒斯是美国最重要的当代作家之一"。遗憾的是，1967年，麦卡勒斯在50岁的时候就因病英年早逝，说到她的不幸离世，传记作家弗吉尼亚·斯宾塞·凯尔（Virginia Spencer Carr）感叹道："20 世纪的美国失去了其孤独的猎手。"其实，麦卡勒斯何止是 20 世纪的重要作家之一，今天的读者和研究者还在不断地欣赏和研究她的作品，并能发掘出新意，这说明，她也属于 21 世纪。下面略举几个例证以说明麦卡勒斯的当下影响力。2001 年美国文库出版了麦卡勒斯的小说集，并于 2004 年第二次印刷；2002 年美国上演了她的剧作，《纽约时报》称这是对麦卡勒斯及其作品"恢复兴趣的最新证据"；2014 年麦卡勒斯协会（Carson McCullers Society，创立于 1990 年）再次活跃起来，选举了新的协会领导人，吸纳了"致力于研究这位伟大的美国作家"的成员；2017 年在意大利的罗马举办了"世界的卡森·麦卡勒斯（1917—2017）：庆祝卡森·麦卡勒斯诞辰 100 周年国际会议"。[①]上述数例已足以说明麦卡勒斯的当下性，但更重要的还是要看她的作品与当代社会，尤其是美国社会现实的关联性。例如，麦卡勒斯的作品常常涉及种族歧视与暴力，这与美国眼下的种族现状是否相关呢？答案当然是肯定的。奥巴马 2008 年甫一当选为美国总统，就有人宣称美国已进入所谓"后种族时代"，仿佛种族问题已成过去。但

[①] Casey Kayser Fayetteville, Alison Graham-Bertolini, "Preface", in Alison Graham-Bertolini, Casey Kayser, eds., *Carson McCullers in the Twenty-First Century*, Cham: Palgrave Macmillan, 2016, pp. v – vii.

这一美丽的标签很快就被现实击得粉碎，因为随后在美国密苏里州的弗格森及其他城市接二连三地发生了警察枪杀黑人青年的事件，从而引起极大的争议与抗议。这种无处不在的种族歧视以及黑人暴力死亡案件令人不禁想起麦卡勒斯创作的《没有指针的钟》，如其中的"布朗诉托皮卡教育局案"、舍曼因移居白人区被炸死等。小说中的种族暴力威胁、暴民心态与美国今天的种族冲突如出一辙，因此，麦卡勒斯的小说必然会给人们带来对美国历史、现状和未来的新的思考。这也说明了我们今天重译、重读麦卡勒斯小说的当下意义。

这套文集收录了麦卡勒斯的五部长篇小说和一部《麦卡勒斯短篇小说全集》，几乎涵盖了作者的全部小说作品。长篇小说分别是《心是孤独的猎手》(1940)、《金色眼睛的映象》(1940年分期发表在《时尚芭莎》上，1941年以书的形式出版)、《伤心咖啡馆之歌》(1943)、《婚礼的成员》(1946)和《没有指针的钟》(1961)。

读者要想了解麦卡勒斯小说的主题和创作风格最好还是从她的《心是孤独的猎手》读起。这倒不是因为这是她创作的第一部小说，而是因为这部小说几乎涵盖了她此后所有作品的主题、题材以及她意欲探讨的有关人性和社会等深层次的问题。《心是孤独的猎手》的背景是美国南方腹地，人物是遭到社会疏离的弱势群体，主题主要表现为孤独与无望的爱。

故事开始时，两个聋哑人——约翰·辛格和斯皮罗斯·安东尼帕罗斯——已在一个屋檐下生活了十年，这两个性格完全不同的人结成了一种神秘的友谊：身材高挑、敏捷、聪明的辛格非常迷恋肥胖臃肿、冷淡、神情恍惚的希腊人安东尼帕罗斯。在他们生活的那个萧条的棉纺厂小镇上，大多数人脸上都常常露出饥饿和孤独绝望的神情，而他俩似乎一点也不孤独。只不过他们付出的感情并不对等：辛格给予；他的朋友接受；一个是爱者而另一个是被爱者，似乎都沉浸在自己所扮演的角色中，倒也相安无事。可突然间，这一宁静被打破了，安东尼帕罗斯神秘地生了场病，病好后，他像变了个人似的，成了麻烦制造者：偷东西、冲撞陌生人，甚至在大庭广众之下撒尿。尽管辛格对此很伤心，悉心照料，倾其所有为朋友解决他所造成的麻烦，但他最终还是无计可施，精神错乱的希腊人被送到两百英里之外的精神病院。

在接下来的几个月里，辛格不知不觉间成了另外四个人生活的焦点，这些人都希望在他身上寻觅一种神秘的形象，以圆他们自己痴迷而支离破碎的梦想。12 岁的米克·凯利是个假小子，表现出对音乐的独特禀赋，在她的想象中，辛格具有某种精神和谐，这使她想起莫扎特。黑人医生本尼迪克特·科普兰长期以拯救黑人为使命，哑巴对他来说象征着极其罕见的白人的同情心。杰克·布朗特是个激进的工人运动组织者，但他的语言天赋胜于行动，对他而言辛格仿佛是天赐的，因为布朗特误以为只有哑巴愿意倾听，并能理解自己。咖啡馆的老板比夫·布兰农刻意观察咖啡馆的各色人等，在他看来，辛格是个再恰当不过的静观对象，因为大家的注意力都在他的身上。然而，所有这些人都不知道辛格对安东尼帕罗斯的爱，也没有意识到他们对他的兴趣给他带来的困惑。当得知安东尼帕罗斯的死讯时，辛格自杀了，留下的只是他的那些追随者或崇拜者们的思考和悲伤。

与《心是孤独的猎手》相比，《金色眼睛的映象》色调显得更加灰暗，充斥着性反常、窥淫癖、自残和谋杀等情节，因而出版伊始便遭到诟病。故事发生在20世纪30年代美国南方腹地的一个兵营，按照叙述者的说法，其中的人物涉及"两名军官、一个士兵、两个妇女、一个菲律宾人，还有一匹马"。其中一名军官是韦尔登·彭德顿上尉，他是一个倍受压抑、隐藏极深的同性恋者，对其妻子的情人非常着迷；另一名军官是莫里斯·兰登少校，这个行为随便的公子哥在与精力充沛的莉奥诺拉·彭德顿初次见面两个小时之后，便在黑莓丛里发生了关系。那个天真、显得愚笨的士兵——二等兵艾尔基·威廉斯偶然间从窗户里目睹了裸体的彭德顿太太，于是便开始偷偷摸进她的卧室，痴迷地窥视熟睡中的她，从此一发不可收拾。另一名女子是弱不禁风、神经衰弱的艾莉森·兰登，因遭受婴儿夭折、丈夫出轨等连续打击，竟然用园艺剪刀将自己的两只乳头剪了下来，好在她有菲律宾籍用人阿纳克莱托陪伴，从他那里得到了些许的安慰。深得莉奥诺拉喜爱的那匹马——"火鸟"由威廉斯饲养，却遭到彭德顿上尉的鄙视和虐待。经过一系列冒险和潜伏跟踪之后，彭德顿对沉默寡言的威廉斯产生了复杂的感情——既爱又恨，直到他发现这个二等兵潜伏到他妻子的卧室时，他才意识到威廉斯的眼中只有他的妻子，于是，他枪杀了这名士兵。

在某些评论家看来，《伤心咖啡馆之歌》比《金色眼睛的映象》更令人满意，因为在这部小说中，麦卡勒斯避开与更擅长心理描写和组织小说情节结构的作家竞争，明智地转向描写一个更适合自己才能发挥的有限的区域。这是个昏暗的、与文明社会隔离开来的南方小镇。咖啡馆的主人艾米莉亚·埃文斯小姐，是一个黑黑的高大女人，骨骼和肌肉长得像个男人，虽稍微有点斜眼，但还算是一个好看的女子。她生性孤僻，对异性爱不感兴趣，曾有过一段为期十天的婚姻。咖啡馆前身是一个经销饲料、谷物等土特产的商店，除此之外，艾米莉亚还拥有一家酿酒厂，因此，她很有钱。她不仅是个强悍的商人，还是一位颇有一点以解除百姓痛苦为志向的巫医。除了喜欢打官司之外，她日子一直过得很平静，直到她30岁那年的春天，生活发生了变化。她爱上了来投靠她的远房表哥雷蒙·威利斯，一个驼背的矮子，患有肺结核的同性恋者。这便验证了麦卡勒斯的一句话："最稀奇古怪的人（the most outlandish people）都能够成为爱的触发剂。"有了爱情，艾米莉亚变得温柔、优雅了许多，而且爱说话了，而作为被爱的雷蒙也变得得意洋洋、神气活现，还有点贵族气。随着人气旺盛，商店逐渐变成了咖啡馆。小镇上的那种怀疑、隔离和怨恨的气氛也逐渐被温暖和友谊的氛围所取代。然而，艾米莉亚对雷蒙的爱并没有得到回报，相反，这个矮子蓄意乞求艾米莉亚的前夫，马文·梅西，一个刑满释放人员的关注，并与其合谋，取走艾米莉亚百宝箱里的所有东西、砸烂她的钢琴和酿酒厂，还企图毒死她，然后一起逃之夭夭。在接下来的几个月里，艾米莉亚任由咖啡馆荒废，也放弃了行医治病，最终成为一个隐居者。小镇又回到从前那种荒凉、死气沉沉的状态。

如果说《伤心咖啡馆之歌》所揭示的人性显得有些神秘，甚至怪诞的话，那么，《婚礼的成员》就容易接近得多，故事也显得更加生动活泼，因此，有评论家认为这是麦卡勒斯最好的作品。《婚礼的成员》共分为三个部分，分别对应青少年成长历程的三个阶段：萌发对生长环境的不满；满怀不切实际的理想；幻灭及对人生局限性的认识。故事的叙述者是主人公弗兰琪·亚当斯。第一部分主要描述弗兰琪感受到的压抑和孤独，连自己的心都仿佛"挤成一团"，因此，她打算离开镇子，到别的地方去，永不回来。这个 12 岁、没有母亲的少女是个行为似男孩的顽皮姑娘。四月以来，她一直被一种朦胧但强烈的不满压得喘不过气来，在炎热的八月，她第一次遭遇少年危机。她感到自己是个孤独的人，不属于任何一个组织的成员。于是，她展开自己丰富的想象力——想到北极熊和冰屋；把贝壳放在耳边就仿佛能听到墨西哥湾的潮汐；想到她的哥哥简维斯和他的新娘简妮丝在冰雪覆盖的教堂里的婚礼。她凭冲动做任何事情，但所做的一切总是错，根本不是她真正想做的。为此，她把自己的美好希望寄托在未来，第一部分结束时，她得意洋洋地宣告，她将成为她哥哥婚礼的成员。

在第二部分，弗兰琪受到新的归属感的鼓舞，发现婚礼前的那天既神奇又独特，似乎对这个世界有了新的认识。她就像一只被释放出来的动物，可以在她此前从未见过的地方游荡。她还自称为弗·简茉莉，当简茉莉在那个难忘的星期六早晨醒来时，她感到她的哥哥和新娘仿佛就睡在她的心底，这使她立刻想起星期天的婚礼。她换掉不合身的衣服，对那套本来就整洁的粉红色的裙子又做了番修饰。她似乎一夜间长大了，第一次理解了她父亲的日常起居，一贯叛逆的她对父亲也有了某种柔情。她还短暂地不再将自己与他人隔离开来，梦想着婚礼结束后远走高飞。

但在第三部分，在试图逃离家庭失败后，她认识到自己此前的梦想有多么幼稚："婚礼就像一场超乎她能力的梦，或像一台不听她管控也不该有她角色的戏。"按照她表弟约翰·亨利的话来说，"猴子死啦，好戏完啦"。此时，她又被称为弗兰西斯。在婚礼上，她一直想对新郎和新娘说："我太爱你们俩了，你们就是我的'我们'。"可是，她一直没有机会说，最终只是大喊："带上我！"而哥哥和新娘已绝尘而去。事情并没有就此结束，弗兰西斯还是打算离家出走，在给父亲留下一封信后，她竟然鬼使神差地要去"蓝月亮"旅馆见那个被她砸倒在地的士兵，结果被警察抓住没有走成。此时，她觉得，"大世界太遥远，她是不可能再参与其中了。她又回到夏季的忧惧里，回到原先那种与世隔绝的忧惧里——而婚礼败笔使忧惧加速升级为恐惧"。小说结尾，约翰·亨利因脑膜炎死亡，哈尼被捕入狱，而一直在她家当厨子，陪伴她长大的贝拉妮斯也将不再为她家服务了。已经 13 岁的弗兰西斯似乎比原来的弗兰琪理性了许多，放弃了幻想，也在设法与环境达成某种妥协。但她并没有变得更讨人喜欢，对环境变化她似乎有些麻木——对约翰·亨利的死和贝拉妮斯即将离开她家好像并不关心。失去梦想的弗兰琪与别人已没有什么区别，换个角度来说，她已融入了社会。

总之，《婚礼的成员》情节紧凑——仅集中描写一个 12 岁的女孩几天里发生的事情；主题特色鲜明——聚焦于主人公的心理变化，紧紧围绕她的梦想与挫败讲述故事。这部小说还常常被归为成长小说之列，但笔者认为，它并不是典型的美国成长小说，因为美国成长小说的结局通常表现为主人公与社会决裂，而不是融合。

麦卡勒斯忍受病痛的折磨，历经10年，艰难地完成了她的最后一部小说——《没有指针的钟》的创作。这部小说虽然聚焦于死亡，但视野显然更为开阔，它将个人的生死、成长与美国南方的种族危机结合在一起。麦卡勒斯对主人公马隆死亡过程的描写可能与她自身的体验有关，因为在她生命的最后阶段，随着健康状况的日益恶化，她不得不时时面对死亡，也难免思考死亡的问题。但她毕竟是个艺术家，死亡主题只是小说的一个方面，她由此生发开来，涉及多重主题。在我看来，这是麦卡勒斯格局最壮阔、最有阐释意义的一部小说。

小说中有四个主要人物：J.T.马隆，40岁的药房老板；马隆的朋友，一个激进的白人至上主义者，84岁的前国会议员福克斯·克兰恩法官；法官的孙子，19岁的约翰·杰斯特·克兰恩，以及一个蓝眼睛的黑人青年舍曼·皮尤。

小说开始时，马隆得知自己患有白血病，他知道自己一定会死，但不知道何时会死，因此，他就像一个看着没有指针的钟的人。马隆素来性格温顺，像头绵羊，任由别人安排他的生活。也许是因为意识到自己即将死亡，他突然产生了顿悟，有了自我认知，觉得自己从来就没有真正地活过。尽管被死亡意识所困扰——他到底什么时候会死，但他还是决心在生命行将结束前的几个月里获得自我，从而使他的人生有某种意义。同样在寻找自我的还有杰斯特——这个小伙子尚未决定他这辈子要干什么。尽管他有许多短暂的兴趣，但他觉得还没有受到任何特定职业的召唤。这种未定的生存状态很可能与他的出身有关。他虽然有显赫的家庭背景，但他对自己的父母一无所知，因为在他来到这个世界之前，他的父亲就已经自杀身亡，而他的母亲也在生产他的时候不幸去世。所以，他一直渴望了解自己的父母，尤其是探寻他父亲自杀的原因，由此小说引出了另一个主题——种族问题。这个问题与舍曼密切相关，这个黑人青年也一直渴望了解自己的身世。舍曼·皮尤是个弃儿，他的姓——皮尤（Pew）——就来自人们发现他时的情形，他被人遗弃在教堂里的一个靠背长椅上，英文中的"pew"就是教堂内靠背长椅的意思。

小说将舍曼父母的身份之谜与杰斯特父亲的自杀之谜嫁接起来，因为杰斯特断断续续从他爷爷——老法官——那里了解到自己父亲的自杀竟然与舍曼父母有关。杰斯特身为律师的父亲约翰爱上了他的一个当事人，一名白人女子——利特尔太太。利特尔太太的黑人情人琼斯因"谋杀"了她的丈夫而受审。约翰为其辩护，试图说服陪审团，琼斯杀人属于自卫，事实也是如此，但这次由老法官主持的审判被证明是对司法和正义的嘲弄——无辜的黑人最终被绞死。在法庭上，利特尔太太拒绝对琼斯作不利的证明，因输了官司，她在审判后不久就死于分娩，临终之时，她诅咒杰斯特的父亲。辩护失败、审判不公、爱情受挫以及当事人的死亡，这一切令约翰极其沮丧而愤怒，于是，他开枪自杀。而舍曼·皮尤就是利特尔太太与黑人琼斯的儿子。

杰斯特终于了解到老法官与其儿子约翰——杰斯特的父亲——在种族问题上意见相左，在这方面，杰斯特也与一手将其抚养长大的爷爷针锋相对。杰斯特天生就具有开明的思想，在得知社会不公是造成他父亲人生悲剧的部分原因之后，他的进步思想得到了进一步强化。于是，他决定子承父业，也当一名律师，完成父亲的未竟事业。父亲的遭遇以及他自己的亲身经历教育了杰斯特，使他找到了人生的方向。而舍曼就没有他这么幸运了，尽管他最终也破解了自己的身世之谜，但他无意，也不可能被白人社会所接纳，而是决定以行动与种族主义社会抗争。于是，他不断挑衅白人社会，最终选择以搬进白人居住区的行为来表达对种族隔离的不屑。在得知白人种族主义者要因此轰炸舍曼的房子后，杰斯特多次警告他，但他拒绝逃离，结果被炸死在自己租住的房子里。这次恐怖袭击事件也涉及马隆，因为在抽签决定谁去炸舍曼的房子时，这个签不幸正好被马隆抽中了，但他拒绝去执行这项"任务"。一辈子都在听命于人的马隆这次似乎也找到了自我，尽管事后不久他就因病而死，但他得到了些许安慰，因为他毕竟自主作了一次道德选择，也算为自己活过一回。在麦卡勒斯的这部绝笔之作中，寻找自我成了突出的主题，但视域更为宽广，因为除了死亡这一文学中的永恒主题之外，《没有指针的钟》还涉及个体的成长、种族主义以及与此相关的道德选择等。

这套美国文库版《麦卡勒斯文集》首次完整地收录了麦卡勒斯20部优秀的短篇小说，集成《麦卡勒斯短篇小说全集》。其中，除了令人难忘的故事《泽伦斯基夫人和芬兰国王》和《树·石·云》等之外，还收录了她以前没有被收录的有关民权运动的故事《游行示威》。

麦卡勒斯的短篇小说同样写得精彩，也涉及其长篇小说中常见的主题：孤独、种族歧视以及人与人之间微妙的感情等，而且似乎在不经意间往往能给读者带来意想不到的启发。例如，在《傻子》中，16岁的叙述者就得出了一个发人深省的"真理"："如果一个人很崇拜你，你会鄙视他，不在乎他——然而，正是对那个根本不注意你的人，你却往往很崇拜。"短篇小说中有不少关涉少年成长的主题，也就是我们常说的成长小说中涉及的问题——青春期的躁动、莫名的惆怅和孤独等。其中有关逃离这一美国文学中的常见主题尤其引人注目。例如，在《无题》中，叙述者就说道："每个人都有想出逃的时候——无论跟家里人相处得有多好。他们都觉得不得不逃离，因为他们曾经做过某事，或是因为他们想做某事，又或许因为他们根本不知道究竟是什么的理由。也许这是某种渐渐产生的渴望，让他们觉得必须出去，去寻找某种东西。"这种逃离的冲动既有人对环境不满的诱因，又有对未来充满幻想的成长因素。《无题》对少年的性萌动描写得细致而含蓄，当主人公安德鲁夜晚独自行走在寂静而偏僻的地方时，某种陌生的声音总令他不安："有时候，它听似一个女孩子的笑声——温柔地笑个不停。而有时，它却是一个男人在黑暗处的呻吟。这声音就如同音乐，只是没有固定的形式——它让他驻足倾听，而后颤抖，这跟一首歌的效果一样。当他回家睡下之后，这个声音仍然挥之不去；他会在黑暗中辗转反侧，僵硬的四肢互相摩擦，因为他无法得到片刻的安宁。"可能正因为这种情境的触动，使他对家里的女厨子维塔利斯产生了欲望，每当他回家看到她时，他都会说"我饿了"这三个字，即便刚吃饱了也一样。于是，"看着维塔利斯就跟吃东西一样愉快，他的目光总是围着她转"。维塔利斯的理解是："你就是想有件事可做才吃东西的，因为你不知道有什么其他的事情可做。"这里的"饿"显然暗示的是性饥渴。终于有一天，当17岁的安德鲁在维塔利斯家见到她时，"他感觉到自己再一次听到了他在深夜的时候曾经在这条街上听到的那种奇怪的声音"。于是，他们之间发生了"一直在心底蓄势待发"的那种事。事后，他前往"佐治亚州某个较大城市"，一别三年后，他在返乡途中，在南方某个不知道名字的镇子的车站餐厅里回忆了以前所发生的事情。麦卡勒斯的这类小说写得感情细腻，但让人有种不确定感。

值得一提的是，这部短篇小说集还首次收录了麦卡勒斯的《游行示威》，这使读者能够从短篇小说的角度更全面地了解这位作家的创作，也为全面研究麦卡勒斯提供了难得的文本资料。

《游行示威》讲述的是因一座黑人教堂——希尔顿锡安教堂——被炸引发的一场游行示威。游行队伍从锡安第一浸信会教堂出发前往亚特兰大请愿。一路上，自由请愿者既得到部分人的支持，也受到一些人的嘲弄，还遭遇了三K党徒的威胁。在离亚特兰大还很远的时候，他们就遭到了警察催泪弹的袭击，在离目的地尚有三英里远的花枝镇，全体请愿者遭到警察的逮捕，不过，在狱中关了一夜后，他们就被放了出来。出狱后，他们高唱"我们一定会胜利"，继续向亚特兰大进发。这个故事比较真实地反映了20世纪中期美国种族矛盾的现实。其实，麦卡勒斯的小说中常有种族歧视的情节，以《没有指针的钟》为甚，但在短篇小说中，《游行示威》是唯一一篇专门描写种族歧视和民权运动的小说。但正如小说最后所说的，"这不是一次可以……改变历史的游行示威，甚至都算不上是一次民权运动。可参与的每一个人身上都发生了变化"。小说以白人青年吉姆·格雷参加游行为中心：他从家乡止水村出发，跟随游行队伍一直走到一百英里以外的亚特兰大州议会大厦。一路上，他与同样来参加游行的黑人青年奥德姆·威尔逊经历了由生疏到结下友谊的过程，还穿插了他与校友珍妮特·卡尔佩伯之间的爱情故事，以及他的高中英语老师罗莎·卡尔佩伯与圣公会牧师乔治·汤普森之间闪电般的爱情和求婚过程。总之，正如小说的叙述者所说的，"参与的每一个人身上都发生了变化"。

麦卡勒斯的短篇小说涉及的主题同样广泛，但往往会选择从一个青少年的眼光来打量成人世界。

麦卡勒斯是个备受争议的作家，争议始于她 1940 年发表的《心是孤独的猎手》，并伴随着她的整个创作生涯。争议者大致可分为两个阵营：批评主要来自职业书评家，而赞誉则来自小说家和文学批评家。这或许说明，麦卡勒斯属于那种"作家的作家"（writers'writer）之类，其作品不容易立刻对读者产生亲和力，因为从某种意义上说，她的小说不是用来愉悦读者的，而是要教育读者。但她的"教育"并非简单的说教，而多采用微言大义的写法，向读者展示人性和人的心灵，她对事物，尤其是对人性，有一种很特别的感悟力。可以说，麦卡勒斯独特的感悟能力是她的个性，也是她作为艺术家独创性的表现，而这两个方面均集中表现在她对人性的深刻揭示和对人的灵魂的拷问。

麦卡勒斯独特的悟性和新颖的表现手法决定了她的作品需要阐释和细心体悟，方能领会其妙处，因此，读者不仅要有一定文学方面的知识储备，还要有人生经历的积淀，并能在阅读时调用自己心灵深处那些微妙的人生体验。例如，在《婚礼的成员》中那个12岁的弗兰琪常常感到浑身不自在，她不知道自己身上到底发生了什么，但她能感觉到自己的心受到挤压，觉得"世界很小"。其实，这是接近青春期的少女生理和心理上发生的微妙变化，但作者并不明言，而是让读者自己去细心体会，同时也给读者造成一种阅读期待，随着小说呈现越来越多的细节，读者才会慢慢地领悟到主人公内心世界的变化及其成因。弗兰琪在12岁零10个月的时候，她的身高已达到五英尺五又四分之三英寸，此时，她非常担心自己会成为一个"怪胎"。当父亲说她都12岁了，不能再跟他一起睡觉的时候，她开始对父亲有些"怨恨"。所有这些都是她青春期的烦恼，而这些烦恼必然与性有关。于是，麻烦就开始了，她与一个叫巴尼·麦基恩的小伙子在他家车库里犯了"一宗怪诞的罪孽"，这种罪到底坏到什么程度，她并不知道，只是感到恶心，恨不得要杀了巴尼。所以，当她的哥哥带着新娘回家宣布将要结婚时，想到他们就会给她痛苦的感觉，这时弗兰琪可能联想到她与巴尼犯下的"罪孽"，于是，她问贝拉妮斯和第一个丈夫结婚时多大年纪，得知她13岁就结婚了，弗兰琪不明白她为什么这么年轻就结婚。显然,弗兰琪是因为她与巴尼的那种事情使她想起了婚姻的问题。读者这时才会明白,为什么小说一开始她对婚姻这件事感到迷惑:"真奇怪……就这么发生了。"作者就是如此细致地描述主人公的感受,逐渐交代事情原委的。

从探索人的心灵出发,麦卡勒斯的小说着重描写人的孤独——孤独造成人的压抑和怪异行为,以及突破孤独的爱的力量。

麦卡勒斯小说中的人物多半是孤独的,故事多涉及因缺乏与他人的亲密关系或交往而造成的孤独感。《婚礼的成员》开篇就说,12岁的主人公弗兰琪就已经很久不是一个成员了,"她既不归属于任何团体,也不是任何成员。弗兰琪孤零零的一个人,在家门口晃荡,她内心惶惶"。整部小说读起来就仿佛是在听弗兰琪对一个不存在的上帝诉说自己的孤独感及由此带来的苦痛。这个"徘徊在门廊之间"的少女总是处于入口处,从来就不是真正地在里面,也不是真正地在外面。《金色眼睛的映象》中的彭德顿上尉是个同性恋、施虐狂、瘾君子和有盗窃癖的人,但更重要的是,他是个精神孤独者,甚至可以说,正是由于孤独才造成了他的上述怪异行为。《伤心咖啡馆之歌》是麦卡勒斯作品中最悲伤的,其中,有关精神孤独和爱的本质及其作用得到更充分的展示和处理。因此,从纯粹讽喻或寓言的角度来说,《伤心咖啡馆之歌》是麦卡勒斯最成功的小说，欧文·豪称之为"美国人创作的最优秀的小说之一"。①

麦卡勒斯的小说还将孤独与人的身份追寻联系起来：失去身份就会产生孤独感。杰斯特、舍曼在探寻自己身世时感到无比孤独，因此，他们都渴望与他人建立某种联系，而建立联系的最佳方式就是爱，理想的爱。杰斯特缺乏父母的爱，又不爱他的爷爷——他在这个世界上唯一的亲人，于是对舍曼产生了一种畸形的情愫，而舍曼因为从来没有享受过母爱，他总是想象自己的母亲就是玛丽安·安德森——美国黑人女低音歌唱大师，20世纪著名的歌唱家。《婚礼的成员》中的弗兰琪由于不属于任何一个团体，也不屑依附于任何一个特定的人，因此，她渴望的是"我的我们"（the we of me）。

麦卡勒斯似乎认为，摆脱精神孤独仰赖的是爱的力量。在她看来，孤独的原因之一在于人们缺乏交流，而通常的语言交流往往是不成功的，只有通过爱这种理想的交流方式，人才有可能达到目的。在《心是孤独的猎手》中，她形象化地表达了这一观点。在这部小说中，主人公约翰·辛格是个聋哑人，但这一缺陷并没有妨碍他对爱的体验，在小说中所描绘的爱中，这是唯一令人满意的，而这种爱的满足恰恰是

① Irving Howe, *New York Times Book Review*, September 17, 1961.

因为它不是通过语言表达而获得的。当然，这种满意或满足也只是相对而言，因为辛格的爱并没有得到对方——斯皮罗斯·安东尼帕罗斯，一个"神情恍惚的希腊人"——的回报，而且他不久就死了。因此，小说传递了一个悲观的讯息，那便是，虽然爱是将两个男人连接起来的唯一力量，但爱绝非完全是双向的，而且受制于时间，随着爱恋对象的死亡而衰减。唯一的安慰就是在爱存续期间，它对施爱方有益，使他能够短暂地排解孤独，从而得到慰藉。①

可悲的是，麦卡勒斯小说中的爱仿佛都得不到回报，都是无望之爱。《没有指针的钟》中的杰斯特暗恋舍曼，后者毫无感觉，还经常折磨他；马隆的女儿埃伦爱杰斯特，杰斯特几乎都不知道她的存在；舍曼崇拜他的房东，黑人齐普·马林斯，换来的只是齐普的虐待；杰斯特的父亲约翰爱上了利特尔太太，但得到的只是她临终前的诅咒；《心是孤独的猎手》中约翰·辛格的爱也没有得到斯皮罗斯·安东尼帕罗斯的回报；《金色眼睛的映象》中的彭德顿上尉暗恋二等兵威廉斯，威廉斯对此丝毫没有察觉；艾莉森·兰登与阿纳克莱托——兰登夫妇的菲律宾籍用人之间的关系也一样；《伤心咖啡馆之歌》中的艾米莉亚更不用说，她对其表哥雷蒙·威利斯的爱不仅没有得到回报还被他害得几乎一无所

① Oliver Evans, "The Achievement of Carson McCullers", *The English Journal*, 51.5 (May, 1962), p. 303.

有。因此，作者对爱得出了极其悲观的结论：

> 存在恋爱的人和被爱的人，这两类人是全然不同的。通常来说，被爱的那个仅仅是激发体，把恋爱的那个长久积压于心底的、沉默的爱情激发了起来。……因此，任何爱情的价值和性质完全取决于这恋爱的人自己。
>
> 正是因为这个道理，我们绝大多数人更愿意恋爱而不是被爱。几乎每个人都想做恋爱的那个人。道理很简单，许多人嘴上不说，内心却是这么觉得，处于被爱的地位是不堪忍受的。被爱的人对恋爱的人是既怕又恨，是有最充分理由的。因为恋爱的人永远只想将那被爱的人剥个赤膊精光，让他暴露无遗。恋爱的人猴急地渴望与被爱的人发展任何一种可能的关系，哪怕这种经历给他带来的只有痛苦。

由此我们可以看出麦卡勒斯笔下的人物有一个突出的悲剧性格特征：他们往往将爱施与那些不可能接受他们爱欲的人。这使得她的作品总是散发着一股怪诞和异常的味道，仿佛非此就不是她的风格。如《金色眼睛的映象》中的彭德顿上尉居然迷恋他的妻子莉奥诺拉的情人——兰登少校以及常常趁夜色潜入他妻子卧室的二等兵威廉斯，《没有指针的钟》中老法官的孙子约翰·杰斯特·克兰恩始终对黑人男孩舍曼·皮尤有一种得不到回报的情愫等等。在威廉·巴特勒·叶芝的诗歌《为我女儿祈祷》(*Prayer for My Daughter*，1919) 中，他提及女性在选择情人时的一种妙不可言的矛盾现象："毫无疑问，可敬的好女人/就着肉吃沙拉古怪迷人/丰饶角就此尽毁。"就爱情而言，麦卡勒斯小说中的许多人物吃的就是这种"古怪的沙拉"(crazy salad)，尤以《伤心咖啡馆之歌》为甚，其中每一对情人都极不般配——丑的与美的，女继承人与罪犯，侏儒般的男人与高大强壮的女人。小说似乎表明，激情是人类最持久、最不可思议的一个谜。爱人者的选择往往是随心所欲、令人难以置信的，但一旦相爱，就爱得持久而坚定，令人称奇，如艾米莉亚对雷蒙的爱，辛格对安东尼帕罗斯的爱。而且，爱既能迫使人屈服，也能使人温柔。例如，艾米莉亚爱上雷蒙后性情大改，不再急躁，也很少跟人打官司了，连恶棍梅西自从迷上艾米莉亚后在礼仪和行为上都有所改善。但爱也能令人毫无防备，爱人者往往会遭遇断然拒绝或背叛，甚至遭到攻击，如梅西婚后遭遇艾米莉亚冷漠的拒斥，艾米莉亚遭到雷蒙的背叛和攻击等。

在麦卡勒斯苦心经营的异化世界里，在她着力描述的孤独的人物背后，我们仿佛看到一个渴望温暖和柔情的麦卡勒斯。正如现实中的麦卡勒斯一样，她总是以眼睛来传达一种亲密感，虽不是实际上的身体接触，但在眸子里折射的是灵魂的交流。①可以说，《心是孤独的猎手》中的米克·凯利就是麦卡勒斯的替身，这个 12 岁女孩的性格就是麦卡勒斯自己那个时候性格的生动体现；《婚礼的成员》中的弗兰琪·亚当斯也是自传式的主人公。所以，麦卡勒斯说："我成了我书写的人物，我感谢拉丁语诗人特伦斯，他说道：'凡是显示人性的没有什么与我不相容。'（Nothing human is alien to me.）"这就是麦卡勒斯的"美学信条"和她的"小说艺术"。②她所刻画的人物虽然显得怪诞，但却深刻地揭示了人性。

总体而言，麦卡勒斯更擅长在有限的范围内集中描写小人物或边缘人物，刻画他们的性格特点和心理变化。如《婚礼的成员》主要写一个 12 岁女孩的欢乐和苦恼；《伤心咖啡馆之歌》聚焦于主人公艾米莉亚·埃文斯小姐的命运变化。这些故事虽然格局不算高大，但往往写得感人。而她在写较为复杂的故事时则常被认为技术不够娴熟，如《金色眼睛的映象》中有关谋杀的描写显得不够自然，《心是孤独的猎手》的结尾就有点机械。很显然，麦卡勒斯一直在试图拓宽她的视野，她经过 10 年艰难的创作铸就的最后一部小说——《没

① Virginia Spencer Carr, *The Lonely Hunter: A Biography of Carson McCullers*, New York: Carroll and Graf Publishers, Inc., 1985, p. 296.
② Harold Bloom, "Introduction", in Harold Bloom, ed., *Bloom's Modern Critical Views: Carson McCullers* (New Edition), New York: Infobase Publishing, 2009, p. 1.

有指针的钟》便是明证。这部小说力图将一个受到癌症威胁的濒死之人的生存危机与南方受到种族主义困扰的社会危机联系起来，将一个以自我为中心的小世界镶嵌在一个广阔的社会图景之中，格调更高、视野更开阔。但这样的努力并没有获得批评家应有的赏识，反而遭到诟病，尤其是在小说出版之初。譬如，有人认为，由于她当时病重，这种写法与她的天性相悖，因此，小说在心理直觉的描写和文化分析上显得捉襟见肘。[①]但公允地说，小说以主人公马隆得知自己身患绝症开始，到他最后死亡结束，以"等死"为线索，为故事提供架构，将小说中的其他几个与死亡有关的主题连接在一起，显示了作者较高的驾驭能力。而且，小说既有细腻的心理描写，也有深刻的社会和文化分析，其中还穿插了有据可考的历史事实，因此并非像早期论者所说的那样单薄。

从有关麦卡勒斯的研究现状来看，社会语境的变化给麦卡勒斯的作品带来了新的批评视角和跨学科的研究方法。譬如，在对待同性恋这个主题上，传统的研究方法通常采用的是传记式的批评，将小说中的同性恋描写与麦卡勒斯自己的同性恋倾向联系起来。但在 21 世纪，人们越来越关注人类与环境之间的相互作用以及人与动物之间的关系。于是，研

---

① Lawrence Graver, *University of Minnesota Pamphlets on American Writers: Carson McCullers*, Minneapolis: University of Minnesota Press, 1969, p. 42.

究者便对诸如《金色眼睛的映象》这样的小说展开酷儿—后人文主义研究，在酷儿解读的基础上增加了后人文主义的透镜，将小说中人类和非人类身体的重要性置于同等重要的地位。小说中那匹叫作"火鸟"的马被列为悲剧的"参与者"，它对人类主人公的自我认知发挥了重要作用，从而瓦解了人与非人这对二元对立。从这个角度来看，彭德顿上尉的虐马行为，一方面表现为他试图恢复自己对同性恋倾向的控制，另一方面也显示了他维持人与动物之间等级区分的企图，这样，他对动物的压制就与他对自己同性恋倾向的抑制联系了起来。这种新的批评视角和方法是对过去的观点——诸如，《金色眼睛的映象》真实地洞悉了性反常，但只随意描写了一系列俗艳、夸张的插曲，令人震惊，但没有启发，更没有连成一个更大的情节模式或意义[①]——的一种反拨。

早在 1961 年，戈尔·维达尔就断言："在所有的南方作家中，［麦卡勒斯］是最有可能历久弥新的"。[②]事实证明，麦卡勒斯的作品至今没有褪色，鉴于她小说中所涉及的问题与当下社会问题密切相关，我们有理由相信，她的艺术之花在将来也不会凋萎。

---

① Lawrence Graver, *University of Minnesota Pamphlets on American Writers*: *Carson McCullers*, Minneapolis: University of Minnesota Press, 1969, p. 24.

② Casey Kayser Fayetteville, Alison Graham-Bertolini, "Preface", in Alison Graham-Bertolini, Casey Kayser, eds., *Carson McCullers in the Twenty-First Century*, Cham: Palgrave Macmillan, 2016, p. xiii.

关于麦卡勒斯其人其作有谈不尽的话题，我还是就此搁笔，让读者诸君尽早进入麦卡勒斯那略显怪异，却迷人而发人深省的艺术世界吧！是为序。

2019 年 10 月于松江大学城

目 录

傻 子[*]

一直就像是我独自拥有一间房。傻子跟我同床而眠，却不会带来任何干扰。房间是我的，我想怎么用就怎么用。记得我还曾经在地板上锯开一扇活门呢。去年上高二的时候，我把从杂志上裁下来的一些女孩子的照片钉在墙上，其中的一个只穿了内衣。我的母亲从不为我操心，因为她有更小的孩子要照顾。而傻子总认为我做的一切都无可挑剔。

无论什么时候，只要我想带某个朋友回房间，我只需对他瞥一眼，傻子就会撇下任何正在忙碌的事情，也许还会朝我微微一笑，然后一声不吭地离开。他从来不带小孩来房间。他十二岁，比我小四岁，却总是知道我不想让他同龄的孩子乱动我的东西，根本不需要我告诉他。

一直以来，我多半会忘了傻子不是我的亲弟弟。他是我的堂弟，可事实上，打我记事起他就在我家。你看，他还是个婴儿的时候家人就死于沉船事故。对我和妹妹们而言，他跟亲兄弟没什么两样。

傻子一贯总是记住并相信我说的每一个字。就因为这，他才有了这个绰号。几年前的一次，我告诉他，假如他撑一把伞从车库顶上往下跳，伞就可以当降落伞用，因此他不会摔得太重。他真做了，于是摔破了膝盖。这仅仅是一个例子。有趣的是，无论被愚弄多少次，他仍然会相信我。在其他事情上他并不傻——只是跟我他才会是这个样子。他会看着我做每一件事，并默默地记在心里。

我意识到一点，它让我愧疚，也让我百思不得其解：如果一个人很崇拜你，你会鄙视他，不在乎他——然而，正是对那个根本不注意你的人，你却往往很崇拜。要意识到这，其实并不容易。今年毕业班的梅贝尔·沃茨，一副示巴女王[1]的样子，甚至还羞辱我。然而，即便是此时此刻，我还是愿意做天底下的任何事情来引起她的注意。我满脑子只有梅贝尔，日思夜想到近乎发狂的程度。我想，从傻子小时候一直到十二岁，我对待他就如同梅贝尔对待我一样坏。

既然傻子变化这么大，要记起他过去的样子真有点难。我从没想象到会突然发生一些事情，让我们两个人都跟以往大不相同。我从来不知道，为了理清头绪，我会回顾他的过

往，做一些比较，为的是让事情得以解决。如果当初有这个先见之明，我也许会有另一番表现。

我从来不太注意他，也不去想他，因此，考虑到我们在一起住了这么长时间，记得的事情却只有区区几件，你会觉得十分滑稽。过去，当他以为只有他一个人的时候，他会自言自语好一阵子——全是关于自己大战歹徒、在牧场游荡这类孩子气的事情。他会在浴室里待上整整一个小时，而且，有时他的嗓门会非常大，非常激动，整栋楼里都能听到他的声音。不过，通常情况下，他很安静。他在附近没有多少一起玩耍的男孩，从表情上看他就像是一个密切关注着游戏，急盼着被邀请参与的孩子。他不介意穿我穿不上的毛衣和外套，哪怕袖子肥得松垮垮地挂下来，让他的手腕看上去似小女孩的那么纤细和白净。这就是我记忆中他的模样——每年都会长大一点，但还是老样子。傻子一直就是这样，直到几个月前开始出现这些烦心事儿。

由于梅贝尔一直就莫名其妙地纠缠在所发生的一切当中，我想我应该从她讲起。认识她之前，我不怎么花时间去理会女孩子。去年秋季的通用科学课上，她坐在我旁边，那时我才开始注意她。她的头发是那种我所见过的最鲜亮的黄色，有时候，她还用某种黏性的东西把它固定成卷。她的指甲很尖，仔细修剪过，并被涂成亮红色。那时，我整堂课都注视着梅贝尔，除非我认为她准备朝我这边看，或者是老师叫我的时候。首先，我实在忍不住要去看她的手指。除了涂上去的红色东西外，它们是那么小巧白净。如果要翻书，她总是先舔一下大拇指，再伸出小指，然后慢慢地翻。描述梅贝尔是不可能的事情。所有的男孩都对梅贝尔如痴如醉，可她甚至都没注意到我。这主要是因为她比我差不多大两岁。课间在大厅里，我尝试着贴着她身边经过，可她几乎从来不会对我微笑。我只能坐在课堂上看着她——于是有时候，仿佛整个教室里都能听见我心跳的声音，我想大声叫喊，或快速逃离，找个地洞钻进去。

夜里躺在床上，我会想着梅贝尔。为此，我经常到一两点钟还没睡着。有时，傻子会醒来，问我为什么心神不宁，我就让他闭嘴。我想，多数时候我对他的态度极其恶劣。我猜想，我是想像梅贝尔忽视我那样去忽视某个人。你总是能从傻子的脸色辨别出他的情感受到了伤害。我肯定说了一些难听的话，只是我不记得了，因为说这些话时，我满脑子想的都是梅贝尔。

这种情况持续了将近三个月，接着，不知怎么地，她开始变了。她会在大厅里跟我说话，而且每天早上都抄我的作业。有一次午餐时间，我跟她在体育馆跳舞。又一天下午，我鼓足勇气，拿着一包烟到她家去。我知道她在女厕所里抽烟，有时还在校外抽——况且，我也不想给她带糖果，因为这个早就不流行了。她很友好，因此，在我看来一切都将改变。

可就在当晚，这些麻烦真正开始了。我很迟才回房间，傻子已经睡着了。我异常兴奋，翻来覆去地想找个舒适的睡姿，所以很长一段时间我一直醒着，心里想着梅贝尔。后来，我又梦见了她，似乎还吻了她。因此，醒来时却发现周围漆黑一片，我感到非常意外。我静静地躺着，过了一会儿才回过神来，知道自己在什么地方。房子寂静无声，夜晚非常黑暗。

傻子的声音让我吓了一跳。"皮特？……"

我没有回应，连动都没动一下。

"你真的喜欢我，就像我是你的亲弟弟一样，不是吗，皮特？"

这惊得我半天回不过神来，好像这才是真正的梦，而不是先前的那个。

"你一直把我当亲弟弟一样喜欢，不是吗？"

"当然了。"我说。

然后，我起床待了几分钟。天很冷，我回到床上，心情愉悦。傻子抱住我的后背。他让人感到小巧可爱又很温暖，我能感觉到他温暖的气息吹在我的肩膀上。

"不管你做了什么，我都知道你是喜欢我的。"

我睡意全无，脑子里似乎有些莫名的混乱。既有关于梅贝尔之类事情的快乐——但同时，傻子的一些事情以及他说话的声音引起了我的注意。不管怎样,心情大好总比忧心忡忡时能更好地弄懂别人。似乎到目前为止我都没有真正地考虑过傻子。我觉得一直以来我对他太刻薄了。几周前的一个深夜,我听见他在黑暗中哭泣。他说他把一个男孩的气枪弄丢了,害怕被人发现。他想让我告诉他应该怎么办。我很困,想让他保持安静,他不愿意,因此我就踢他。这只是我记得的事情中的一件。在我看来,他一直就是个孤独的孩子。我的感觉糟透了。

寒冷的黑夜里总是会有某些事让你觉得跟那个与你同床共眠的人有亲近感。当你们交谈时,似乎在这个城里只有你们是清醒的。

"你是个很棒的孩子,傻子。"我说。

我突然觉得,比起我认识的其他人,我的确更喜欢他——比任何其他男孩,我的妹妹们,甚至从某种意义上说,比梅贝尔。我感到浑身舒畅,就像是听见电影里播放起忧伤的音乐时那样。我想让傻子知道我其实有多么关心他,我想就过去对他的态度做出补偿。

那天晚上我们聊了很久。他的语速很快,似乎很久以来他一直在积攒着打算告诉我的诸多事情。他说他准备做一条独木舟,说街那边的孩子们不愿让他加入他们的橄榄球队,以及一些我根本就弄不懂的事情。我也谈了一些,想到他竟然那么认真地领会我所说的一切,我的感觉真是太好了。我甚至还谈到了梅贝尔,只不过假装是她一直以来在追求我。他向我打听中学里的事情。他的声音很激动,他一直不停地快速地说着,仿佛永远也无法把话及时说完似的。我睡着后他还在说,我的肩膀仍然能感觉到他的呼吸,亲密而温暖。

接下来的几周,我和梅贝尔经常见面。她表现得似乎真的有点在乎我。我经常乐昏了头,几乎不知道自己该干些什么。

不过,我并没有忘记傻子。我衣柜的抽屉里有很多我一直积攒的旧玩意儿——拳击手套,汤姆·斯威夫特①系列书籍,以及一些二流的渔具。所有这些我都移交给了傻子。我们又在一起谈了很多,看样子还真像是我第一次认识他。看到他的脸上有一道长长的伤口,我知道他胡乱摆弄我最近第一次购买的剃须刀,不过我什么都没说。现在他的脸看上去不一样了。他以往看上去总是很胆怯,似乎在担心头顶悬着的重物。那种表情不见了。他把眼睛睁得大大的,耳朵竖得高高的,嘴里一直讲个不停,看起来就像是因某事而惊讶并期待着更为绝妙之事。

一次,我开始指着他告诉梅贝尔这是我的小弟弟。那天下午,电影院上映一部神秘谋杀片。我曾帮爸爸干活,因而挣了一美元,于是,我把四分之一给了傻子,让他去看电

①　汤姆·斯威夫特是供青少年阅读的科幻和冒险系列丛书(共五部)里的主人公名。

影，并买点糖果之类的东西，自己则用剩下的钱带着梅贝尔去。我们坐在后排，因此看见了傻子进场的情景。他刚经过检票员的身边就直盯着银幕看，跌跌撞撞地顺着过道往前走，根本没有注意到自己要往哪里去。我开始用肘推梅贝尔，不过还是有点扭扭捏捏地。傻子看起来有点笨笨的——走路的样子就像是喝醉酒似的，眼睛直勾勾地盯着电影。他正在用衬衫的下摆擦眼镜，灯笼短裤垂挂在身上。他一直走到前几排，那里往往是孩子们坐的地方。我并没有真正用肘推梅贝尔。不过，我想能用自己的钱让他们俩同时看电影真是太好了。

我想，事情像这样持续了有一个月或者六周左右的时间。我感到非常高兴，根本没办法静下心来学习或者专注于其他任何事情。我想跟每个人友好相处。有时候，我只是必须找个人聊聊。而这个人往往就是傻子。他跟我一样高兴。有一次，他说："皮特，你像我的兄弟而不像什么其他人，这一点更让我高兴。"

后来，我和梅贝尔之间出了问题。我从来没能弄清楚这是怎么回事。像她这样的女孩子很难懂。她开始对我不一样了。起初，我不想让自己相信，试图以为这只是自己的想象。看见我时，她再也不表现出高兴的样子。她经常跟橄榄球队那个有辆黄色跑车的家伙出去兜风。那辆车跟她的头发一个颜色，放学后她就跟着他开车走了，她总是笑逐颜开，眼睛一刻也不离开他的脸。对此我一筹莫展，整日整夜地想着她。当我好不容易有机会跟她出去时，她却目中无人，好像根本就不在意我。这让我感觉到总是有什么地方不对劲——我会担心自己的鞋子在地板上发出太响的声音，担心裤子的拉链，或是下巴上的肿块。有时，每当梅贝尔一出现，我就像遇见鬼似的，板着个脸，直呼成年男子姓氏却不加上"先生"二字，有时还说粗话。可到了晚上，我就一直纳闷自己为什么会这样，琢磨到累得睡着了。

起初，我因为心事太重而把傻子给忘了。可后来他开始让我心烦意乱。他会一直等到我从学校回家，总像是有话要跟我说或想让我跟他说些什么。他在手工课上帮我做了一个杂志架，还有一个星期，他省下午餐费帮我买了三包烟。他似乎领悟不出我有心事，不想跟他一起瞎混。每天下午都一样——他在房间里等我，脸上充满期待。然而，我什么也不说或者也许有些粗暴地敷衍他，最后他就出去了。

我无法严格地划分出时间，说某天发生了什么，第二天又发生了什么。因为，我的头脑一片混乱，各个星期的事情互相缠绕在一起，我感觉自己仿佛置身地狱，也就什么都不在乎了。我没具体做些什么事，或说些什么话。梅贝尔依旧跟那个家伙开着那辆黄色的跑车到处转悠，她有时候会对我微笑，有时候则不会。每天下午，我从一个地方跑到另一个我以为她会去的地方。她或是表现得还算友好，我就开始想，事情最终会好起来，她还会喜欢我——或者，她的表现让我觉得如果她不是个女的，我可能已经抓住那个苍白的细脖子把她掐死了。我越是对自己的自欺欺人感到羞愧，我越是对她紧追不放。

傻子越来越让我心烦意乱。他会看着我，好像是因为某件事情而对我颇为责备，但同时他又知道这种现状不会持续太久。他长得很快，而且不知怎么地，说话时还有些结结巴巴。他有时候会做噩梦，或者会把吃下的早饭吐出来。为此，妈妈给他买了一瓶鱼肝油。

后来，我和梅贝尔彻底结束了。我在杂货店遇到她，提出跟她约会。她回绝了，于是我说了一些风凉话。她说她厌恶透了，不想看见我老是在她身边转悠，还说她根本没有喜欢过我，一丁点儿都没有。她毫无顾忌地说出了一切，而我只是站在那里，没做任何回应。我慢慢地走回家。

好几个下午，我独自待在房间里。我哪儿也不想去，也不想跟任何人说话。当傻子进来，有点好奇地看着我时，我大声叫喊，让他出去。我不愿去想梅贝尔跟我一起坐在我的课桌上阅读《大众机械》①或者是削我正在制作的牙刷架的样子。在我看来，我正在把那个女孩从我的脑海里赶出去，效果还不错。

---

① 杂志名。

可到了晚上，对于所发生的一切你就没了招架之力。正是为此，事情才会变成现在这个样子。

你看，在梅贝尔跟我说那番话之后的那几个夜晚，我又梦见了她。好像是第一次出现这种情况，我紧紧地抓住傻子的胳膊，所以把他弄醒了。他抓住我的手。

"皮特，你怎么啦？"

突然间我对一切感到愤怒——对自己、梦境、梅贝尔、傻子，以及我所认识的每一个人，喉咙都噎得喘不过气。我想起梅贝尔对我的每一次羞辱，以及曾经发生过的所有不如意的事。一时间，我觉得除了傻子这个笨蛋以外谁都不会喜欢我。

"为什么我们不能像过去那样做好朋友了？为什么——？"

"你他妈的闭嘴！"我一把掀开被子，起身打开灯。他坐在床中间，不停地眨着眼睛，惊恐万分。

我的体内积压着某种东西，我控制不住。我想，任何人平生都不可能第二次有这样的怒火。我根本不清楚下一句说出的将是什么话。只是到了说出之后才能想起来，并清楚地知道它意味着什么。

"我们为什么不是朋友？因为你是我见过的最蠢的笨蛋！没有人在乎你的那些破事！不要因为我有时候感到愧疚而对你好一点就认为我喜欢你这样的笨蛋！"

如果只是因为我的声音大而伤害到他，事情也没那么严重。其实我说得很慢，看上去我很平静。傻子的嘴巴半张着，就像是撞到了尺骨神经[①]一样。他脸色煞白，额头直冒汗。他用手背擦去汗水，可有那么一会儿，他的手臂一直举着，似乎在阻挡某样东西，不让其靠近。

"难道你什么都不懂吗？难道你就没有跟什么人出去混过世吗？你为什么不去找个女朋友，而是缠着我？你到底想变成多么娘娘腔的家伙？"

我不知道接下来我还说了些什么。我忍不住，简直是口不择言。

傻子一动没动。他穿着我的睡衣，又小又瘦的脖子伸在外面，额头上的头发已经湿了。

"你为什么总在我的身边转悠？难道不知道自己什么时候是不受欢迎的吗？"

在那之后，我依然记得傻子的表情是怎么变化的。慢慢地，那种茫然的表情消失了，嘴巴也闭上了。他的眼睛眯成一条缝，拳头握得紧紧的。他以前从来没有过这种表情。他好像每一秒钟都在长大。他的眼神有些冷酷，你很难在孩子的眼里看到这种表情。一滴汗水顺着他的下巴滚落，可他并不去注意它。他就坐在那里，眼睛盯着我，一言不发，面色

---

① 原文 funny bones。指的是位于肘部内侧的尺骨神经，因被撞击时会产生又痛又麻的奇怪感觉，故名为 "funny bones"。

严厉，一动不动。

"不，你不知道什么时候自己有多惹人厌。你太笨了。真是人如其名——愚蠢的傻子。"

似乎有什么东西在我的体内爆裂了。我关掉灯，坐到窗户边的椅子里。我的腿在发抖，我太累了，累得只想大哭。房间里寒冷黑暗。我坐了很久，抽了一根保存已久被压扁了的香烟。外面的院子黑暗寂静。过了一会儿，我听见傻子躺下了。

我不再愤怒，只是感到疲倦。在我看来，这样跟一个只有十二岁的孩子说话简直是太可怕了。可是我无法收回所说出的一切。我告诉自己要接近他并想办法弥补。但我只是坐着，在寒冷中久久地坐着。我盘算了一下第二天早上怎样才能把事情妥善解决。然后，我回到床上，尽量不把弹簧弄得吱吱响。

第二天我起床时，傻子已经走了。再后来，当我想按计划的那样向他道歉时，他却用一种从未有过的严厉表情看着我，我连一个字都说不出来了。

这一切就发生在两三个月以前。从那时起，傻子比我认识的任何一个男孩都长得快。他几乎跟我一样高了，骨头也更加厚重宽大。他不再愿意穿我的旧衣服，他买了自己的第一条长裤——还用两根皮带子把它吊着。这仅仅是看得见也说得清的变化。

我们的房间完全不再是我自己的了。他召集了一帮小孩，成立了一个社团。当他们不到某块空地上挖战壕打仗的时候，他们就一直待在我的房间里。门上有一行用红药水写成的可笑的文字："替进入此地的局外人感到悲哀"，上面还签着由交叉腿骨图形和神秘的首字母构成的名字。他们组装了一台收音机，每天下午大声地放着音乐。一次，我进来时听见一个男孩正在大声讲述在他哥哥的大汽车后座上看到的情景。我能猜出之前没有听见的部分。那就是她跟我哥哥一起干的事。事实就是——在车里搂搂抱抱。有那么一会儿，傻子有些吃惊，脸上的表情几乎像以往惯有的那样。接着他又变得冷酷坚定。"当然了，蠢货。我们都知道这种事情。"他们没有注意到我。傻子开始告诉他们自己计划在两年后到阿拉斯加去捕猎。

不过大部分时间傻子都是独自待着。当只有我们俩在房间时，情况更糟。他身穿那条灯芯绒吊带长裤，四仰八叉地躺在床上，用那种冷酷的、近乎轻蔑的眼神凝视着我。我坐在书桌边无所事事，并因为他的眼神而心神不定。而事实上我却不得不学习，因为这个学期我已经有三门课要挂红灯了。如果英语再不及格的话，明年我就不能毕业了。我不想变成混混，我不得不专心一些。我一点都不会再去关心梅贝尔或者任何一个特定的姑娘了，现在唯一烦心的是傻子和我之间的事。我们从来不说话，除非是当着家人的面不得不说。我甚至都不想叫他傻子，而是直接喊他的真名，理查德，除非我忘了。晚上，我根本不能跟他一起待在房间里学习，我不得不到杂货店闲逛，跟其他在此处游荡的家伙一起抽烟，无所事事。

我非常想恢复轻松的心境，比什么都想。我怀念傻子和我之间一度有过的奇特的并非愉快的相处方式，这要是放在以前我绝不会相信。可现在一切都大不相同了，可似乎又找不到很好的解决办法。我有时候想，如果我们能出去大打一架，或许会有些帮助。可我不能打他，因为他比我小四岁。还有一点——有时候，傻子的眼神几乎让我相信，如果可以，他很可能会杀了我。

西区八十号的庭院

直到春天我才开始对住在正对面房间里的那个男人产生兴趣。整个冬季的那几个月，隔在我们中间的小院非常阴暗，面对面的小房间的四面墙壁也给人一种私密感。天气寒冷窗户紧闭时，所有的声音似乎总是会变得低沉和遥远。天经常下雪，朝窗外看时，我只能看见顺着灰色的墙壁纷纷落下的白色而寂静的雪花，窗台上被雪蒙上的牛奶瓶和带盖子的食品罐，或许还有黑暗中从紧闭的窗帘后面透出的一丝亮光。这段时间，我记得只瞥见过几次对面的这个男人的不完整形象——结着霜的窗玻璃后面红色的头发，伸出窗外拿食物的手，朝小院里张望时一闪而过的平静而困倦的脸。我没有怎么去注意他，同样我也没有注意这栋楼里住着的另外十来个人。我没有看出他有什么不平常的地方，也没想到我会对他产生之后的那些想法。

去年冬天我要忙的事情太多了，连朝窗外看的时间都没有。这是我上大学的第一年，也是第一次来纽约生活。另外，我还需要想办法找到并保住一个上午打零工的机会。我经常想，假如你是个十八岁的女孩，却不能把自己打扮得看上去更年长一些的话，你会比任何时候都更难找到工作。不过，假如我是四十岁，我也会这么说。总之，现在看来那几个月是我迄今为止过得最艰难的。上午打工（或找工作），下午上学，晚上自习和读书——另外，在这里，我人生地不熟。有一种奇怪的饥渴，我怎么地都无法摆脱，既是对食物的渴望，也渴望着其他的东西。我忙得没有时间在学校交朋友，我从来没有如此孤独过。

深夜，我会坐在窗前读书。家乡的一个朋友有时候会寄来三四美元，让我从这里的旧书店购买一些他在图书馆找不到的书。他会来信索要各种各样的东西——比如《纯粹理性批判》或者《第三工具》①之类的书，以及马克思、斯特雷奇②和乔治·索尔③等这样一些作家的书籍。他现在必须待在家乡帮忙养家，因为他的父亲失业了。他现在是汽车修理工。他本可以找到办公室的工作，不过汽车修理工工资更高，而且钻到车底仰面躺在地上时，他有机会仔细考虑并精心计划一些事情。书寄给他之前，我会先研究一番，而且，

① 俄国哲学家彼得·邬斯宾斯基(1879—1947)所著。
② 里顿·斯特雷奇(1880—1932)，英国传记作家。
③ 乔治·索尔(1887—1970)，美国劳动力经济学家、编辑。

尽管我们只是简单地谈论里面的许多事物，有时候却会有那么一两句话，能让我原先的一知半解变得清晰明确。

这样的谈论也经常会让我躁动不安，于是，我就久久地凝视窗外。现在想想似乎有些奇怪，我一个人孤零零地站在这里，而那个男人却在另一边的房子里呼呼大睡，我根本不了解他，更不在意他。深夜，小院很暗，加上一楼的房顶上盖满了积雪，它看上去就像一个死寂的永远不会苏醒的深坑。

春天渐渐来临。我不懂自己为什么总是对事物刚开始发生变化时的样子不敏感，不能察觉空气更加温暖了，阳光更加强烈了，已照亮小院和它四周的房子。薄薄的黑灰色的块状残雪消失，正午的天空已经一片蔚蓝。我只是注意到可以穿羊毛衫而不用穿外套了，注意到外面的声音正变得十分清晰，开始打扰我阅读了，注意到每天早上照在对面大楼的墙上的阳光已十分明亮了。可是，我忙于应付工作、学业以及业余时阅读书籍所产生的躁动。直到某一天早上，当我发现大楼里的暖气已经关闭，便站起来从敞开的窗户朝外看时，才意识到竟然发生了这么大的变化。说来也奇怪，正是到了那时，我才第一次清楚地看见对面那个红头发的男人。

他跟我一样站在窗边伸头朝外看，两只手扶着窗台。初升的太阳直接照在他的脸上，我感到震惊：他离我这么近，我能如此清晰地看到他。在太阳的照耀下，他的头发闪闪发亮，它从额头往上翘起，通红，似海绵般蓬松。我发现他嘴角圆润，蓝色的睡衣下的肩膀挺拔健壮。他的眼皮微微下垂，不知为何，这让他看上去既精明又沉稳。就在我注视他期间，他进去了一会儿，然后拿着几棵盆栽植物回来，把它们放在窗台上的阳光下。我俩离得很近，在他侍弄植物，小心翼翼地触碰根和土时，我能清楚地看见他那双干净而粗壮的手。他一直反复哼唱着三个音符——这组音符更多地是在表达一种幸福感，而非某种旋律。这个男人身上的某种东西让我觉得我可以整个上午就这么站着注视他。过了一会儿，他再次抬头看了看天，深吸一口气，然后又进屋去了。

天越暖和，事物的变化越大。住在小院周围的所有住户把窗帘向后拴住，好让房间透透气，大家还把床挪出来紧靠着窗户。如果你能看到别人睡觉、穿衣和吃饭，你就会觉得自己很了解他们——尽管你并不知道他们姓啥名甚。除了那个红头发的男人，我还开始不时地去注意其他人。

那个大提琴手的房间跟我的正好成直角，她上面住的是一对小两口。因为我经常在窗边，因此会不由自主地把他们的一切尽收眼底。我知道这对年轻夫妇很快就要有孩子了；而且，虽然女的看上去并不很健康，他们还是挺幸福的。另外，我还对那个大提琴手时好时坏的状态了如指掌。

夜晚，当我不阅读的时候，我就会给老家的那个朋友写信，或者在那台我离家来纽约时他送给我的打字机上把偶然间涌入脑海的一些想法打出来。（他知道，我可能要打一些学校里布置的作业。）我记录的那些东西并没有什么重要的意义——只是，想办法把这些想法写出来，对我是有好处的。纸上有很多地方都用×做了记号，也许还写了类似这样的句子：法西斯主义和战争不可能长久存在，因为它们就是死亡，而死亡是世间唯一的罪恶，或者，经济学课上坐在我边上的那个男孩因为没有外套就得整个冬天都在羊毛衫里面塞上报纸，这是不公平的，或者，我知道并能始终深信不疑的东西是什么？当我坐着写这些东西的时候，我常常会看到对面的那个男人，就好像他总是莫名其妙地跟我内心的想法密切相关——似乎他或许知道该怎么解决那些困扰着我的问题。他看上去是那么冷静和自信。当小院里开始出现那一次的纠纷时，我不由自主地感到他就是那个可以把它摆平的人。

大提琴手的演奏惹怒了众人，尤其是住在她正上面那个怀孕的女孩。那个女孩非常紧张，似乎过得很艰难。她身体臃肿，脸庞枯瘦，一双小手纤细得跟麻雀的爪子似的。她把头发紧贴着头皮往后梳，看上去就像个孩子。有时候，如果琴声特别响，她就会恼怒地朝着大提琴手的房间弯下身去，差一点就要大声地叫她停止。她的丈夫看上去跟她一样年轻，而且，你能看出来他们十分幸福。他们的床紧靠窗边，两个人经常面对面盘腿而坐，有说有笑。一次，他们就那样坐着吃橘子，并把橘子皮往窗外扔。风把一块小橘皮吹进了大提琴手的房间，于是她就对着楼上尖叫，让他们不要把垃圾扔给别人。年轻的小伙子大声笑着，故意让楼下的大提琴手听见，而女孩则放下吃了一半的橘子，不愿再吃了。

这一幕发生的时候那个红头发男人也在场。听了那个大提琴手的叫喊声后，他还是久久地注视着她和那对年轻夫妇。他一如往常，就坐在窗边的椅子上——身穿睡衣，神情放松，什么也不做。（下班回家后，他很少再出去。）他看上去慈祥善良，因此在我看来，他希望阻止租户间的紧张关系。可他只是看着这一切，甚至都没有从椅子里站起来，可我还是有这种感觉。听见人们相互间大喊大叫让我焦躁不安，而不知怎么地，那天晚上我感到疲倦并十分紧张。我把正在阅读的马克思的著作放到桌上，然后看着这个男人，想象着他的情况。

我认为大提琴手是五月一号才搬进来的，因为我记得整个冬天都没有听见她练琴。傍晚时分，阳光照进她的房间，把钉在墙上那些看似照片的东西照得分外明亮。她经常出去，有时候会有某个男人来看她。白天的晚些时候，她会拿着大提琴面对小院而坐，她的双膝分得很开，这样她就能骑在乐器上，她把裙子掀到大腿，这样裙缝就不会绷得太紧。她的乐声质朴，演奏懒散。演奏时，她似乎进入了某种痴迷的状态，脸上却是一副害羞的样子。她似乎总有长筒袜需要挂在窗户上晾晒（我看得很清楚，因此我分辨得出她有时候只洗袜底，既保护了袜子，又省去了麻烦），有些早上，窗帘的绳子上还系着一个花哨的小玩意儿。

我觉得对面的男人不仅很理解大提琴手，也理解院子里的其他人。我觉得，他处事不惊，比大多数人都懂得多。也许，这种感觉就源于他神秘的微微下垂的眼皮。我不清楚真正的原因。我只知道，看着他、想着他，我的感觉真好。晚上回家时，他会带回一个纸袋，然后小心地从里面拿出食物来吃。接下来，他会穿上睡衣，在房间里做一些运动，然后就一直坐在那里，什么事都不做，直到半夜。他是料理家务的好手，他的窗台从不凌乱。他每天早上都会打理那些植物，阳光照耀着他苍白但健康的脸。他经常用一个看似洗耳球的橡皮球很细致地给它们浇水。我从来就猜不准他白天干的是什么工作。

大约在五月底，小院里又有了变化。妻子怀有身孕的那个年轻人开始不再定时去上班了。你可以从他们的脸色判断出他已经失业了。早上，他在家里待得比平时晚，他会从依旧放在窗台上的一夸脱容量的瓶子里帮她把牛奶倒出来，以确保在变质前她能把牛奶全部喝完。晚上，有时候，其他人睡着以后，你还能听见他在低声说话。夜深人静时，他会大声地说你听好了，声音之大足以吵醒大家。接着，他会压低声音，对着妻子开始一番低声而急切的长篇大论。她几乎不发一言。她的脸似乎越来越小，有时，她在床上一坐就是几个小时，小小的嘴巴半张着，像个睡梦中的孩子。

学期结束了，不过我继续待在城里，因为我有这样一个每天五小时的工作，我还想参加暑期课程班。因为不用去上课，我见的人比以前还少，待在家里的时间也更多了。我有足够的时间去弄明白，那个年轻人开始带回家一品脱而不是一夸脱牛奶，并最终在某一天带回仅仅半品脱意味着什么。

看见一个人挨饿时你会是什么感受，这个很难说清楚。你看，他们的房间跟我的只隔了几码，因此我没办法不去想他们的事。起初，我不愿意相信所见到的一切。这并不是远在东区的分租房，我会这样对自己说。我们住在城里相当好，或算得上中等的地段——西区八十号。的确，我们的院子很小，房间也只放得下一张床、一个梳妆台和一张桌子，而且，我们跟分租房里的人一样彼此离得很近。但是，从街上看过来，这些房子很不错；两个入口处都有小厅，地面是看似大理石的材料，另有一部电梯让大家不需要费力地去爬那六级或八级或十级楼梯。从街上看，这些房子显得几近富裕，因此里面不可能有人挨饿。我想说：他们的牛奶减到平时四分之一的量，看不见他吃饭（他每天晚饭时间出去，弄点三明治回来给她吃），这并不表明他们在挨饿。因为，她整天那样坐着，除了我们当中有些人用来存放水果的窗台以外，她对什么都没有兴趣，仅仅是由于她马上就要生孩子，有一点失常而已。因为，他在房间里来来回回地走，有时候还对着她叫喊，声音听似有些哽咽，也仅仅是由于他性情乖戾。

一番推理之后，我总是会朝那个红头发的男人看过去。很难解释我对他的这种信任。我不知道那时自己能指望他做什么，但一直有这种感觉。回家后我不再阅读，却经常坐上好几个小时观察他。有时我们的目光会相遇，此时，其中的一个就会把目光转向别处。这你是知道的，我们这些住在一个院子里的人都能互相看见对方睡觉、穿衣、度过下班后的那些时间，不过却没有人说过话。我们住得太近，近得能把食物扔进对方的窗户，近得用一把机关枪就能在瞬间把所有人统统杀死。然而，我们仍然像是陌生人。

不久，年轻夫妇的窗台上再也没有牛奶瓶了，男的会整天待在家里，他的眼圈是棕色的，嘴巴呈一条纤细的直线。每天晚上你都能听见他躺在床上说话的声音——总是从那声响亮的你听好了开始。整个院子里只有大提琴手没有表现得为此事而感到紧张。

她的房间就在他们的正下面，因此她也许没见过他们的面孔。现在，她练得更少，出去得更多了。我前面提到的她的那个朋友每天晚上都在她这里。他矮小精悍，看似一只猫——矮小的个头，油光发亮的脸，大大的杏核眼。有时候，整个小院都听得见他们的吵架声，而且，不一会儿他就出去了。有一天晚上，她搬回来一个充气男人，整条百老汇大街都有这样的充气人出售——长长的气球做成身体，圆形的小气球做成头，头上画着一张露齿而笑的嘴巴。它的身体是亮绿色，绉纸做的腿是粉色，而纸板做的脚则是黑色。她把这玩意儿拴在窗帘绳上，于是，一阵微风吹来，它便摇摇摆摆，慢悠悠地旋转，笨拙地甩着绉纸做的腿。

到了六月底，我觉得再也不能住在这个小院了。如果不是因为那个红头发的男人，我早就搬走了，而且是远在最终摊牌的那个夜晚到来之前。我没有办法学习，没办法集中注意力做任何事。

我记得很清楚，那是一个炎热的夜晚。大提琴手和她的朋友开着灯，那对年轻夫妇家的灯也是开着的。我对面的那个男人穿着睡衣坐着，一直朝院子里看。他在椅子边放了一个瓶子，偶尔会把它放到嘴边。他的双脚搭在窗台上，因此，我能看清他弯曲的脚趾。喝多了以后，他就开始自言自语。我听不清他说的话，它们连在一起，构成一阵不太响亮但高低起伏的声音。然而，我感觉他或许是在谈论小院里的这些人，因为在吞咽的间隙，他会环顾所有的窗户。我有一种奇怪的感觉——只要我们能听清，他所说的就能帮大家摆平一切。可不管怎么用心听，我还是一句都听不懂。我只是看着他那粗壮的喉咙和平静的脸，即使是有些醉醺醺，他那张脸也照样流露出其内在的智慧。什么结果也没有。我永远也不知道他在说什么。我只是觉得，哪怕他的声音能高那么一点点，我或许能了解到很多东西。

　　一个星期以后就发生了这件事，它让一切都有了一个了结。一天夜里，肯定是两点钟左右，我突然被一个奇怪的声音吵醒。所有的灯都关掉了，四周漆黑一片。声音似乎是从院子里传来的，当我细听的时候，我禁不住全身颤抖。声音并不响亮（我的睡眠不好，否则它根本吵不醒我）但夹杂着一种兽性——亢奋而急促，介于呻吟和惊叫之间。我突然想起，以前曾听到过这种声音，不过那是在很久以前，我已经记不清了。

　　我走到窗边，从那里听上去，声音似乎来自大提琴手的房间。所有的灯都关掉了，天气温暖，夜色黑暗，没有一丝月光。我站在那里往外看，试图想明白到底出了什么事。就在此时，只听见那对年轻夫妇的房间里传来叫喊声，这声音让我终生难忘。原来是那个年轻人，他说的每个字里都暗含着一种让人窒息的声音。

　　"闭嘴！楼下的婊子，闭嘴吧！我真是受不了——"

　　当然，我马上明白原先的那个声音是什么了。他说了一半就停住了，院子马上陷入死一般的寂静，没有吵闹后原本会出现的那种"嘘"声。有几户开了灯，但仅此而已。我站在窗边，感到十分恶心，全身颤抖不止。我看着对面那个红头发男人的房间，几分钟后他打开了灯。他睡眼惺忪地看着整个小院。做点什么吧，做点什么吧，我想对着他叫喊。不一会儿，他拿着一个烟斗坐在窗户边的椅子上，并把灯关掉了。甚至在其他人似乎都睡着之后，炎热的空气中依旧有他的烟草味儿。

那个夜晚之后，事情就开始变成现在这样了。那对年轻的夫妇搬走了，那间房子一直空着。那个红头发的男人和我都不再像以前那样经常待在家里了。我再也没有见过大提琴手那个看似矮小精悍的朋友了，她只会拼命地练琴，总是非常用力地把弓从弦上推过去。每天清晨，当她去收那些挂在窗户上晾晒的胸罩和长筒袜的时候，她总是一把把它们抓进去，然后转身背对窗户。那个充气男人依旧荡悠悠地悬挂在窗帘绳上，依旧慢慢地在空中旋转，咧着嘴微笑，发着亮绿色的光芒。

就在昨天，那个红头发的男人也永远离开了。现在是夏末，通常是人们搬家的日子。我看着他打包所有物品，尽量不去想再也见不到他了。我想到马上就要开学了，想到需要列出的一大串阅读书目。我注视着他，仿佛他是个完全陌生的人。他似乎比这么久以来的任何时候都高兴，一边打包行李一边哼着小调，他抚弄了那些放在窗台上的植物好一会儿，才把它们拿进去。就在离开前，他站在窗边最后一次看了看整个庭院。在强烈的阳光下，他依旧一脸淡定、目不斜视，不过，他的眼皮下垂得几乎完全闭合，强光在他鲜艳的头发周围形成一个模糊的圈，浑似一个光环。

今晚，关于这个男人我想了很长时间。我一度开始给那个远在家乡当汽车修理工的朋友写回信，可是我改变了主意。原因是这样的——很难跟任何人，包括我的朋友，解释这到底是怎么回事。你看，如果要真正谈及这个话题，对于他的很多事情我却一无所知——他的名字、工作，甚至是他的国籍。他未曾做过什么，而且，我甚至不是确切地知道自己曾期待他做些什么。我不再像当初那样认为他能给那对年轻的夫妇带来什么帮助。当我回想当初关注着他时的情景，我想不起来他曾做过任何不寻常的事情。如果要对他进行描述，除了头发以外他并没有什么突出的地方。总的来说，他跟成千上万的其他男人并没有什么不同。不管听上去有多么奇怪，我还是觉得他身上的某种东西能改变很多事情，能让它们一一得到解决。而对于这类事情，有一点我需要声明——只要我觉得是这样，从某种意义上说它就是这样。

波尔蒂

汉斯离旅馆只有一个街区的时候，天空中落下凉飕飕的雨，百老汇大街上刚刚亮起的灯光顿时黯然失色。他用苍白的眼睛盯着一块写有"科尔顿·阿姆斯"的牌子，把一张乐谱塞在外套里，匆匆向前走去。跨入铺着大理石的昏暗肮脏的门厅时，他已经上气不接下气，而且，那张乐谱也被压得皱巴巴的了。

他朝眼前的那张脸微微一笑。"三楼——这一次。"

你总是能辨别开电梯的人对这个酒店里的常客是哪种态度。当那些他极为尊重的人在他们所到的楼层走出电梯时，他总是手扶电梯门让它多开一会儿，态度十分热情。而汉斯却不得不偷偷地跳一下，这样才不至于被滑动的电梯门夹到脚后跟。

波尔蒂——

他迟疑地站在昏暗的走廊里。走廊尽头传来大提琴的声音——几段下降的音阶急促地相互触碰，就跟一大把弹珠顺着楼梯往下滚落似的。他手拿乐谱朝那扇门走去，然后在门口站了一会儿。门上有一张用图钉固定的告示，上面用歪歪扭扭的印刷体写着：

波尔蒂·克莱恩
练习时请勿打扰

他记得第一次见到这张告示时，上面的"练习"（PRACTICING）ING 前面多了一个字母 E。

　　暖气似乎很低；他的外套的褶皱处闻起来有些潮湿，并透出丝丝寒意。蜷缩在走廊尽头的窗户边并不太热的暖气片上也没有让他感觉到更加暖和。

　　波尔蒂——我已经等你太久了。多少次，我踱步门外等你结束练习，反复斟酌想对你说的话。上帝！多么美——真是美如诗歌或舒曼的小曲。就像这样开头。波尔蒂——

　　他的手顺着生锈的铁片慢慢移动。充满激情，她一贯如此。如果他拥抱她，他很可能想把自己的舌头咬成两半。

　　汉斯，你知道，其他人对我毫无意义。约瑟夫，尼古拉，哈利——所有这些我认识的人。而我上星期谈起的那个，不可能，你只见过三次而已，现在这个库尔特——呸！他们什么都不是。

他突然想到自己的双手正用力地揉着乐谱。他低头一看，发现着色狂野的乐谱纸的背面已经潮湿褪色，不过里面的音符没有受损。便宜货。哎，算了吧——

他在大厅里来来回回地走，反复擦着满是疙瘩的额头。大提琴声"呼"地一下往上蹿成一个琶音。为了那场音乐会——卡斯特罗夫·特德斯科作品音乐会——她到底要持续练习多长时间？他一度停下脚步，把手伸向门把手。不行，那一次他进去时，她就看着他——看着他然后跟他说——

乐曲在他的脑子里尽情翻滚。他的手指快速地弹动着，尝试着把总谱当成钢琴曲演奏出来。若是这样，此刻她必定是身体前倾，双手在键盘上滑动。

从窗户进来的昏黄色光线使走廊的大部分地方十分昏暗。他突然心血来潮，跪下身子，将眼睛对准钥匙孔。

只能看到墙壁和墙角；她肯定在靠窗的位置。只有墙壁和它上面那一串显眼的照片——卡萨尔斯，皮亚蒂戈尔斯基，以前在家时她最喜欢的家伙，以及海菲兹①——还有塞在照片之间那些情人节和圣诞节的卡片。边上是一幅名为《黎明》的画，画上是一个光脚女人，手举一枝玫瑰，画的上方高高地悬挂着一顶她去年新年时得到的暗粉色的纸派对帽。

音乐逐渐增强至高潮，并以几个快速的敲击音结束。哎

---

① 三者都是著名的大提琴家。

呦！最后一个四分音符被漏掉了。波尔蒂——

他快速地站起来，赶在她继续练习之前敲响了门。

"是谁？"

"我——汉——汉斯。"

"好的。进来吧。"

她坐在光线渐渐暗淡下来的朝向院子的窗户边，双腿张开紧紧地夹住大提琴。她扬了扬眉毛，让手中的琴弓垂到了地板上，眼神中充满期待。

他的眼睛盯着顺着窗玻璃流下的雨滴。"我进来是想给你看一下今晚我们要演奏的流行曲目。就是你提议的那首。"

她的短裙在长筒袜袜口的上方，她使劲地扯了一下它，这个动作吸引了他的目光。她的小腿肚凸出，一只袜子上有一小块脱丝。他额头上的青春痘更红了，眼睛再一次偷偷地盯着雨滴。

"你在外面听见我练琴的声音了吗？"

"听见了。"

"听我说，汉斯，它听上去是不是很灵性——是不是它一响就把你带到一种更高的境界？"

她满脸通红，一滴汗水顺着乳沟流下，消失在衣服下面。"是——的。"

"我也这么想。过去的这个月我的演奏变得更有深度了。"她用力地耸了耸肩。"是生活让我变得这样——只要发生这种事情都会有这样的变化。以前从来都不是这样的。我的意思是只有经历过磨难你才能演奏得好。"

"人们的确是这么说的。"

她盯着他，似乎在寻求更坚定的认可，然后任性地抿了抿嘴唇。"那个狼音①快要把我逼疯了。就是福雷的那首曲子——那个 E 音②——它总是三番五次地跑出来，我都被它烦死了。我开始惧怕那个 E 音了——它很刺耳，太难听了。"

"你早该让人把它换掉。"

"不错——可是我下一次要演奏的曲子有可能需要那个音调。那样做并不会有什么好处。另外，要花不少钱呢，而且我的琴要留在他们手上好几天，那么我用什么？用什么，你说啊？"

等他有了钱，她可以得到——"我没注意到有这么多问题。"

"真他妈的该死！那些琴拉得像狗屎一样的人用那么好的大提琴，可我连一把像样的琴都没有。我不得不忍受那个狼音，这太不公平了。它毁了我的演奏——每个人都能听出来。凭借这么个奶酪盒子，我还能指望拉出什么好听的

———————————

① 音乐术语，指因乐器的自然共鸣体和琴弦之间的冲突而产生的不和谐声音。
② C 大调音阶的第三音。

音来？”

一首奏鸣曲中的一个乐句挤进他的脑海后又钻了出来，"波尔蒂——"这一次又想说什么？我爱你，爱你。

"再说了，我为什么要费那个心——就为了我们现在这份烂工作？"她做了一个夸张的手势，站起来，把琴在房间的角落里放稳。当她打开灯时，圆形的灯投下的阴影与她的身体曲线正好重合。

"听着，汉斯，我现在着急得真想大喊大叫。"

雨水打在窗户上。他搓了搓额头，看着她在房间里来回走动。突然间，她瞥见了袜子上那个脱丝的地方，于是，不悦地"嘶"了一声，朝指尖上吐了点口水，弯下腰，把口水抹到脱丝的末尾处。

"没有哪个大提琴手的袜子会这样。这是何苦呢？就为了旅馆里的一间小房，一周内的每个晚上我们都要演奏三个小时的垃圾曲子，最终却只能得到区区五美元。而我每个月要买两双长筒袜。即使我每天晚上只洗袜底，上面照样会脱丝。"

她从窗户上拽下一双跟胸罩并排挂着的袜子，脱下脚上的那双，然后开始往脚上穿。她的腿很白，上面有少许黑色的腿毛，靠近膝盖的地方布满了青筋。"不好意思——你不介意的，是吧？你对我而言就像是自家的小弟弟。况且，如果我穿着那个去演出的话，我们都会被解雇。"

他站在窗边，看着因雨水而模糊不清的隔壁大楼的墙。他正对面的平台上放着一个牛奶瓶和一罐蛋黄酱。下方，有人把衣服挂在外面晾晒却忘了拿进去了；它们在风雨中凄凉地摆动着。小弟弟——天呐！

"还有礼服，"她极不耐烦地继续说道，"因为双膝总是要分开，它们总是会在接缝处裂开。但是，即使是这样也比过去好了不少。大家都穿短裙的那个时候你认识我吗——想当初，我虽然在演奏时穿得很一般但依旧跟得上时尚。那个时候你认识我吗？"

"不认识，"汉斯回答说，"两年前你的衣服跟现在的基本一样。"

"对，我们第一次见面正好是在两年前，不是吗？"

"当时你跟哈利在一起，音乐会之后——"

"听着，汉斯。"她凑过来，急切地看着他。由于凑得太近，她身上的香水味冲进他的鼻孔。"我一整天都神魂颠倒的。心里想的全是他，这个你知道。"

"是——谁？"

"你心里很清楚——就是他呀——库尔特！他是多么地爱我。汉斯，你不觉得是这样吗？"

"嗯——可是，波尔蒂——你总共才见过他几次呀。你们彼此间几乎不了解。"那天在莱温家，库尔特抛弃了她，而当时她正在称赞他的作品以及——

"哪怕我跟他只见过三次，那又有什么关系。我一点都不在乎。我只在乎他的眼神以及他对我的演奏所做的评价。他是那么地富有灵魂。这种灵魂会从他的音乐中流露出来。你听过谁把贝多芬的《葬礼进行曲》演奏得有他那天晚上那么好吗？"

"很好——"

"他跟莱温夫人说我的演奏很有气质。"

汉斯没办法正眼看她；灰色的眼睛只好盯着雨水看。

"他是那么友善。真是一个高尚的人！①可我能做什么呢？嗯，汉斯？"

"我不知道。"

"不要闷闷不乐。要是你，你会怎么做？"

他强装笑容。"你——你有他的音信吗？他打过电话或写过信吗？"

"没有——不过我确信这恰恰是他考虑周到的地方。他不想让我感到被冒犯或者拒绝他。"

"他不是已经承诺要在明年春天娶莱温夫人的女儿了吗？"

"是的。但这是个错误。他怎么会愿意要她那样的婊子？"

---

① 这两句话的原文为德语。

"可是，波尔蒂——"

她把背后的头发理顺，双臂高高举过头顶，这样一来，她那丰满的乳房紧绷绷地翘了起来，腋下的肌肉收缩，在薄纱裙下若隐若现。"在他的音乐会上，我觉得他是在为我演奏。每一次鞠躬的时候，他都直直地看着我。这就是他没有给我回信的理由——他太担心会伤害别人，况且，他总是可以通过音乐向我倾诉衷肠。"

汉斯咽了咽口水，细细的脖子上凸出的喉结上下移动着。"你写信给他了？"

"我不得不写。一个艺术家怎么能压抑住她遇到的最重要的东西。"

"你在信中说了什么？"

"我告诉他我有多爱他——就在十天前——也就是我在莱温家第一次见到他的一个星期之后。"

"而你没有收到任何回信？"

"没有。你难道不明白他现在是什么感受吗？我知道事情会是这样，所以，前天我又给他去了封短信，告诉他不要担心——我对他的爱矢志不渝。"

汉斯用纤细的手指轻轻捋过发际线。"可是，波尔蒂——你还有那么多其他人——仅仅从我认识你开始计算。"他站起来，把手指放在卡萨尔斯边上的那张照片上。

那张脸正对着他微笑，丰厚的嘴唇上方有浓浓的胡子，脖子上有一个小圆点。两年前，她曾经多次指着它，告诉他小提琴所倚靠的那个部分原先红得像发怒的脸。于是她就常常用手指轻抚它。她还把它称作是"小提琴手的厄运"——而它慢慢地变成只属于他的连连厄运。有那么一会儿，他紧盯着照片上那个模糊的污点，想象它是照片上本来就有的，还是由于她无数次地指给他看而被她弄上去的。

那双眼睛直直地盯着他，深邃、神秘。汉斯双膝发软，于是重新坐了下来。

"告诉我，汉斯，他是爱我的——难道你不这么认为吗？你也觉得他是爱我的，只不过他一直在等待回应我的最佳时机——你是这么想的吧？"

房间里的一切似乎被一层薄雾笼罩。"是的。"他缓缓地说。

她脸色大变。"汉斯！"

他身体前倾，全身发抖。

"你——你看起来太古怪了。你的鼻子不停抽动，嘴唇瑟瑟发抖，看上去就要哭出来了。怎么——"

波尔蒂——

她问到一半却突然大笑了起来。"你看上去就像我父亲曾经养过的一只奇怪的小猫。"

迅速地，他走向窗户，这样他的脸就避开了她。雨水依旧顺着银灰色半透明的玻璃滑下。隔壁大楼的灯亮了；柔和的灯光穿透灰白的暮色。哎呦！汉斯咬破了嘴唇。在某扇窗户里，似乎——看起来像个妇女——波尔蒂正在一个黑头发的高大的男人怀里。而在窗台上，在牛奶瓶和蛋黄酱罐的边上，一只黄色的小猫正在外面的雨中朝里看。缓缓地，汉斯骨瘦如柴的指关节搓揉着眼皮。

来自天空的呼吸

　　有好一会儿，她那年轻而消瘦的脸庞不满地凝视着镶在天边那一抹淡柔的蓝色。接着，她张开的嘴巴颤动了一下，她重新把头放到枕头上，把巴拿马草帽斜罩在眼睛上方，然后躺在帆布条椅中一动不动。变幻莫测的阴影图案在覆盖在她瘦弱的身体上的毯子的上方快速翻动。不远处，白色绣线菊丛中传来蜜蜂的嗡嗡声。

　　康斯坦斯打了个小盹。之后，她被热烘烘的草帽那令人窒息的味道弄醒了——还有惠兰小姐的声音。

　　"来。这是你的牛奶。"

　　迷迷糊糊地，她想到一个她不打算问，甚至未曾有意识地思考过的问题："妈妈在哪里？"

　　惠兰小姐圆乎乎的双手捧着闪闪发光的瓶子。当她往外倒的时候，牛奶在阳光下冒着白色的泡沫，杯子则被一层晶莹剔透的薄雾包裹。

"哪里——?"康斯坦斯重复道,她让这个词随着她浅浅的呼吸一起滑出。

"跟另外那两个孩子去什么地方了。早上,米克因为泳衣的事情大吵大闹。我猜他们是去镇上买泳衣了。"

这么大嗓门。大得足以把脆弱的绣线菊花枝震断,这样一来,成千上万的小花就会纷纷飘落,在一个神奇的白色万花筒里下落,下落。寂静而洁白。只留下光秃秃的多刺的嫩枝给她看。

"我敢确定,要是你的母亲知道你整个上午都待在什么地方的话,她肯定会大吃一惊。"

"不会。"康斯坦斯轻声说,不知道为什么要否认。

"我倒认为她会。这是你第一次到外面来。我知道,我本以为医生不会被你说动心,让你出来,特别是发生了昨天晚上的事之后。"

她盯着保姆的脸,看着她裹着白衣的臃肿的身体,以及她那双安静地合抱在腹部的手。接着,她再次看着那张脸——如此耀眼的粉色,如此肥胖的脸蛋,为什么——为什么过分的重量和明亮的颜色并不让人觉得不舒服——为什么它不会无力地往下垂,直至胸口——?

憎恨让她的嘴唇颤抖,她的呼吸也越来越浅,越来越快。

过了一会儿,她说:"如果我下周能到三百英里以外的地方去——直达高山——我想，在自家的偏院里坐会儿也不打紧吧。"

惠兰小姐挪出一只又短又粗的手把小女孩脸上的头发往后梳。"现在，现在，"她平静地说，"那里的空气会有一些效果。要有耐心。得了胸膜炎后——你必须慢慢来，小心一点。"

康斯坦斯咬紧牙齿。不要把我惹哭了，她心里想。拜托，我哭的时候不要让她再看着我。不要让她再看着我或碰我。不要，拜托——不要再这样。

当保姆拖着肥胖的身躯穿过草地，回屋去的时候，她忘了哭泣的事了。一阵风儿来了，街对面橡树的叶子便在风中摆动，在阳光下闪着银色的光，她注视着这一切。她把那杯牛奶放在胸口，不时微微低头抿一下。

又出来了。身处蓝色的天空下。在黄色墙壁的房间里呼吸了好几个星期稀薄而炎热的空气之后；在呆呆地注视着床边的踏板，感觉到它就要压向自己的胸口之后。蓝色的天空。清凉的蓝色，她可以一直吸吮着它，直至全身被浸染成相同的颜色。她盯着上方，直至眼里涌出一股热热的湿气。

汽车刚刚在远处的街上发出响声，她就辨认出了发动机的轧轧声，于是把头转向从自己躺着的地方所能看到的那一段路。车子似乎很小心地倾斜着摇摇晃晃驶入家门口的车道，猛地停下并发出吵闹的声音。汽车后窗上的一块玻璃已经裂开，裂口上粘着一块脏兮兮的胶布。它的上方晃动着一只牧羊犬的脑袋，头竖得高高的，舌头不停地抖动着。

米克牵着狗最先跳下车。"看那儿，妈妈，"她叫道，有力而响亮的童声听似尖叫，"她在外面。"

莱恩夫人走到草地上，看着自己的女儿，她脸庞凹陷，神色紧张。她深深地吸了一口拿在颤抖的手指上的香烟，然后吐出几缕轻飘飘的灰色烟雾，它们在阳光下相互缠绕。

"嘿——"康斯坦斯冷冷地说。

"你好，稀客呀，"莱恩夫人用刺耳的高兴的声音说，"谁让你出来的？"

米克紧紧地拉着极力想挣脱的狗。"看，妈妈！国王想到她那边去。他还没有忘了康斯坦斯。看。他对她跟对我们一样熟悉——是吧，小宝贝，小宝贝，小宝贝。"

"不要这么大声，米克。去，把那条狗锁到车库里去。"

落在母亲和米克后面的是霍华德——长满青春痘的十四岁的脸上带着羞涩。"你好，姐姐，"过了好久他才又咕咕哝哝地说道，"你感觉怎么样？"

看着他们三个人站在橡树的阴凉下，不知怎么地让她感到比出来以后的任何时间都更加疲倦。特别是米克——她试图张开粗壮的双腿骑在国王的身上，因此她紧紧地拽着他弓着的随时准备向她跳过来的身体。

"看，妈妈！国王——"

莱恩夫人猛地抖了抖一边的肩膀。"米克——霍华德，马上把那只畜生弄走——听我的，马上——把他锁到什么地方去。"她细长的手下意识地做着手势。"此刻，马上。"

孩子们侧着眼看着康斯坦斯，穿过草坪向房前的门廊走去。

"那么——"他们走了以后莱恩夫人说，"你是自己爬起来然后走出来的吗？"

"医生说我可以——终于——然后他和惠兰小姐从地下室拿出这把摇椅，然后——帮我。"

这些话，由于一次说得太多，让她累着了。当她大吸一口气，以便让自己喘过气来的时候，她又咳嗽了。她靠向椅子的一侧，手拿纸巾，不停地咳着，直到她一直盯着的那片矮小的草叶像她床边的地板缝一样沉入她无法抹去的记忆中。咳嗽停止后，她把纸巾塞进椅子边的一个纸箱里，然后看着她的妈妈——她正站在绣线菊丛边，背对着她，茫然地用烟头烧烤着盛开的花朵。

康斯坦斯把目光从她妈妈身上转向蓝色的天空。她觉得必须说些什么。"真希望我也有一根香烟。"她慢慢地说，每一个音节都正好和着她浅浅的呼吸的节奏。

莱恩夫人转过身来，嘴巴张开，嘴角抽动，露出灿烂得有些过头的笑容。"那么现在就是最佳时机！"她把香烟扔到草地上，并用脚尖把它压灭，"我想也许我自己也该停一段时间。我的嘴巴感到疼痛，毛茸茸的——像一只肮脏的小猫。"

康斯坦斯无力地笑了笑。每笑一次对她而言都是负担，却可以让她更清醒。

"妈妈——"

"什么事？"

"今天上午医生找你了。他叫你打电话给他。"

莱恩夫人折下一枝绣线菊，用手指将它碾碎。"我马上进去跟他谈。惠兰小姐在哪里？她不会趁我不在的时候把你一个人留在草坪上吧——丢到这里之后便不管不顾，然后——"

"嘘，妈妈。她在屋里。今天下午她休息，这你是知道的。"

"是吗？可是，现在不是下午。"

轻声的话语随着呼吸溜了出来，"妈妈——"

"是的，康斯坦斯。"

"你——你还打算再出来吗？"说话时她把头转向别处——看着蓝得像燃烧的火焰的天空。

"如果你想让我出来的话——我就出来。"

她看着母亲穿过草坪，拐弯走上通往前门的砂石路。她的脚步歪歪扭扭的，像玻璃玩偶的脚步那么笨拙。一只瘦骨嶙峋的脚踝僵硬地推到另一只的前面去，同样瘦骨嶙峋的手臂僵硬地摆动着，细长的脖子偏向一边。

她把目光从牛奶移向天空，然后又移回来。"妈妈。"她的嘴唇说道，但出来的却只有呼气的声音。

牛奶几乎没被动过。两个奶油色的脏物并排从杯口沉下去。这时她已经喝了四次了。有两次喝得很顺利，另外两次则是打着哆嗦闭着眼睛喝的。康斯坦斯微微地转了一下杯子，嘴唇伸进没被弄脏的那部分。牛奶凉凉地、懒洋洋地顺着喉咙悄悄地滑下去。

回来时，莱恩夫人戴上了她的粗纱园艺手套，拿着生锈的叮当作响的园艺剪刀。

"你给里斯医生打过电话了？"

这个女人的嘴角极其轻微地动了一下，好像刚咽了什么东西。"是的。"

"那么——"

"他认为最好——不要拖得太久。如果就这样等待下去——越早安顿下来对你越有利。"

"那么，什么时候呢？"她觉得指尖的脉搏在颤动，就跟花上的蜜蜂一样——不停地触碰着凉凉的玻璃杯。

"你觉得后天怎么样？"

她觉得自己的呼吸缩短成滚烫的、被阻滞的喘息。她点了点头。

房间里传来米克和霍华德的声音。他们似乎因为泳衣的带子而起了争执。米克的声音里夹杂着尖叫声。接着，声音静了下来。

这就是她差点哭出来的原因。她想到了水，想象自己看着水中那翡翠般碧绿的旋涡，感受着滚烫四肢碰到它时的凉爽，并在里面轻松地长长地划水前行。凉爽的水——天空的颜色。

"噢，我真的觉得自己太脏了——"

莱恩夫人拿着剪子正准备剪花。她抬起眼皮，手里抓着一把绣线菊。"脏？"

"是——是的。我已经很久没有洗澡了——三个月了。每次总是拿海绵擦擦，我已经烦透了——水太少了——"

她的母亲蹲下去，从草地上捡起一张糖纸，呆呆地盯着它看了一会儿，又让它掉回到草地上。

"我想去游泳——感受一下真正凉爽的水。这不公平——我不能去，这不公平。"

"嘘，"莱恩夫人不耐烦地说，"嘘，康斯坦斯。不要为毫无意义的事烦恼。"

"还有，我的头发——"她抬起手，摸了一下后颈上突出的油乎乎的发髻。"几个月——没用水洗——又脏又乱的头发快要让我发疯了。我能忍受胸膜炎、导液、肺结核等等，可是——"

莱恩夫人紧紧地攥着手里的花，它们无力地卷曲着互相缠绕在一起，好像感到很羞愧似的。"嘘，"她冷冷地说道，"你根本没必要这样。"

天空异常明亮——蓝色喷射状火焰，使得空气令人窒息，杀气腾腾。

"也许，如果它被剪短的话——"。

园艺剪刀慢慢合起。"嘿——如果你想让我——我想我可以把它剪了。你真的想让它短一点吗？"

她把头转向一边，无力地抬起一只手去拉拽铜色的发夹。"是——很短。把它全部剪掉。"

深棕色，浓厚的头发垂到枕头下面好几英寸。莱恩夫人弯下身子，抓起一把头发，有些犹豫不决。在阳光下亮得刺眼的剪刀片开始慢慢地剪下去。

米克突然从绣线菊丛后面出现。除了一条泳裤，她什么也没穿，胖胖的小胸脯在阳光下像丝一般洁白光滑，圆圆的婴儿肚正上方有两条柔软的胖嘟嘟的肉。"妈妈！你在给她剪头发吗？"

莱恩夫人小心翼翼地拿着剪下来的头发，满脸疲惫地盯着它看了好一会儿。"剪得还不错，"她愉快地说，"我希望你的脖子上没有小绒毛。"

"没有。"康斯坦斯看着自己的小妹妹说。

孩子伸出手掌。"把它给我吧，妈妈。我可以把它塞到国王那个可爱的小枕头里。我可以——"

"千万别给她碰那个脏东西。"康斯坦斯低声地说。她用手指拨弄着脖子周围坚硬稀疏的发根，然后无力地垂下去拉扯地上的小草。

莱恩夫人弯下腰，把原本放在报纸上的花儿挪开，用它把头发包起来，然后把包裹放在病人椅子后面的地上。

"我进去的时候会带上——"

炎热的宁静中，蜜蜂一直嗡嗡地叫着。树荫变得越来越暗，原先一直在橡树边摆动的阴影也静止不动了。康斯坦斯把毯子往下推到膝盖。"你跟爸爸说我很快就要走了吗？"

"是的，我打电话跟他说的。"

"要到高山去？"米克问道。她先用一条光着的腿站稳，然后再换成另一条。

"是的，米克。"

"妈妈，那不是你去看望查理叔叔的地方吗？"

"是的。"

"他不就是从那里给我们寄了些仙人掌糖果的吗——很久很久以前？"

一条条像蜘蛛丝那么纤细的灰色皱纹横穿莱恩夫人嘴巴四周及眉头的皮肤。"不是的，米克。高山就在亚特兰大的另一边。你说的那是亚利桑那州。"

"那种糖味道怪怪的。"

莱恩夫人又开始急匆匆地剪着花。"我——我听见你的那只狗在什么地方吼叫。去照顾他——去——走开，米克。"

"你听不见的，妈妈。霍华德正在后门的走廊上教他怎么握手。不要把我支开，"她双手搭在鼓鼓的肚子上，"看！你还没说我的新泳衣怎么样呢。我穿着它好看吗，康斯坦斯？"

患病的女孩看着眼前这个孩子身上紧缩的、渴望的肌肉，然后又重新凝视着天空。两个词挂在她的嘴唇上，却没有声音。

"哎呀！我想抓紧点，早点到那里。你知道吗，今年，他们让大家从某种类似沟渠的东西上走过去，这样你的脚趾就不会红肿疼痛——而且，他们还弄了新的滑梯。"

"听我说，米克，马上进屋去。"

这个孩子看了看母亲，然后穿过草地走了。走上通向门口的小路时，她停住，用手遮住眼睛，回头看着她们。"我们马上就走吗？"她闷闷不乐地问道。

"是的，把毛巾拿上，做好准备。"

有那么几分钟，母女俩什么都没说。莱恩夫人笨拙地从绣线菊丛挪到车道边缘那些艳丽的花丛边，慌忙地剪着盛开的花朵，正午时分脚下矮胖的阴影追逐着她。康斯坦斯迎着刺眼的阳光半闭着眼睛看着她，骨瘦如柴的双手搭在一鼓一鼓地搏动着的胸口。终于，她在嘴唇上准备好了几个字，并把它们放了出来。"我独自去那里吗？"

"那是当然的了，亲爱的。我们只是把你往自行车上一放，然后往前一推——"

她用舌头把一串痰压碎，免得要往外吐，然后想重复一下那个问题。

没有盛开的花儿可剪了。那个女人侧着头，目光越过怀抱的花束上方看着自己的女儿，布满青筋的手不停地变换着抓在花茎上的位置。"听着，康斯坦斯——园艺俱乐部今天有活动。大家都打算在俱乐部里吃午饭——然后去参观某个人家的岩石花园。只要我把其他孩子都带走，我想我——我去的话，你也不会介意的，是吧？"

"不介意。"过了一会儿康斯坦斯才说。

"惠兰小姐答应继续待在这儿。明天，也许——"

她还在想那个她必须重复的问题，可是那些字眼就像是一颗颗黏液粒似的粘在喉咙上，而且，她觉得，如果她试图把它们赶出来的话，她会哭出来。她说出来的却是，并无特别的理由，"真好看——"

"是吧？特别是绣线菊——非常洁白优雅。"

"我出来后才知道它们早就开始盛开了。"

"你不知道吗？上个星期我弄了一些装在花瓶里给你送去了。"

"花瓶里——"康斯坦斯低语道。

"然而，夜晚。那才是赏花的好时机。昨天晚上，我站在窗户边——月光撒向鲜花，你知道白色的鲜花在月光下是什么样子——"

突然，她抬起眼皮，看着母亲的眼睛。"我听见你的动静了，"她用近似责备的语气说道，"踮着脚尖在走廊里来来回回地走。很晚的时候。在客厅里。我想我听见了前门打开和关上的声音。当我咳嗽的时候，我还曾经看了看窗外，我想我看见了草地上有一件白色的连衣裙在到处移动，像个鬼似的——像是——"

"嘘。说话太——太耗体力了。"

到了该问那个问题的时候了——她的喉咙似乎因那些成熟的音节而肿胀。"我是独自一人去高山，还是跟惠兰小姐一起，还是——"

"我会跟你一起去。我会带你坐火车去，然后在那里待几天，直到你安顿下来。"

她的妈妈背对着太阳，挡住了耀眼的阳光，这样她就能直视她的眼睛。它们是凉爽的早晨天空的颜色。它们正用一种奇怪的平静看着她——一种空洞的宁静。它们是太阳将其照得耀眼、冒着热气之前，天空的那种蓝色。她张着颤抖的嘴唇盯着它们，听着自己的气息发出的声音。"妈妈——"

词尾被第一声咳嗽掩盖。她斜靠在椅子的边缘，感觉到它们就像是从体内某个不明的部分升起的强风在撞击着自己的胸部。它们一次一次地接踵而来，力量均衡。当最后那次无声的咳嗽在经历了一番曲折终于完全结束时，她已经十分疲倦了，她的身体软绵绵地垂挂在椅子的扶手上，毫无反抗之力，她甚至怀疑是不是自己的力量在支撑着晕乎乎的脑袋。

在接下来喘息的那会儿，依旧在面前的那双眼睛不断延伸，变得有天空那么宽阔。她看了看，吸了口气，然后又挣扎着看了看。

莱恩夫人已经转身了。不过，不一会儿就响起了她那响亮刺耳的声音。"再见了，宝贝——我现在得走了。惠兰小姐马上就出来，而你最好还是马上进去。时间太长——"

在她穿过草坪时，康斯坦斯感到看见她的肩膀轻微地颤抖——这个动作十分明显，就像一只透明的玻璃杯被用力地撞了一下似的。他们离开时，惠兰小姐平静地站在那里，挡住了她的视线，所以她只瞥见了米克和霍华德半裸的身体和他们屁股后面自由摆动的毛巾，以及国王伸出贴着脏胶布的破玻璃窗的摇摇晃晃的脑袋。但她听见了发动机因油料加得过多而发出的轰鸣声，以及汽车在车道上往后倒车时齿轮疯狂磨损的声音。甚至在发动机的声音渐渐消失以后，她似乎仍然能看见母亲苍白紧张的脸伏在方向盘上方——

"你怎么了？我希望，不会是你的身体侧面又痛了吧。"

她的头在枕头上来回转了两次。

"来。回到里面去的话你就会没事的。"

她的手顺着从脸颊上流下的发烫的水滴，沉了下去，软绵绵的，白如羊脂。她畅游在一片广阔的纯净的天空般的蓝色中，没有一丝气息。

孤儿院

　　把孤儿院和那个残忍的瓶子联系在一起纯属孩提时代不成熟的思维方式，因为故事开始的时候我最多只有七岁。但作为镇上孤儿的居所，孤儿院本身，因其丑得不可思议，肯定负有不可推卸的责任。它是一栋带山墙的大房子，被粉刷成墨绿色，退缩在一个粉刷得不均匀的前院里，院子里除了两棵木兰树以外，基本上什么都没有。院子四周围着铁栅栏，你如果停在路边朝里看的话，很少能看到孤儿。然而，在很长一段时间里，后院对我而言却是个十分神秘的地方；孤儿院缩在一个拐角，一块高高的木板栅栏把里面所发生的事遮得严严实实，当你经过的时候，你会闻其声而不见其人，有时，你还会听见类似金属敲击的叮当声。这种遮遮掩掩外加神秘的声音让我感到害怕。我经常跟着我的祖母从镇上的主街回家并经过此地，而且，在我的记忆中，每一次经过此地好像都是在冬日的黄昏。木板栅栏背后的声音在渐渐暗淡的暮色中总是夹杂着某种危险，而且前面的尖桩铁门摸上去冷得像冰。寸草不生的院子的萧条景象，甚至是狭窄的窗户里透出的黄色微光，似乎都跟我当时所听到的可怕事情非常吻合。

跟我说这些的是一个名叫海蒂的小女孩，她当时肯定有九岁或十岁。我不记得她的姓，可是她的其他一些情况却是令人难忘的。其一，她告诉我乔治·华盛顿是她的叔叔。还有一次，她跟我解释有色人种为什么是有色的。海蒂说，如果某个女孩吻了一个男孩，那么她就变成了有色人，而且，她结婚以后，生的孩子也是有色的。只有哥儿们之间才会是例外。相对于她的年纪，海蒂个头矮小，一口龅牙，油腻腻的金发用一个镶着宝石的发夹向后夹住。也许是我的祖母或是父母感觉到这种关系中的不健康因素，我总是被禁止跟她玩耍。如果我的这种推测是准确的，那他们真是做对了。我曾经吻过吉特，他既是我最好的朋友，也是我的一个远方表亲，因此我便一天一天慢慢变成有色人了。那时正值夏季，我一天比一天黑。也许我还有这样的想法：海蒂一旦发现了这种可怕的变化，她可能还有能力阻止它。正是内疚和害怕的双重约束，我成了她的跟班，而她经常会索要一些零钱。

儿时的记忆的一个特点是往而复来，黑暗往往围绕在亮光区的四周。儿时的记忆就像是夜间一块地里明亮的蜡烛，只照亮固定的场景，四周却是一片漆黑。我不记得海蒂住在什么地方，但有一条通道、一间屋子却记得离奇地清晰。我也不知道自己怎么就偏偏进了这间屋子，总之，我跟海蒂以及我的表兄，吉特，都在这间屋子里。那是接近傍晚的时候，屋子里还不是很黑。海蒂穿着一件印第安人的衣服，头箍上饰有鲜红的羽毛，她问我们是否知道婴儿是从哪里来的。不知怎么地，她头箍上的印第安羽毛在我看来挺吓人的。

"他们长在女人的肚子里。"吉特说。

"如果你们发誓不告诉任何人，我就给你们看一样东西。"

我们肯定是发了誓的，虽然我记得当时有几分不情愿，并对即将揭晓的东西感到恐惧。海蒂爬上一把椅子，从一个架子上拿下一个东西。那是一个瓶子，里面装着奇怪的、红色的东西。

"你们知道这是什么吗？"她问道。

瓶里的东西跟我以往所见的所有东西都不一样。吉特问："是什么？"

海蒂等了等，羽毛头箍下的那张脸上有些狡黠。在一段时间的悬念之后，她说：

"是一个腌渍的死婴。"

房间里非常安静。吉特和我侧过脸彼此交换了一下害怕的眼神。我不敢再去看那个瓶子，可是吉特却用既害怕又着迷的眼神盯着它。

最后，他低声地问道："这是谁的？"

"看这个红色的长着嘴巴的暗褐色小脑袋。再看看压在脑袋下面的小腿。这是我哥哥去学药店经营时带回来的。"

吉特伸出手指碰了碰瓶子，然后把手放在背后。他再次问道，这一次声音很小："谁的？是谁的孩子？"

"是个孤儿。"海蒂说。

我还记得我们从房间里踮着脚出来时轻微的脚步声，那条走廊非常暗，尽头还拉着帘子。谢天谢地，在我的记忆中这是最后一次见到那个海蒂。但那个腌渍的死婴却困扰了我很长时间，我曾梦见那个东西从瓶子里出来，在孤儿院里到处跑，而且我也被锁在孤儿院里，它跟在我的身后跑——难道我是认为在那栋阴郁的带山墙的房子里的一些架子上摆着一排排这种可怕的怪瓶子吗？也许是的——但也有可能不是。因为孩子对现实的了解有两层——关于世界的现实，这被当作是所有成年人共谋的产物——以及未被公开认可的、隐藏的秘密，即深奥的东西。不管怎样，傍晚我们从镇上回家经过孤儿院时，我总是紧紧地贴在祖母的身边。那时，我连一个孤儿都不认识，因为他们上的是第三街学校。

几年以后发生的两件事才使得我跟孤儿院有了直接联系。同时，那时我已经把自己当作大女孩，已经无数次从那个地方经过，或是独自步行，或是踩着滑板，或是骑自行车经过。恐惧已经消失，取而代之的是某种特殊的迷恋。路过时，我总是紧盯着孤儿院，而且，有时我会看见那些孤儿，他们排成行军队列，由两个最大的孤儿领头，两个最小的断后，带着星期天的悠闲慢慢地步行去主日学校或教堂。大约十一岁的时候发生的一些变化让我可以更近距离地观察，它们为我开辟了一片意想不到的探险之地。第一个变化是，我的祖母被选为孤儿院董事会成员。那是在秋天。接着，在春季开学的时候，孤儿们被转到了第十七街学校，而那正是我上学的地方，而且，六年级时还有三个孤儿跟我共处一室。他们转学的原因是学区边界的变化。而我的祖母被选为董事会成员只是因为她喜欢董事会、委员会、协会的集会之类，而有一个前董事会成员恰恰在那个时候死了。

我的祖母每月访问孤儿院一次，而在她第二次去访问时，我跟她一起去了。当时是一周中最好的时间，周五的下午，因为接下来是周末，你会觉得时间特别充裕。那天下午天很冷，傍晚，落日余晖照在玻璃窗上，产生强烈的反射。孤儿院里面的情景跟我原先想象的大相径庭。宽敞的大厅空空荡荡，所有的房间都没有窗帘，没有地毯，家具也非常稀少。暖气来自餐厅以及客厅隔壁的总务室里的炉子，韦斯利夫人，孤儿院的女总管，块头很大，听力不好，有重要人物发言时，她总是微微张着嘴巴。她似乎总是喘不过气来，而且总是用鼻子说话，声音也很平静。我的祖母带来一些各个教堂捐赠的衣服（韦斯利夫人称它们为服装），然后她们就把自己关在冰冷的客厅里交谈。我被委托给一个跟我差不多年纪的女孩，她叫苏西，我们立刻到后院的木板栅栏那里去了。

第一次参观孤儿院有些尴尬。所有不同年龄的女孩都在玩各种游戏。院子里有一块弹跳板①，一根单杠，地面上还画有跳房子的框框。院子里挤满了孩子，乱作一团，我根本看不出他们是否有年纪或性别的差异。一个小女孩走过来，问我的父亲是谁。然而，当我慢吞吞地回答的时候，她却说："我的父亲是铁路护送员。"说完，她就跑到单杠那里，用膝盖勾住单杠来回摆动——头发从通红的脸上垂直悬挂下来，她穿着的是棕色的棉质灯笼裤。

---

① 游戏器材，两头被支撑的有弹性的木板，人坐到中间会上下弹。

一小时之后的瞬间

　　她的双手轻如风影般抚弄着他的头，之后便安静地停住；指尖悬停在他的太阳穴上方，随着他身体里温暖而缓慢的跳动而抖动，双掌则捧着他坚硬的头颅。

　　"空——虚在回荡。"他含含糊糊、口齿不清地说道。

　　她低头看着他松弛但完美的身体，它躺着时跟沙发一样长，他的一只脚软绵绵地挂在沙发边缘，短袜皱巴巴地裹在脚踝上。在她的注视下，他那只敏感的手从身体的侧边慢慢地摇摇晃晃地移到嘴边——去触碰说完话后仍然缩拢并微微张开的嘴唇。"无边无际，空空荡荡——"他的嘴在手指背后做了这个嘴型。

　　"今晚你已经说得够多了——亲爱的，"她说，"现在已经曲终人散了。"

　　一小时前他们就把暖气关掉了，屋里开始变冷。她看着钟，时针指向一点。这个时间反正也没有多少暖气，她想。

但是没有风；一缕缕乳白色的烟雾一动不动地停在天花板附近。她若有所思地把目光转向威士忌酒瓶以及牌桌上乱糟糟的棋子；转向地板上封面朝下的那本书——以及拐角的那片莴苣叶，自从马歇尔挥舞三明治将其掉落时，它一直孤苦伶仃地躺在那儿；转向那些死寂的小烟蒂以及被烧焦的四处散落的火柴棒。

"来，盖上，"她抖开沙发尽头的毯子心不在焉地说，"你可经不起风吹。"

他睁开眼睛，呆呆地看着她——蓝绿色的眼睛跟他身上的羊毛衫同色。其中一只眼睛的眼角有一些纤细的粉红色血丝，让他看起来有些许复活节的兔子的诚实。他看上去总像远没到二十岁——他仰头躺在她的膝盖上，颈部向上拱起，从大翻领中露了出来，柔软的声带线条和软骨使他看上去非常地稚嫩，苍白的脸边堆着浓密的黑发。

"空虚的威严——"

说话时，他的眼皮一直往下耷，因此他的眼睛就眯成了一条小缝，看上去就像是在讥笑她。于是，她突然意识到他根本没有那么醉，只是假装而已。

"你没必要再说个没完了，"她说，"菲利普已经回家了，现在只有我。"

"事情的本质是——这种观点——观点——"

"他已经回家了，"她重复道，"你已经说服他了。"她的脑子迅速闪过菲利普弯腰捡起烟蒂的画面——他那敏捷的、白皙的小身体以及平静的眼神——"他把我们弄得脏兮兮的盘子都洗了,他甚至还想拖地,我让他离开了。"

"他是个——"米歇尔又开口了。

"看到你这个样子——以及我疲倦的样子——他甚至提出要把沙发拉开,让你睡觉。"

"完美的步骤——"他做出这个口型。

"我让他走了。"一时间,她想起了在她关上隔在他俩之间的门时他的那张脸,他下楼的脚步声以及她当时的感受——一半是对孤独的怜悯,一半是温情——听见别人夜间离开他们时的脚步声,她总是有这样的感情。

"听他说话——你会认为他阅读的作品仅限于——限于G.K.切斯特顿①和乔治·摩尔②,"他说,因为酒醉,他的话音有些飘忽,"下棋谁赢了——我还是他?"

"你,"她说,"不过喝醉前你的棋下得最好。"

"醉了——"他慢慢地动了一下身体,把头换了一个姿势,"天哪!你的膝盖瘦得就剩骨头了。骨——头。"

"不过当你把卒那样走的时候我以为你一定要输给他了,那步棋真是太蠢了。"她想起了他们精确地游走于棋子上方的手指,紧锁的眉头以及他们身边闪闪发光的

---

① 吉尔伯特·基思·切斯特顿(1874—1936),英国作家、文学评论家。
② 乔治·摩尔(1852—1933),爱尔兰作家、诗人、戏剧家、批评家。

酒瓶。

他的眼睛又闭上了，那只手也已经滑到了胸前。"一个不恰当的比喻——"他咕哝着说，"比方说登山。乔伊斯费劲地爬—— 不……错—— 可是，等到爬到山顶—— 山顶到了——"

"你不能喝这么多酒，亲爱的——"她的手摸到他下巴的边缘便停住了。

"他不愿说这个世界是平……平的。人们一直是这样说的。另外，村民们可以到处走——撅着屁股到处走，亲眼看看。撅着屁股。"

"嘘，"她说，"关于这点，你已经说得够多了。一提起某个话题，你就不停地说，没完没了。而且东拉西扯，无边无际。"

"一座火山——"他用沙哑的声音低声说道，"至少，艰苦地爬了那么久之后，他本期待——看到美丽的地狱之火闪耀——哪怕一点点——"

她的手紧紧地抓住他的下巴，摇了摇。"闭嘴，"她说，"菲利普离开之前我就听见你在针对这一点夸夸其谈了。你原本就下流。我差点忘了。"

一丝微笑从他的脸上闪过，他抬起眼圈泛黑的眼睛看着她。"下流——？你为什么要把自己对号入座——对号——"

"如果你不是跟菲利普，而是跟任何其他人说这番话，我早就——早就离开你了。"

"无尽的空虚——"说着，他再次闭上眼睛，"死气沉沉，空空荡荡。空虚，我是说。在底部的灰烬中，也许还有——"

"闭嘴。"

"蠕动的，大腹便便的白痴。"

她突然想到，她也许喝了更多的酒，只是自己没有意识到而已，因为房间里的东西似乎有一种奇怪的痛苦的表情。烟蒂似乎因被过分咀嚼而软弱无力。几乎是全新的地毯似乎被踩坏了，其图案似乎被灰呛着了。就连剩下的那点威士忌似乎也是苍白无力地静静地躺在瓶子里。"这样是不是让你好受些？"她慢慢地平静地问道，"我希望这样的时刻——"

她感到他的身体变得僵硬了，他突然哼出一段毫无旋律的曲调打断了她的话，就像个令人恼火的小孩似的。

她把大腿从他的头下面抽出，站了起来。房间似乎变得更小更乱且散发着香烟和洒落的威士忌的臭味。明亮的白色线条交织着出现在她的眼前。"起来，"她低沉地说道，"我得把这该死的沙发拉出来，铺成床。"

他的双手搭在肚子上，一动不动地躺着。

"你真可恶。"说着，她打开壁橱，拿出叠好放在架子上的床单和毯子。

当她再一次低头看着他，等着他起身时，她顿感心痛，为他那苍白没有血色的脸，也为已经悄悄地降落到他脸颊上的黑色阴影，以及他在喝醉或疲倦时颈部脉搏的跳动。

"噢，马歇尔，我们不能像今晚这么放纵。即使你明天不用工作——可还有很多年——也许五十年——在等着我们。"不过她的话语有些虚情假意，她只能考虑明天。

他挣扎着起来坐到沙发的边缘，刚坐好就低下头，并用双手托着它。"说得对，波利安娜，"他咕哝道，"说得对，我亲爱的唠唠叨叨的波——波。二十岁是非常非常可爱的年龄，感谢神的祝福。"

他的手指穿过头发，握成并没有多少力气的拳头，她内心突然充满强烈的爱意。她粗暴地抓住毯子的角，把它裹在他的肩膀上。"起来。我们不能整个晚上都像这么无所事事。"

"空虚——"他懒洋洋地说，依旧托着松弛的下巴。

"它让你不舒服了吗？"

他抓住毯子费劲地站起来，笨重地朝牌桌走去。"非得把一个正在思考的人称作是下流的、讨厌的或是喝醉了吗？不。你根本不了解思考。不了解黑暗中的沉思。乱糟糟的。一团乱麻。一堆蠢货。"

床单在空中翻腾，圆形的旋涡落下后变成了一堆皱褶。她迅速地塞好四个角，把毯子放在上面铺平。她转过身来，发现他正弓身而坐，俯视着那些棋子——笨拙地想把一枚卒平稳地放到一个塔楼城堡上。红格纹的毯子从他的肩膀上挂下来，一直拖到椅背后面。

她想起了一些趣事。"你看上去，"她说，"像个在破屋子里沉思的国王。"她坐在已变成床的沙发上大笑。

他气恼地做了一个手势，结果把那些棋子弄得乱糟糟，有几颗还散落到了地板上。"做得好，"他说，"捧腹大笑。你一直都是这样做的。"

她笑得全身发抖，似乎每一丝肌肉都没有了抵抗力。笑声停住时，房间里寂静无声。

过了一会儿，他推掉身上的毯子，它便皱巴巴地堆在椅子后面。"他瞎了，"他温柔地说，"几乎要瞎了。"

"当心，可能会有穿堂风——谁瞎了？"

"乔伊斯。"他说。

大声笑过之后，她浑身没劲，而且，此刻摆在她眼前的这间房子显得太小，过于清楚。"你的麻烦就在这里，马歇尔，"她说，"每到这种时候，你就会说个不停，说得别人筋疲力尽。"

他有些不高兴地看着她。"我得说，你喝醉的时候还是挺漂亮的。"他说。

"我没醉——即便想醉也醉不了。"她说，感到一阵疼痛正开始向眼睛背后靠近。

"那么，那天晚上是怎么回事，我们——"

"我已经告诉过你，"她咬着牙生硬地说，"我当时没有醉。我是病了。你可能会把我赶出去，所以——"

"其实都一样，"他打断她的话，"你是不肯离开那张桌子半步的一个美人。其他的并不重要。一个生病的女人——一个喝醉的女人——呃。"

然而，她发现他的眼皮往下耷，直到藏住他眼中所有的善意。

"而且，还是个已经有了身孕的女人，"他说，"对。将会有某个这样的甜蜜时刻，你找到我，装出一副笑容，贴着我的耳朵说出你的甜蜜私话。另一个可爱的小米歇尔。我们不是很好吗——看看我们能做到什么。哦，上帝，多么可怕。"

"我恨你，"她说，盯着自己开始发抖的手（难道这手真的不是自己的了吗？），"大半夜醉醺醺地吵吵嚷嚷——"

在她眼里，他微笑时嘴上的表情跟眼睛的一样，即那种眯成了一条粉色的缝的表情。"你喜欢这样，"他低声但严肃地说，"如果我不是像这样每周醉一次，你怎么办？像这样，你可以——缠缠绵绵地——扑向我。然后，亲爱的马歇尔这样，亲爱的马歇尔那样。你可以用你贪婪的手指在我的脸上到处乱摸——哦，是的。我痛苦的时候你最爱我。你——你——"

当他跌跌撞撞地穿过房间的时候，她觉得自己看出他的肩膀在颤抖。

"圣母啊,"他嘲弄道,"求求你来给我指明道路吧。"
当他用力关上浴室门的时候,挂在门上的那几个衣帽架互相
碰撞,发出细微的哐哐声。

"我要离开你——"当衣帽架的声音逐渐消失时她虚张
声势地说道。其实,这句话对她而言根本没有意义。她无力
地坐到床上,看着对面那片枯萎的菜叶。灯罩被撞歪了,挂
在灯泡上,随时都可能掉落——因此,它投下一条刺眼的亮
光,照着这间灰色的凌乱的房子。

"离开你。"她再次自言自语——心里却还在想着深夜
他们身边的那些伤风败俗的事。

她想起了菲利普离开时的脚步声。黑暗而空洞。她想到
了外面的黑暗和早春时节冰冷而裸露的树。她宁愿把自己想
象成在那个时辰离开了公寓。也许是跟菲利普一起。可是当
她试图看清他的脸,他的矮小但沉着的身体,它们的轮廓却
变得十分模糊,没有任何表情。她只记得他的手用抹布抠刮
杯底的糖粒时的模样——那天晚上他帮她清洗碗碟时他们就
是这么干的。而且,当她想循着他离开时的脚步声的时候,
它们却变得越来越轻柔——直到外面一片黑暗和寂静。

她打了个寒颤,然后起身向桌子上的威士忌酒瓶走去。
她身体的各个部位就像是一些多余的附件,唯有眼睛背后的
疼痛属于她自己。她手握瓶颈,犹豫不决。喝它——还是衣

柜最顶部抽屉里的一粒泡腾片。可是，她想到药片翻到杯口，被它自己产生的泡沫淹没——这真让人发愁。况且，只够再弄一杯。她慌忙倒酒，发现瓶子闪闪发光的凸面总是会让她上当。

酒顺着一条细细的温暖的轨迹直通她的肚子，可她身体的其余部分依旧感到寒冷。"哦，该死，"她低声说——想着第二天早上要把那片莴苣叶捡起来，想着外面的寒冷，仔细地听着马歇尔在浴室里弄出的任何声响，"哦，该死。我决不能再醉成那个样子。"

她盯着空酒瓶，脑子里浮现出她在这个时辰往往想象到的那种怪异的微小形象。她看见了自己和米歇尔——在威士忌瓶里。正在反抗，身形微小而完美。像微型的猴子在空玻璃瓶里愤怒地上蹿下跳。有那么一会儿，鼻子被压得扁平，眼神中充满渴望。疯狂地折腾之后，她发现他们躺在瓶底——苍白无力，筋疲力尽——看上去就像是实验室里的肉质标本。他们之间无话可谈。

她讨厌瓶子穿过垃圾篮里的橘子皮和废纸片并最终碰到底部的锡罐时的哐当声。

"啊——"马歇尔打开门，小心地把脚放到门槛外，说，"啊——这是男人剩下的唯一快乐。在最后的甜蜜时刻——撒尿。"

她靠在壁橱的门框上——把脸贴在冰凉的木质拐角。

"看你自己还能不能把衣服给脱了。"

"啊——"他坐到她已经铺好的沙发边，再次叫道。他的手已经离开了裤子门襟，开始弄皮带了。"皮带是绝不可以的——皮带扣让人没法睡。就像你的膝盖一样。硌——硌人。"

她想，他用力抽出皮带时会一时失去平衡——（在她的记忆中，以前曾发生过这种事情）。可是，他慢慢地，一个裤袢一个裤袢地，把皮带抽了出来，完了之后，还把皮带整整齐齐地放到床底下。接着，他抬头看着她。他嘴巴周围的皱纹往下拉——使得他那苍白的脸上有了一些灰色的细纹。他睁大眼睛看着她，有那么一会儿，她以为他要哭了。"听着——"他慢慢地清楚地说道。

她只听见他缓慢的吞咽声。

"听着——"他重复道，并用双手捂住苍白的脸。

慢慢地，他的身体左右摇摆着，从节奏上看他没有醉意。可是，他穿着蓝色羊毛衫的肩膀却在颤抖。"上帝，我的主，"他轻轻地说，"我太——痛苦了。"

她鼓足劲拖着身体离开门边，把灯罩弄正，然后关掉灯。黑暗中，一个蓝色的弓形在她的眼前摇动——同时，他身体左右摇摆。此时，从床那边传来他的鞋掉落到地板上的声音，以及他转过身对着墙壁时弹簧的嘎吱声。

她摸着黑躺下，拉起毯子——手指顿时感到寒冷和沉重。当她把他的肩膀盖上时，她注意到他们身体底下的弹簧仍然发出噼噼啪啪的声音，而且他的身体在颤抖。"米歇尔——"她低语道，"你冷吗？"

"又打寒颤了。又是那种该死的寒颤。"

隐隐约约地，她想起了厨房里不见了的热水瓶盖以及空了的咖啡袋。"该死的——"她茫然地附和道。

黑暗中，他的膝盖急切地靠向她的膝盖，她感觉到他的身体收缩成了一个瑟瑟发抖的小球。她无力地伸手摸他的头，把它拉向她。她的手指抚摸着他颈部上方的小凹陷，渐渐往上依次摸着剃过的坚硬的发根、头顶柔软的头发，接着便是他的太阳穴，这里她可以再次感觉到跳动。

"听着——"他又说了一声，他把头转了一下，这样她能感觉到喉咙处有他的气息。

"是的，米歇尔。"

他的手弯成拳头，用力地敲着她的后背。接着，他便躺着一动不动，她感到了莫名的恐惧。

"正是它——"他说，声音中没有任何情感，"我对你的爱，亲爱的。好像它有时候——就如现在这种时刻——会让我毁灭。"

接着，她感觉到他的手松了一些，无力地抓着她的后背，感觉到了一整个晚上都在他的身体里徘徊、让他的身体发抖的寒冷。"是的。"她把他的脑袋用劲地抵在她的乳沟上。"是的——"每当他的话音、弹簧的嘎吱声及恶臭的烟味在黑暗中渐渐消失时，她都会说，可是此时，这里的一切都已经变得模糊了。

像那样

　　尽管姐姐已经十八，比我大了五岁，可相比于其他姐妹，我们之间更亲近，在一起玩得也更开心。我们跟兄弟丹的关系也一样。夏天，我们会一起去游泳。冬日的夜晚，我们也许会在客厅里围炉而坐，打三人桥牌或是玩密歇根①，赢者可以从另外两人那里各拿到五分或一毛钱。就我所知，没有哪个家庭会玩得像我们仨那么开心。在这件事之前情况一直都是这样。

　　这并非是姐姐故意放下身段跟我玩。她极其聪明，读的书比我认识的任何人都多——甚至比学校的老师还多。上中学时，她也从不过分讲究，把自己打扮得花枝招展，然后跟一群女孩开着车到处转悠，勾引男孩，把车停到药店，诸如此类的事情她从来不做。不读书时，她便喜欢跟我和丹玩耍。她并没有那么成熟，也会因为冰箱里的一块巧克力而大惊小怪，或是在圣诞之夜的大部分时间都睡不着，比如说因为太过激动。在某些方面，倒像是我比她年长许多。甚至在去年夏天塔克开始来找她的时候，我有时还要告诉她不应该穿及踝短袜，因为他们可能去市区，或她应该像其他女孩一样把长到鼻子上方的眉毛拔掉。

再过一年，到明年的六月份，塔克就要大学毕业。他又瘦又高，脸上带着热切渴望的神情。他很聪明，在大学里拿了全额奖学金。去年的夏天，他开始来见姐姐，只要有机会他便开着家里的那辆车，身穿一身干净利落的白色亚麻西装。去年夏天他来得够频繁的了，不过今年夏天更频繁——在离家上学之前，他每天晚上都来找姐姐。塔克人还不错。

我和姐姐的关系开始变得不一样了，我猜想这有一阵子了，尽管当时我并没有注意到。只是到了这个夏天的某个晚上我才想到事情肯定会像现在这样结束。

那天晚上我醒过来时已经是深夜了。我睁开眼睛时一度以为天快要亮了，当我发现姐姐并没有睡在床的另一边时，我感到很害怕。不过，只是清冷洁白的月光照亮了窗外罢了；它让垂挂在前院的橡树叶漆黑一片，显得格外突兀。此时大约是九月一日，不过看着月光，我一点都不觉得热。我把被单拉过来盖在身上，目光扫过房间里所有家具的暗影。

这个夏天我很多次在夜里醒来。你知道，我跟姐姐一直

---

① 牌戏的一种。

是共住这间房，每当她进来开灯找她的睡衣或什么东西时，我都会被弄醒。我喜欢这样。夏天学校放假的时候，我早上不必早起。我们就躺在那里交谈，有时候会聊很久。我喜欢听她谈她和塔克去的各种场所，或笑谈各种不同的事情。在那个夜晚之前，她经常在私底下跟我谈塔克，好像我就是她的同龄人——问我塔克打电话时应该这样说还是那样说，然后她也许会给我一个拥抱。姐姐真的是被塔克迷住了。有一次，她跟我说："他太可爱了——我以前从没想过会遇到像他这样的人——"

我们也会谈论兄弟丹。丹十七岁，打算秋天到技术学院去上合作课程。到了今年夏天丹真的是长大了。一天夜里，他四点才回家，而且还喝了酒。接下来的一周里，父亲无疑是一直跟他过不去的。于是他徒步去了乡下，跟几个男孩在那里野营了几天。他过去经常跟我和姐姐谈论柴油发动机，以及到非洲去等等之类的事，可是这个夏天他很安静，跟家里的任何人都不多话。丹个子很高，瘦得像根竹竿。现在他的脸上有疙瘩，总是笨手笨脚，相貌也不太好看。我知道他有时在夜里独自闲逛，也许都越过了城市边界线，进入了松木林。

我躺在床上，一边想着这些事，一边猜测是什么时间了，姐姐什么时候回来。那天晚上，姐姐和丹出去之后我到街角去跟一帮孩子在路灯下扔石子，试图砸死那里的一只蝙蝠。一开始，我害怕得浑身发抖，心想那会不会是《吸血鬼》里那种有点大的蝙蝠。当发现它只不过跟一只飞蛾差不多大时，我便不再关心他们是否会砸死它。当姐姐和塔克坐在他的车里慢慢地经过时，我正坐在路边，用一根棍子在落满灰尘的地上画着。她跟他凑得很近。他们不说话，也不笑——只是慢慢地沿街开过去，紧挨着坐在那里，眼睛直视前方。当他们经过时，我认出他们了，我朝着他们大叫。"嘿，姐姐！"我大声叫道。

车子慢慢地驶过，没有人用叫喊声回应我。我站在路中间，所有的孩子围在我四周，我觉得自己有点傻。

来自另一个街区的那个可恶的该死的巴伯朝我走过来。"那是你姐姐？"他问。

我说是。

"那么无疑，紧挨着的是她的情郎喽。"他说。

我气疯了，现在我有时候也会这样。我往后退了退，把手里所有的石子扔向他。他比我小三岁，这样做是不妥当的，可我原本就受不了他，况且他还自以为是地对姐姐说三道四。他开始捂着脖子大喊大叫，而我则走开了，撇下他们回家，准备睡觉。

醒来以后，我最终还是想起了这些，当我听见有一辆车朝这个街区开过来时，我脑子里还在想着该死的巴伯·戴维斯。我们的房间正对着街道，之间只隔着一个不深的前院。

人行道或街上的任何动静都能听见。车子慢慢地沿着我家门前的人行道驶来，灯光沿着房间的墙壁移动，缓慢，洁白。它在姐姐的书桌上停下，将那里的书和半包口香糖照得清清楚楚。接着，房间里黑了，只有窗外的月光依旧。

车门没有打开，但我能听见他们在交谈。换言之是他在说话。他的声音很低，我听不清楚具体的内容，不过好像他在一遍又一遍地解释着什么。我没有听见姐姐说一个字。

听见车门打开时我仍然醒着。只听见她说："不要出来。"接着门砰地关上，然后就听见她的高跟鞋在人行道上发出嘚嘚的声音，快速但很轻，她好像是在跑。

妈妈在我们房间外面的门厅里遇见了姐姐。她听见了前门被关上的声音。她总是留意姐姐和丹的动静，只要他们还在外面她从来不睡觉。我有时就纳闷她怎么能在黑暗中躺几个小时却不睡着。

"已经一点半了，玛丽安，"她说，"你应该早一点回来。"

姐姐什么也没说。

"你们过得开心吗？"

妈妈就是这样。我能想象到她站在那里，被吹得鼓鼓的睡衣包裹着，洁白的双腿上面的静脉清晰可见，一副乱糟糟的样子。妈妈还是打扮整齐出门时更好看。

"是的，我们过得非常开心。"姐姐说。她的声音怪怪的——有点像学校健身房里的钢琴，很高很刺耳。真是奇怪。

妈妈在问更多的问题。他们去了什么地方？有没有看见认识的人？诸如此类。她就是这样。

"晚安。"姐姐用那种跑调的声音说。

她快速地打开然后关上我们的房门。我一开始想让她知道我还醒着，但又改变了主意。黑暗中她的呼吸又急又响，她没有动。过了一会，她摸索着在衣柜里找她的睡衣，然后上了床。我听得见她在哭。

"你跟塔克吵架了？"我问。

"没有，"她回答。接着她似乎又改变了主意，"是的，是吵架了。"

有一件事无疑是会让我心里发毛的——那便是听见别人哭。"换作是我就不会因为它而心烦。你们明天就会和好的。"

月光照进窗户，我能看见她的下巴不停地左右摇摆，眼睛则紧盯着天花板。我注视了她很久。月光看起来清冷，从窗外吹进一阵湿冷的风。我像有时候常做的那样挪过去紧紧地靠着她，心想这样她就不会再那样摆动下巴，也不会哭了。

她的全身都在颤抖。当我靠近她时，她像是被我掐了一下似的猛地一跳，迅速推开我，并把我的双腿踢开。"不，"

她说，"不要。"

我在想，姐姐也许突然疯掉了。她的哭声更慢更尖了。我有点害怕，起身到卫生间去待了一会儿。在卫生间里，我朝窗外望去，看了看路灯所在的位置。我看见了一个姐姐可能想知道的情况。

"你知道吗？"回到床上后我问。

她正直挺挺地尽可能地往床边躺。她没有回应。

"塔克的车停在路灯那里。就停在路边。我凭借车身和后面的那两个轮胎就能判断出来。我从卫生间的窗户可以看见。"

她连动都没动一下。

"他肯定就坐在那里。什么东西让你们这么苦恼？"

她一个字也不说。

"我看不见他，但他有可能就坐在路灯下的车子里。就坐在那里。"

她好像根本就不在乎，或者是已经知道了这回事儿。她尽其所能地睡到床的边缘，两腿直挺挺地伸着，两手紧紧地抓着床沿，脸搭在一只胳膊上。

过去，她常常是手脚摊开睡觉，都伸到我这边来了，因此天气炎热的时候我不得不把她推开，有时我还会打开灯，在床的中间画一条线，以此证明她真的已经睡到我这边来了。我在想，这天晚上我不需要划线了。我的感觉很糟。我看着窗外的月光，很久才重新入睡。

第二天是星期天，妈妈和爸爸早上就去了教堂，因为这天是我姨妈的忌日。姐姐说她不舒服，躺在床上没起来。丹出去了，只有我一个人，很自然，我就进了我们的房间。姐姐的脸跟枕头一样白，眼睛底下有黑眼圈。她的下巴的一边有一块肌肉一直在跳动，好像在咀嚼什么东西似的。她没有梳头，头发披散在枕头上，红红的亮亮的，虽然很乱，但是很漂亮。她在读书，书本跟脸贴得很近。我进来时她的眼睛没有动。我认为它们根本没有从书页的左边移到右边。

那天的天气十分炎热。太阳把外面所有的物体照得很明亮，看一眼都会伤着眼睛。我们的房间里也很热，似乎动一动手指就能触摸到炎热的空气。可是姐姐却把床单从脚上一直盖到接近肩膀。

"塔克今天要来吗？"我问。我试图说一些可以让她看起来更开心的事。

"该死的！这个家里难道就没有一个人能安宁片刻吗？"

她过去从来没有突然说过这种刻薄的话。刻薄的话也许说过，却不是像这样发牢骚。

"好的，"我说，"没有人会理睬你。"

我坐下假装看书。当街上传来人们经过的脚步声时，姐姐会把书拿得更紧，我知道她在尽可能努力地听。我能够轻松地分辨脚步声。我甚至不用看就知道经过的人是不是有色人种。有色人种的脚步声大多有点拖泥带水。当这种脚步声经过时，姐姐抓着书的手会放松一点，而且会咬嘴唇。汽车经过时她也是这样。

我为姐姐感到难过。那时我就做出决定，决不允许跟任何男孩的争吵让自己感到或看起来像她那样。可是，我希望姐姐和我变回到过去的样子。星期天，即使没有其他的麻烦事也已经够糟糕的了。

"跟大多数姐妹相比，我们之间的争吵要少得多，"我说，"即使是争吵了，它很快就过去了，不是吗？"

她咕哝了一下，眼睛依旧盯着书本的同一个地方。

"这是一件好事。"我说。

她慢慢地摇着头——一遍又一遍，脸上却没有任何变化。"我们从来没有真正地长时间地闹翻过，不像巴伯·戴维斯的两个姐妹——"

"没有。"她答道，却根本不像是在思考我所说的话。

"从我记事起没有一次真正的争吵。"

过了一会儿，她第一次抬起头来。"我记得有一次。"她突然说道。

"什么时候？"

她的眼睛被下面的黑眼圈衬得发绿，而且她的目光好像是盯在某个她正在看的东西上。"那时，你有一个星期每天下午都必须待在家里。那是很久以前的事了。"

突然间，我记起来了。我早就把它给忘了。我一直不想记住它。经她一说，我全都记起来了。

那真是很久以前的事了——那时姐姐大约十三岁。如果我记得没错的话，那时的我比现在更刻薄更无情。我的姨妈刚刚生了个死婴后自己也死了，我喜欢她胜过所有其他姑姑姨妈之类的总和。葬礼过后妈妈才把情况告诉我和姐姐。第一次听说的而且还是自己不喜欢的事情总会让我发疯——我彻底发狂而且害怕。

不过，姐姐说的并不是这件事。这件事发生几天后的一个早晨，姐姐开始有了每个大女孩每个月都会有的东西，当然，我发现了以后害怕得要死。于是，妈妈就跟我解释这是怎么回事，应该穿戴些什么。我当时的感觉就跟对姨妈那件事情一样，甚至要糟糕十倍。我对姐姐的感觉也不一样了，我发疯了，我想一头冲进人群去打人。

我永远也忘不了这一幕。姐姐站在我们房间的穿衣镜前。我记得，她的脸就跟之前睡在枕头上那张脸一样苍白，眼睛下方是黑眼圈，头发闪闪发亮，披到肩膀——只不过年纪小了一点而已。

我坐在床上，用力咬着我的膝盖。"它能被别人看见，"我说，"它太明显了。"

她穿着毛衣和蓝色的百褶裙，而且她太瘦了，的确有点明显。

"人人都能看出来。马上就能看出来。只要看你一眼，人人都知道是怎么回事。"

镜子中，她的脸色苍白，身体纹丝不动。

"看起来太可怕了。我永远永远不想像这样。它太明显了。"

她开始哭了起来，并且告诉妈妈，说她不想回去上学了，等等。她哭了很久。我过去就是这么丑陋、无情，现在有时候还是这样。这就是为什么很久以前的一个星期里每天下午我都必须待在家里……

星期天午饭前，塔克开着车来了。姐姐起床，匆匆梳洗了一下，她连口红都没有涂。她说他们会出去吃饭。几乎每个星期天全家人都会聚在一起，所以这就有点奇怪了。他们直到天快黑了才回来。因为天太热，当车子再一次开过来时，我们都坐在前面的门廊上喝冰茶。他们从车里出来后，父亲坚持让塔克留下来喝杯茶，他今天整天情绪都非常好。

塔克跟姐姐坐在秋千上，他没有往后靠，脚后跟也没有着地——好像准备好再次站起来似的。他不停地把茶杯从一只手换到另一只手，不停地提起新的话题。他和姐姐都不互相看着对方，除非是目光冷不防地偶然相遇，而且看样子他俩根本就不是爱得发狂。这是一种奇怪的表情。就像是他们都害怕什么东西似的。塔克很快就离开了。

"到爸爸的身边来坐会儿，小猫咪。"爸爸说。小猫咪是爸爸给姐姐的昵称，当情绪特别好的时候他就这么叫她。他现在仍然喜欢把我们当成小宝贝。

她走过去坐在他的椅子扶手上。她坐得跟塔克一样僵硬，跟爸爸保持一点距离，因此爸爸的胳膊几乎无法揽住她的腰。爸爸抽着雪茄，眼睛看着前院以及即将融入暮色的树木。

"我的大女儿最近过得怎么样？"爸爸开心的时候仍然喜欢拥抱我们，把我们当成小孩，就连姐姐也不例外。

"还行。"她说。她稍稍扭动了一下，好像想站起来，可又不知道怎样才能不伤害到爸爸的感情。

"你和塔克这个夏天在一起过得很开心，不是吗，小猫咪？"

"是的。"她说。她又开始来回摆动她的下巴了。我想说点什么但又想不出来该说什么。

爸爸说："现在他应该要回学校去了，不是吗？他什么时候走？"

"一个星期以内，"她说。她起来得太快了，把爸爸手指上夹着的雪茄都撞掉了。她甚至没把它捡起来就突然快速穿过了前门。我能听见她差不多是跑到我们的房间的，能听见她关上房门的声音。我知道她又要哭了。

天比任何时候都热。草坪开始黑了下来，蚱蜢在叫，声音尖锐但平稳，所以你会觉察不到，除非你刻意去听。天空是蓝灰色的，街对面空地上的树木模糊不清。我继续跟爸爸妈妈坐在前廊上，听见他们在低声交谈但不去听具体内容。我想进房间去跟姐姐待在一起，可又不敢。我想问她到底是怎么回事。是她和塔克的争吵真的有那么糟呢，还是说她太爱他了，因此，因为他马上要走了，她觉得很伤心呢？有那么一会儿，我觉得这两方面都不是。我想知道，但又不敢问。我只是跟大人们坐在一起。我从来没有觉得像那天晚上那么孤独。如果要想到有什么孤独时刻的话，我就会想起那时候自己的感受——坐在那里，看着草地对面蓝灰色的长长的阴影，感觉到我是这个家里剩下的唯一的孩子，而姐姐和丹都已经死了或永远地离去了。

现在已经是十月份了，阳光明媚，天气凉爽，天空是蓝绿色的，跟我的戒指一样。丹已经去技术学院了。塔克也走了。然而，这跟去年的秋天一点都不一样。我从中学回家（我现在也上中学了），姐姐也许就坐在窗户边读书或给塔克写信，或者就仅仅是看着窗外。姐姐更瘦了，有时候在我眼里她的脸貌看起来像个大人。或者，从某种意义上说，某件事似乎曾经突然严重地伤害了她。我们不再做过去常做的那些事。天气很好，很适合外出或者做许许多多其他事情。可是我们没有，她只是闲坐着，或者在寒冷的下午独自出去走很长时间。有时候，她会微笑，但笑容真的让人恼火——好像我完全就是一个小孩。有时候我真想哭，或者想揍她。

可是我跟其他人一样是个硬心肠。我可以一个人生活得很好，如果姐姐或其他人希望我是这样的话。我庆幸自己只有十三岁，仍然穿着短袜，可以做我喜欢的事。如果我会变得像姐姐那样，那么我宁愿自己不长大。我不愿意。我不愿意像她喜欢塔克那样喜欢世界上的任何一个男孩。我永远不会让任何男孩或任何事情让我表现得像她那样。我也不打算浪费时间去想办法让姐姐变成过去的样子。我变得孤单了——毫无疑问——但我不在乎。我知道我没有办法让自己一辈子都停留在十三岁，但我知道我永远都不会让任何事情让我有任何改变——不管那件事是什么。

我滑冰，骑自行车，每个周五都去看学校的橄榄球比赛。但是，有一天下午在健身房的地下室，所有的孩子都不吵不闹了，然后开始讲某些事情——关于结婚什么的——我赶快起身走了，这样我就听不见了，我上去打篮球了。而且，当某些孩子说她们打算开始涂口红、穿长筒袜时，我说给我一百美元我都不愿意。

你看，我永远都不会变成姐姐现在这副模样。我不愿意。任何人都知道这一点，如果他们了解我的话。我只是不愿意，就这么回事。我不想长大——如果是像那样的话。

神 童

　　她走进客厅，装着乐谱的包"扑通"一声拍打在穿着厚长筒袜的腿上，重重的课本压弯了她的另一只胳膊。她站立了片刻，听着从音乐教室里传来的声音。一串轻柔的钢琴和弦，一把小提琴在调音。紧接着，比尔德巴赫先生厚实的粗嗓门在叫她：

　　"是你吗，小蜜蜂①？"

　　她猛地拽掉无指手套，却发现她的手指因练习了一早上的赋格曲的动作而正在抖动。"是的，"她答道，"是我。"

　　"我，"那个声音纠正道，②"等我一会儿。"

　　她能听见拉夫科维奇先生的说话声——他的声音飘了出来，像是一阵柔和的不太清晰的嗡嗡声。若是跟比尔德巴赫先生的声音相比，她想，这几乎就是女人的声音。心中的不安分散了她的注意力。她笨拙地找出几何书和《贝吕松先生的旅程》③放到桌上。她坐到沙发上，开始从包里拿出乐谱。她又看到了自己的双手——从指关节往下延伸的颤抖的肌腱，裹着已经卷边的脏兮兮的胶布的红肿的指尖。这副样子加深了她的恐惧，而过去的几个月她一直深受这种恐惧的折磨。

她喃喃自语，心里默默地为自己打气。会是一堂好课——一堂好课——跟过去一样——她听见了比尔德巴赫先生穿过音乐教室时冷漠的脚步声和房门滑开时的略吱声，于是她抿紧了嘴唇。

她瞬间有了一种奇特的感觉：在过去十五年的人生里，她大部分时间都在默默地注视着从门后伸出来的那张脸和那副肩膀，只在听见小提琴琴弦被拉扯时嘶哑的、空洞的声音时才会被打断。比尔德巴赫先生。她的老师，比尔德巴赫先生。角质架眼镜背后那双精明的眼睛；稀疏的浅色头发下消瘦的脸庞；饱满而微闭的嘴唇，下嘴唇因牙齿的咬合而发亮并呈粉色；太阳穴的叉状静脉不断地跳动，即便是隔着整个房间也看得清清楚楚。

"你是不是来早了一点？"他瞥了一眼壁炉架上的时钟问道，一个月以来它一直指向十二点零五分，"约瑟夫在这

---

① 原文 Bienchen 为德语，有"小蜜蜂"的意思。本文中作为昵称使用。
② 主人公回答"是我"，用的是宾格（It's me.）。比尔德巴赫先生认为要用主格 I。其实二者皆可。
③ 法国剧作家欧仁·拉比什的作品。

儿。我们在排练他一个熟人创作的一支小奏鸣曲。"

"好的，"她试图微笑着说，"我听听。"她看见自己的手指无力地下沉，变成了模糊不清的钢琴键盘。她感到疲倦——觉得如果他再看她一会儿，她的手也许会颤抖起来。

他迟疑地站在房间的中间。猛地，他的牙齿咬着发亮的肿胀的嘴唇。"你饿吗，小蜜蜂？"他问道，"安娜做了一些苹果蛋糕，还有牛奶。"

"我过会儿再吃，"她说，"谢谢！"

"你是说上完一堂非常好的课以后——对吧？"他的微笑好像一到嘴角就消失了。

他身后的音乐教室里有声响，拉夫科维奇先生推开另一扇门板，站到了比尔德巴赫先生的身边。

"是弗朗西丝吗？"他说着，脸带微笑，"现在作品练得怎么样了？"

虽非故意为之，拉夫科维奇总是让她看上去笨拙和幼稚。他自己的个头是如此矮小，脸上总是显得很疲倦，除非是拿着小提琴的时候。他的眉毛高高地弯曲在那张灰黄色的犹太人脸庞的上方，好像在提问，可是眼皮却无精打采、百无聊赖地耷拉着。今天他好像心不在焉。据她观察，他今天进房间并没有什么特别的意图，平静的手指拿着顶端镶着珍珠的琴弓，慢慢地让白色的弓毛从一块灰白色的松香上滑过去。今天，他的眼睛眯成明亮的缝隙，从领口挂下的亚麻手帕让眼下的阴影部分显得格外暗淡。

"我猜你现在弹得很好。"拉夫科维奇先生微笑着说，虽然她并没有回答他。

她看着比尔德巴赫先生。他转过身去，厚重的肩膀把门推得敞开，以至于傍晚的阳光透过音乐教室的窗户，染黄了布满灰尘的客厅。她看见了她老师身后的那架矮墩墩的长长的钢琴、窗户以及勃拉姆斯的半身像。

"不，"她对拉夫科维奇先生说，"我弹得糟透了。"她纤细的手指在乐谱上轻轻地弹着。"我不知道是怎么回事。"她看着比尔德巴赫先生弯曲但健壮的后背说，它绷得紧紧的，他在听。

拉夫科维奇先生微笑着。"有这样的时候，我想，当一个人——"

钢琴上传来刺耳的和音。"你不认为我们最好还是继续这个吗？"比尔德巴赫先生问道。

"马上来。"拉夫科维奇先生说，他再一次用松香擦了擦琴弓，然后朝房门走去。她能看见他从钢琴上面拿起小提琴。他跟她对视了一下，将小提琴放下来。"你看见海默的照片了吗？"

她弯曲的手指紧抓着乐谱包锋利的边角。"什么照片？"

"桌上那本《音乐快递》里那张海默的照片。就在封面的背面。"

奏鸣曲响起。不协调但不乏质朴。空洞，但有鲜明的属于自己的风格。她伸手拿了杂志翻开。

是海默——就在左角。他拿着小提琴，手指向下勾住琴弦，演奏着拨奏曲。他下身穿黑色哔叽灯笼裤，膝下部分束得干净利落，上身着羊毛衫，大翻领。照片拍得很差劲。虽然是抓拍的侧面照，可是眼睛却转过来对着摄影师，而且，他的手指看起来似乎要拨到错的琴弦上去了。他似乎很不舒服地转过头来对着摄影器械。他更瘦了——他的肚子现在不再凸出来——但六个月里他并没有改变很多。

海默·伊斯雷尔斯基，一个有才华的年轻小提琴手，在河岸路他老师的音乐教室里拉琴的时候拍了这张照片。年轻大师伊斯雷尔斯基，不久将庆祝他十五岁生日，已被邀请演奏贝多芬协奏曲，而且是跟——

那天早上，她从六点一直练习到八点，之后，她爸爸让她坐到餐桌前跟家人一起吃早饭。她讨厌吃早饭；它会让她吃完后一直想呕吐。她宁愿一直等到用她那二十美分的午饭钱买四块巧克力棒，然后在上课的时候大声地咀嚼——从口袋里一点点往外拿并用手帕遮挡住，每当锡纸发出声响时便突然停下。可那天早上，她爸爸在她的盘子里放了一个煎鸡蛋，而她知道，一旦它被捣破——这样黏滑的蛋黄才会淌出来遍布整个蛋白——她就会哭。果然是这么回事。她现在的感觉跟那时一样。小心翼翼地，她把杂志放回到桌上，然后闭上眼睛。

教室的音乐似乎在强烈而笨拙地催促某件根本不会发生的事情。过了一会儿，她的思绪从海默、协奏曲和照片那里被拉了回来——再一次徘徊在课程上。她从沙发上探过头来，这样就能清楚地朝教室里看——他们两个在演奏，仔细地盯着钢琴上的乐谱，贪婪地想把那里面的一切都抽取出来。

她无法忘记比尔德巴赫先生刚才盯着她看时的脸色。她的双手捂住瘦骨嶙峋的膝盖，却依旧下意识地依照赋格曲的演奏动作而抽动。她太累了。同时，她感到不停地在转圈、下沉，就跟她晚上练习过度而睡着时一样。就像那些讨厌的半梦半醒的状态，总是嗡嗡地响个不停，让她昏昏沉沉，将她带入它们自己旋转着的空间。

"神童——神童——神童。"这些音节会蹦出来，不停地翻滚，以德语里的发音在她的耳边咆哮，然后降低成一阵耳语。与此相伴的还有那些人的脸，旋转、膨胀、扭曲，然后缩成模糊的小团块——比尔德巴赫先生，比尔德巴赫夫人，海默，拉夫科维奇先生。它们不停地伴着喉音"神童"旋转。比尔德巴赫先生在圈的中间若隐若现，身形庞大，神情急迫——其他人则围在他的身边。

乐句疯狂地上蹿下跳。她练习过的音符互相撞击，就像是一把从楼梯上掉落的弹珠。巴赫，德彪西，普罗高菲夫，勃拉姆斯——总是能奇妙地瞅准时机，找准她疲倦的身体里的悸动和旋转。

有时候——当她练习的时间不超过三个小时或者放学在外的时候——梦境并没有那么混乱。音乐在她的脑海里清晰地飞舞，瞬间的、精确的记忆会重现——跟海默在他们联合演奏的音乐会结束后给她的那张女里女气的图片"纯真年代"一样清晰。

"神童——神童。"十二岁那年她第一次来见他的时候比尔德巴赫先生就这么称呼过她。年长的学生也跟着他这么叫。

他倒是没有当着她的面说过这个词。"小蜜蜂——"（她有一个很普通的美国名字，但他从来不用，除非她犯的错误很严重。）"小蜜蜂，"他会说，"我知道这有多么可怕。整天都得顶着那么个充满智慧的厚重的脑袋。可怜的小蜜蜂——"

比尔德巴赫先生的父亲曾经是荷兰小提琴家。他的母亲是布拉格人。他出生在美国，但是年轻时期在德国度过。所以很多次她希望自己不只是出生并成长于辛辛那提。"奶酪"德语怎么说的？比尔德巴赫先生，"我听不懂你的意思"这句话荷兰语怎么说？

那是她第一次来音乐教室的时候。她凭记忆完整地弹奏了《匈牙利第二狂想曲》。房间因暮色而灰暗。他的脸凑在钢琴的上方。

"现在，我们从头开始，"第一天他就这么说，"它——音乐演奏——不仅仅靠聪明。一个十二岁女孩的手指能够在一秒钟内按下这么多的琴键——这并没有什么意义。"

他用粗短的手拍拍宽大的胸脯和额头。"这个和这个。你够大了，能理解什么意思。"他点了一支烟，轻轻地把第一口烟雾吹到她的头顶。"还要努力——努力——努力——。我们将从这些巴赫的创意曲和舒曼的小曲开始。"他的手又动了起来，这一次他是去拉了灯的开关绳，然后指着乐谱。"我跟你讲我希望你怎样练习这些曲子。仔细听好了。"

她已经在钢琴上练了三个小时了，非常疲倦了。他深沉的声音似乎在她的体内徘徊了很久。她想伸出手，触碰他那指着乐句的肌肉紧绷的手指，想触摸那闪亮的无饰金指环和强壮的多毛的手背。

她在周二的放学后和周六的下午上课。经常，周六下午的课结束后，她会留下来吃晚饭，然后住一晚，第二天早上再坐有轨电车回家。比尔德巴赫夫人以一种平静的几乎是无声的方式喜欢着她。她跟丈夫很不相同。她安静，肥胖，缓慢。如果不是在厨房里做他们都非常喜爱的丰盛的饭菜，她似乎所有的时间都待在楼上的床上，她看杂志，或者对着某种东西微笑，但又不在看它。他们在德国结婚的时候，她是民谣歌手。她现在不再唱了（她说是因为喉咙）。当他把她从厨房里叫进来听学生演奏时，她总是会微笑着说"好"，"很好"①。

十三岁时候的某一天，弗朗西丝突然明白，比尔德巴赫夫妇没有孩子。这似乎有些奇怪。有一次，她跟着比尔德巴赫夫人回到厨房，此时，比尔德巴赫先生从音乐教室跨着大步走进来，他因为被某个学生惹怒而神情焦虑。他的妻子正站在那里搅拌浓汤，直到他伸出手，爱抚地放到她的肩膀上。她于是转过身——平静地站着——而他则把她抱在怀里，将其消瘦的脸庞埋进她雪白、松弛、多肉的颈部。他们就那么站着，一动不动。然后，他突然把脸抽回来，怒气全消，面无表情，接着，就回到音乐教室去了。

她开始跟着比尔德巴赫先生学琴，根本没有时间去见中学的任何人，从那以后，海默便成了她唯一的同龄朋友。他是拉夫科维奇先生的学生，如果她晚上要去比尔德巴赫先生那里，她就会跟他一起去。他们一起听他们的老师演奏。而且，他们自己也会合奏室内乐——莫扎特的奏鸣曲或布洛赫的音乐。

"神童——神童"。

海默是神童。那时，他和她都是。

海默四岁就开始拉小提琴了。他不需要上学；拉夫科维

---

① 原文为德语。

奇先生的兄弟，一个跛子，过去常常在下午教他几何、欧洲历史以及法语动词。十三岁的时候，他就具备了辛辛那提任何一个小提琴手所具备的演奏技巧——每个人都这么说。不过，演奏小提琴肯定比弹钢琴容易。她知道这是肯定的。

海默身上总是散发着灯芯绒裤子、他吃的食物以及松香的味道。有一半的时间里，他的指关节周围总是很脏，衬衫袖子会从羊毛衫的袖子下面露出来，邋里邋遢的。他演奏的时候她就一直看着他的手——只有跟被肉团包围的剪得很短的指甲，以及弯曲的手腕上清晰可见的像个婴儿似的皱褶处连接的地方是细的。

无论是在梦中还是醒着的时候，她对那场音乐会的记忆都是模糊的。几个月后她才知道它并不成功。的确，报纸上称赞了海默，而不是她。但他比她矮很多。站在舞台上，他只到她的肩膀。而这在人们眼里很重要，她知道。而且，还有他们合奏的那首曲子的问题。布洛赫的曲子。

"不，不——我认为这个不合适，"当有人建议用布洛赫的曲子作为节目的结束曲时，比尔德巴赫先生说，"用约翰·鲍威尔的——《弗吉尼亚奏鸣曲》。"

当时她不理解；跟拉夫科维奇和海默一样，她也希望是布洛赫的曲子。

比尔德巴赫先生只好让步。后来，评论文章上说她缺少那种音乐需要的气质，人们称她的演奏不够饱满，缺乏情

102

感，她觉得上当了。

"哎，这种东西，"比尔德巴赫先生"噼啪"一声把报纸摔在她面前说，"你不用管这些。把它留给海默们、某某维茨、某某斯基吧。"

"神童"。不管报纸上怎么说，他就是这么叫她的。

为什么在音乐会上海默做得比她好得多？有时候在课堂上，当她理应在看某个人在黑板上做几何题的时候，这个问题会像刀一样在她的体内绞动。睡觉时，甚至是当她应该全神贯注弹钢琴的时候，她也会为此烦恼。不是因为用的是布洛赫的曲子而她自己又不是犹太人——不全是。也不是因为海默不用去上学，而且早早地就开始习琴。那是因为——？

有一次她以为她明白了。

"你就弹狂想曲和赋格曲。"一年前的晚上——在他和拉夫科维奇先生一起看完一些音乐曲目之后，比尔德巴赫先生就这样要求。

巴赫的曲子，在她看来，似乎弹得不错。她能用眼角的余光看见比尔德巴赫先生脸上平静的、满意的表情，能看见在高潮部分他的手从椅子的扶手上举起，然后，高潮部分的乐句成功过去之后，放松地满意地放下。弹完之后，她站起来，咽了咽，以便松开似乎是音乐在她的喉咙和胸口束上的带子。可是——

"弗朗西丝——"拉夫科维奇先生此时却突然看着她

103

说，他噘起抿成一条缝的嘴唇，纤弱的眼皮似乎把眼睛完全盖住了，"你知道巴赫曾经有多少个孩子吗？"

她转向他，迷惑不解。"有很多。大约有二十个。①"

"那么——"他苍白的脸上的微笑刻着难以掩饰的窘迫，"他不可能这么冷漠。"

比尔德巴赫先生不高兴了；他那带着喉音的漂亮的德语句子中总会在某个地方带上一个"*Kind*"②。拉夫科维奇先生扬起眉毛。她已经明确地察觉出其中的含义了。她摆出一脸茫然或极为不成熟的表情，她觉得，这并不是什么欺骗行为，因为比尔德巴赫先生一直希望她是这样表现的。

然而，这类事情并没有关系。至少，没有多大关系，因为她会长大。比尔德巴赫先生理解这点，就连拉夫科维奇先生说的也并非真心话。

在她的梦境中，比尔德巴赫先生的脸朦胧地出现，到旋涡的中间便缩小了。他的嘴唇轻轻地嚅动，太阳穴的静脉显而易见。

但是有时候，在睡觉前，记忆又是如此清晰；就跟她把袜子的后跟上的洞往下拽，好让鞋子把它遮住时一样清晰。

---

① 巴赫娶过两个妻子，两段婚姻里共有二十个孩子出生，其中十一个夭折，九个存活下来。
② "kind"在德语里是"孩子"的意思，可做后缀使用，如，本文篇名和多次重复的"神童"（wunderkind）一词的词尾。这里指比尔德巴赫先生反复强调她还只是个孩子，以此表达对拉夫科维奇先生对她的批评的不满。

"小蜜蜂啊，小蜜蜂！"于是他把比尔德巴赫夫人的针线篮拿了过来，向她示范应该怎样织补袜子上的洞，不让它堆成鼓鼓囊囊的一团。

还有她初中毕业的那一次。

"你穿什么衣服？"一个星期天吃早饭的时候，当她跟他们说学生已经在排练怎样走进礼堂去时，比尔德巴赫夫人问道。

"我堂姐去年穿的晚礼服。"

"噢——小蜜蜂！"他说。他用厚重的手旋转着热咖啡杯，抬头看着她，微笑的眼睛周围全是皱纹。"我确切地知道小蜜蜂需要什么——"

他固执已见。她跟他解释说自己真的一点都不在乎，可他不相信。

"这么办，安娜。"他把餐巾推到桌子对面，然后踏着碎步走到房间的另一边，拍打着自己的臀部，角质架眼镜后面的眼睛往上翻动。

接下来的那个周六下午，在她的课程结束之后，他带她去了闹市区的百货商店。他用粗壮的手指轻抚顺滑的薄纱，把女售货员从布匹上松开的塔夫绸弄得劈啪作响。他把各种颜色凑到她的脸上，翘起的头歪向一边，最终挑选了粉色。就连鞋子他也记得。他最喜欢一种白色的儿童无带轻便鞋。在她看来，它有点像老太太穿的鞋子，鞋背上的红十字标签看上去就像是某个慈善机构捐助的。不过这真的无关紧要。当比尔德巴赫夫人裁剪好裙子，用大头针别好给她试穿的时候，他暂停了授课，站在边上观看，并建议臀部和衣领处围一圈皱褶，肩膀装饰上精美的玫瑰花。此时，就能弹奏出令人满意的音乐。衣服，毕业典礼之类的东西不会有什么影响。

任何东西都不重要，除了按必须做到的那样演奏音乐，把必定蕴藏在她体内的东西表现出来，练习，再练习，演奏到比尔德巴赫先生脸上没那么多焦虑为止。要把迈拉·赫斯、耶胡迪·梅纽因①所拥有的东西都体现在她的音乐里——甚至是海默的。

四个月之前，她开始出现什么状况？油腔滑调的、没有生气的乐符开始冒了出来。是因为青春期吧，她想。有些孩子满怀希望地开始演奏音乐——然后不停地练习，练习，直到因为一点事情而哭闹，因为要想办法让事情（他们所憧憬的事情）顺利进行而崩溃，就像她一样——开始出现了某种怪象——但这说的不是她。她跟海默一样。她必须跟他一样。她——

那种东西的确曾经存在过。而你也不会失去它。"神童……神童……"对于她，他曾经这么说过，带着坚定的浓

---

① 分别为英国钢琴家和美国小提琴家，都是年少成名的音乐神童。

浓的德国腔反反复复地说。梦境中，德国腔更浓，语气更坚定。同时他的脸出现在她的面前，混在急切的乐句当中，不断上升，旋转，旋转——"神童。""神童……"

这天下午，比尔德巴赫先生没有像往常那样把拉夫科维奇先生送到前门。他留在钢琴边，轻轻地按出一个孤独的音符。弗朗西丝一边听着，一边看着小提琴演奏者把围巾缠绕在他那苍白的喉咙上。

"海默的照片很好，"说着，她拿起乐谱，"几个月前我收到他的来信——说他听了施纳贝尔和胡伯曼的演奏，去了卡内基音乐厅以及在俄罗斯茶室吃到的食物等情况。"

为了迟进音乐教室那么一小会儿，她一直等到拉夫科维奇先生做好一切离开的准备，他打开门，她站到了他的身后。屋外的严寒顿时侵入房间。时间已经不早了，空气中透着冬季淡黄的暮色。当门关上时，屋子显得比她所知道的任何时候更加暗淡和寂静。

她走进音乐教室，比尔德巴赫先生从钢琴边站起来，默默地看着她把手安放在琴键上。

"来吧，小蜜蜂，"他说，"今天下午，我们从头开始。从最基本的开始。把过去几个月的事情都忘掉。"

他看上去就好像是在尝试着出演一个电影中的角色。他结实的身体从脚尖摇到脚跟上。他搓着两只手，像演电影似的满意地微笑着。但是，他突然换了一种方式。他那厚重的肩膀耷拉了下来，然后开始快速地翻看她带进来的那一堆乐谱。"巴赫——不，现在还不行，"他低声地自言自语，"贝多芬？对。变奏曲，作品第 26 号。"

她被琴键包围——僵硬，雪白，像死了的一样。

"稍等。"他说。他站在钢琴的弧线部位，胳膊肘撑在钢琴上，看着她。"今天，我对你抱有期待。现在，弹这首奏鸣曲——这是你第一次弹奏贝多芬的奏鸣曲。每一个音符都能控制好——从技术上讲——你不需要解决其他问题，只需关注音乐。现在只管音乐。这是你唯一需要考虑的。"

他把她那本乐谱翻得沙沙作响，直到翻到要找的地方。接着，他把座椅拖到房间的中央，把椅背转过来，坐下，两腿叉开夹住椅背。

她知道，由于某种原因，他的这个姿势往往给她的演奏带来不错的效果。可是今天，她觉得自己会用眼角的余光注意他，因此会受到干扰。他的脊背僵硬地倾斜着，两腿看上去绷得紧紧的。他面前椅背上厚重的乐谱集似乎正吃力地保持着平衡。"现在，我们开始。"他向她这边投来专横的目光。

她先将手停在琴键的上方，然后沉下来。第一个音符太响了，紧随其后的乐句枯燥无味。

他放在乐谱上的手举起来，异常显眼。"等等。稍微想一想你在弹的曲子。开头的这部分上做了什么标记？"

"行板。"

"好的。不要把它拖长而变成'慢板'。琴键要压到位。手指不要像那样轻浮地按一下就离开。是优雅的、深沉的行板。"

她又试了一次。她的手似乎跟她心里所想的音乐完全合不到一块儿。

"听好了,"他打断了她的演奏,"所有变奏中哪一个是起主导作用的?"

"挽歌,"她回答道。

"那么准备弹它。这是行板——但不是你刚刚弹的类似沙龙音乐的东西。轻柔地开始,标着'钢琴'的部分,在琶音开始之前突然响亮起来。让它变得热情,剧烈。接着往下,到这里——到标着'甜美'的地方,让复调旋律响起来。这些你都知道。所有这些我们以前都学过。现在开始弹奏。感受一下贝多芬创作它时的情景。感受一下那种悲痛和压抑。"

她无法不去看他的手。它们似乎只是暂时放在乐谱上,只要她一开始,它们随时会飞起来,发出停止的信号,戒指的亮光叫她立刻停止。"比尔德巴赫先生——也许,如果我——如果你让我把第一个变奏部分一口气弹完,我也许能做得更好些。"

"我不会再打断你了。"他说。

她苍白的脸太过靠近琴键了。她演奏完第一部分，然后，按照他的点头示意，继续弹第二部分。没有什么差错让她感到不满意，但是，她还没有来得及将自己所理解的意义放进去，乐句就已经被她的手指弹出来了。

她弹完的时候，他从乐谱上抬起头，开始用生硬的直白语气说："我几乎没听到你用右手弹出和声。而且，不巧的是，这一部分应该更强烈些，要把第一部分内在的、影射的东西展现出来。不过，继续弹下一部分吧。"

她想先表达出被压抑的恶念，接下去再展现深沉的不断膨胀的悲痛感。她大脑是这样跟她说的。可是，她的手就像通心面一样粘在了琴键上，她想象不出音乐该有的意义。

最后一个音符停止振动，他合上书，沉思着从椅子上站起来。他的下巴左右扭动——而且，透过他张开的嘴唇，她可以瞥见那条健康的、粉色的、通往喉咙的通道，以及结实的被香烟熏黄的牙齿。他慎重地把贝多芬的曲子放在其他乐谱的上面，再一次把双肘撑在光滑的黑色钢琴上。他只说了一声"不行"，然后看着她。

她的嘴开始哆嗦。"我无能为力。我——"

突然，他绷紧嘴唇，装出一丝微笑。"听着，小蜜蜂，"他开始用一种强装出来的声音说，"你还在弹《快乐的铁匠》①，

---

① 德国作曲家乔治·弗里德里希·亨德尔所作古钢琴曲。

是吗？我告诉过你，不要从你的曲目中把它去掉。"

"是的，"她说，"我还时不时地练习。"

他用的是对孩子说话的声音。"这是我们开始一起练习的曲子之一——记得吧。你那时演奏得很有力度——就像一个真正的铁匠的女儿。你看，小蜜蜂，我非常了解你——就好像你是我的女儿。我知道你的才能——我听过你漂亮地演奏过很多音乐。你过去——"

他困惑地中断了，在那根揉烂了的烟蒂上猛地吸了一口，烟雾无力地从他粉色的嘴唇之间飘出来，变成灰雾缠绕在她细长的头发和额头周围。

"把它弹得欢快一点，简单一点。"他说。他拉开她身后的灯，从钢琴那里往后退了退。

有那么一会儿，他就站在灯光最亮的区域内。接着，他冲动地蹲到了地板上。"要充满活力。"他说。

她忍不住要继续看着他，他坐在一只脚后跟上，另一只脚在前面伸直，以保持平衡。强壮的大腿肌肉紧紧地被裤腿包裹着。他的背部挺直，肘部稳稳地撑在膝盖上。"现在，弹简单一点，"他用肥胖的手打了个手势重复说道，"想象一下铁匠——一整天都在阳光下打铁。愉快的动作，不受外界干扰。"

她没有办法低头去看钢琴。灯光照亮了他伸展的手背上的毛，把他的眼镜片照得亮晶晶的。

"把这一切展现出来，"他催促道，"就现在。"

她觉得自己的骨髓被抽空，体内的血液已流干。整个下午不停地撞击着胸膛的心脏也突然死去。她看到它的边缘已经变灰、变软、枯萎，就像是一只牡蛎似的。

他的脸似乎跳到了她面前的空中，越来越靠近她，太阳穴的静脉不稳地抽动着。她低头看着钢琴，打算退缩了。她的嘴唇哆嗦得像个果冻，无声的泪水奔涌而出，白色的琴键变得模糊，水汪汪的。"我弹不好，"她喃喃自语，"我不知道为什么，但就是不行——再也弹不了了。"

他紧张的身体松弛了下来，他用手叉着腰，努力地站起来。她一把抓过乐谱，从他身边经过。

大衣。手套和胶鞋。学校的教科书以及生日时他送给她的乐谱包。寂静的房间里属于她的一切东西。要快——要赶在他跟她说话之前。

在她经过过道时，她忍不住看了一眼他的手——从他斜靠在音乐教室的门上的身体上伸出来，放松地，毫无目的地。门坚定地关上了。拖着书和乐谱包，她跌跌撞撞地走下石阶，转向相反的方向，匆匆地行走在混乱的大街上，这里汇聚着噪音、自行车和其他孩子的游戏。

外国人

一九三五年八月，一位犹太人独自坐在一辆开往南方的汽车后排的一个座位上。此时已接近傍晚，而这个犹太人早上五点就启程了。也就是说，天刚亮他就离开纽约，除了必要的几次短暂停留，他一直在后排的座位上耐心地等待着到达目的地的那一刻。他的身后是那个伟大的城市——那个庞大的设计精美的奇迹。这个从清晨就启程的犹太人，脑子里装着对一个异常虚伪和不真实的城市的最后印象。太阳冉冉升起之时，他独自行走在无人的街道上。目光所及之处，一些摩天大楼呈淡紫色和黄色，像钟乳石般清晰、锋利，直插云霄。他倾听自己轻轻的脚步声，这是他在这个城市的街道上第一次听见由一个人单独发出的清晰的声音。但是，即使是这种时刻，他仍然有一种"众多"感，一种对即将到来的时刻的敏锐预感：喧嚣与愤怒，混乱与骚动，正在关闭的地铁门边经久不变的拥挤挣扎，以及城市的白天震耳的喧闹。

那时，这就是被他抛在身后的那个地方留给他的最后印象。而此时，他正面向南方。

这个犹太人，一个年龄五十岁左右的男子，是个耐心的旅客。他中等身高，只略低于平均体重。由于下午天气炎热，他已脱去那件黑色外套，很仔细地将其挂在座位的靠背上。他穿着蓝色条纹衬衫和灰格子花纹长裤。对于这条已经被磨得起毛的裤子，他仔细到可谓是焦虑的程度了，每次交叉双腿，他都要拎起膝盖部位的布料，并用手帕掸去从敞开的窗户飘进来的灰尘。即使边上没有其他乘客，他还是规规矩矩地坐在自己的那部分位置上。在他头顶的行李架上，有一个纸制饭盒和一本词典。

这个犹太人非常机警——而且，他已经相当仔细地审视过每一位同行的乘客了。他尤其注意了那两个黑人，尽管他们上车的地点隔得很远，但两个人整个下午一直在最后一排座位上谈笑风生。他还饶有趣味地观看匆匆飘过的风景。这个犹太人脸色安详——额头突出、白皙，黑色的眼睛深藏在角质架眼镜后面，嘴巴紧绷而苍白。虽然他很有耐心，极其镇定，却有一个恼人的毛病。他不停地抽烟，而且在抽烟的时候，他总是悄悄地用大拇指和食指撕扯香烟的一头，搓捻并抽出烟丝，因此，香烟的那头往往破碎不堪，他不得不把它掐掉才能重新放到唇间。他双手的指尖稍稍起茧，既强壮，又精致完美；这是一双钢琴家的手。

七点，漫长的夏日黄昏才刚刚开始。一天的灼晒和炙烤之后，此时的天空平和了许多，变成宁静的蓝绿色。汽车沿着一条没有铺砌的土路蜿蜒而行，两边是一望无际的棉花田。正是在这里，汽车停下来搭载了一名新的乘客——一个手提崭新的、廉价的锡皮手提箱的年轻人。尴尬地犹豫了片刻后，这个年轻人在犹太人身边坐了下来。

　　"晚上好，先生。"

　　犹太人微微一笑——因为这个年轻人肤色黝黑，满脸笑容——并回应了他的问候，声音轻柔略带外国口音。有那么一会儿，他们再也没有说过其他话。犹太人看着窗外，而年轻人则从眼角害羞地看着他。接着，犹太人从头顶的行李架上拿下饭盒，准备吃晚餐。盒子里有一块黑面包三明治和两块柠檬馅饼。"你要来点吗？"他礼貌地问道。

　　年轻人脸一红。"哎呀，不胜感激。你看，我上车前需要洗一洗，所以还没机会吃晚饭。"他被晒得黝黑的手在柠檬馅饼的上方迟疑地停留了一会儿，然后选择了软烂一些的、边上已经有点碎的那块。他的声音温和悦耳——元音拖得很长，结尾的辅音却不发出声来。

　　他们默默地吃着，以懂得食物价值的人的神情慢慢地享受着。吃完馅饼，犹太人用嘴舔了舔手指头，然后用手帕擦干净。年轻人看了看，认真地照着他的样子做。暮色降临。远处的松树模糊不清，退缩在两边棉花地远处的孤零零的房子里灯光忽明忽暗。犹太人一直专注地看着窗外，最后他转向年轻人，朝着棉花地点了一下头问："那是什么？"

年轻人放眼望去，在远处的树的上方发现了烟囱的轮廓。"从这里很难辨别，"他说，"也许是起重机或是大型锯木机。"

"我是说到处都有的——地里长的那些。"

年轻人很困惑。"我不明白你说的是什么。"

"那些开白花的植物。"

"哦，天哪！"这个南方人缓缓地说，"那是棉花。"

"棉花，"犹太人重复道，"当然，我本该知道。"

出现了长时间的停顿，其间，年轻人既崇拜又担忧地看着犹太人。有几次，他润了润嘴唇，似乎打算开口说话。可一番考虑过后，他朝着犹太人友好地笑了笑，并刻意地点点头，以示安慰。接着（鬼知道他在哪家小镇上的希腊咖啡馆经历过这等事情）他朝犹太人凑过去，他的脸跟犹太人的脸只隔了几英寸，然后用费了好大劲才装出来的口音说："你是希腊人？[1]"

犹太人摇摇头，满脸疑惑。

可年轻人却又是点头又是微笑，神情更坚决。他大声地重复着那个问题。"我说，你是希腊人？"

---

[1] 原文："You Greek fallow?" 其中 fallow 应为 fellow，年轻人发音错误，所以犹太人没有听懂。

犹太人抽身往拐角靠了靠。"我听得清清楚楚，我只是不懂你那个词的意思罢了。"

夏日的余晖消退。汽车已经离开了土路，正行驶在一条铺得平整但蜿蜒曲折的公路上。天空是阴郁的深蓝色，但月光皎洁。棉花田（也许属于某个大种植场）已经被抛在他们身后，此时路的两边是未开垦的土地。远处的树木给蓝色的天空镶上了一道暗黑色的边。空气中有一种淡淡的薰衣草味儿，视线也变得十分模糊，因此，远处的物体看起来似乎很近，而近在咫尺的东西却又显得遥不可及。汽车里安静了下来。只有发动机猛烈抖动的声音，由于它一直存在，所以现在已经不被察觉了。

被晒得黝黑的年轻人叹了口气。犹太人于是快速地扫了他一眼。南方人微笑着，轻声地问犹太人："你的家乡是哪里，先生？"

这个问题犹太人并没有马上回答。他把一缕缕的烟丝从香烟头抽出来，直到烟蒂被撕得粉碎，没法用了，然后在地板上把它踩灭。"我打算在我将要去的那个地方——拉斐特维尔——安个家。"

这个答案，既谨慎又不直接，是犹太人能给出的最佳答复。因为，别人马上就能明白这绝不是一个普通旅客。他并不是远在他身后的那个大城市的居民。他的旅途不会是用小时来衡量，而是用年——不会用数百英里，而会用数千英里

117

来衡量。即便这些衡量方式，也只是在一定意义上正确而已。这位流亡者的旅程——因为这个犹太人两年前就离开了慕尼黑的家——不像是一段可以用地图或时刻表计算出的旅行时间，而更像一种心境。他的身后是不可预测的充满焦虑的漂泊，是恐惧或希望的悬念。可这一切，他无法向一个陌生人诉说。

"我只是要到一百八十英里以外的地方去，"这个年轻人说，"可这已经是我离开家最远的一次了。"

犹太人扬起眉毛，惊愕却不失文雅。

"我去看望我的姐姐，她结婚大约只有一年的时间。我非常想念姐姐，她现在——"他稍稍迟疑了一会儿，似乎在大脑中搜索着某个精美的措辞，"她有了身孕。"他蓝色的眼睛颇为疑虑地盯着犹太人，似乎不相信这个从未见过棉花的人会理解自然界另外这一条基本常识。

犹太人点点头，咬着下嘴唇，拘谨地笑了笑。

"她的产期差不多就是这个时候，而她的丈夫正在忙着烤烟草。所以，我想我或许能搭把手。"

"祝愿她生产顺利。"犹太人说。

这时，他们的对话被打断了。此时，天已经很黑了，司机把车停在路边，并把车里面的灯打开了。灯突然亮起时惊醒了一个一直在熟睡的孩子，她开始烦躁不安。坐在后排的那两个黑人，在安静了很长时间之后，又开始懒洋洋地聊了起来。坐在前排座位上的一个老人开始跟他的同伴开起了玩笑，他说话时带着聋子特有的那种毫无意义的固执。

"你的家人已经在你要去的那个城市了吗？"年轻人问犹太人。

"我的家人？"犹太人摘掉眼镜，往镜片上吹了吹气，然后用衬衫袖把它们擦亮。"不，我安定下来以后他们再来找我——我的妻子和两个女儿。"

年轻人身体前倾，把胳膊肘搭在膝盖上，双手捧住下巴。灯光下，他圆圆的脸红润而热情。汗珠在他的短短的上嘴唇上方闪闪发亮。他蓝色的眼睛神情倦怠，柔软的、湿漉漉的刘海搭在前额上，这让他看上去有些孩子气。"我打算不久就结婚，"他说，"我一直在一群女孩中间挑选。现在我把范围缩小到三个。"

"三个？"

"是的——长得都很好看。这也是我认为该进行眼下这一次旅行的另一个原因。你知道，当我回来用一种全新的眼光看她们，也许我就能够打定主意该向哪一个求婚了。"

犹太人笑了——这是自然的由衷的笑，这一笑彻底改变了他。他的头往后扬，双手紧握，脸上没有了一丝紧张的痕迹。南方人也跟着他笑了起来，尽管自己正是被嘲笑的对象。可接着，犹太人的笑声骤然停止，就跟它开始的时候一样突然，停止时，他先是深吸一口气，然后慢慢地呼气，最终变成呻吟。犹太人闭了一会儿眼睛，似乎在把这一小小的乐趣安置在内心所有趣事的集合里。

这两个旅客曾一起吃，一起笑。此时，他们不再是陌生人。犹太人更舒适地坐在座位上，从背心口袋里拿出一根牙签，用一只手半遮半掩悄悄地用上了。年轻人则摘掉领带，解开衬衫领，直到露出棕色的卷曲的胸毛。不过，很明显，南方人并没有犹太人那么放松。有一件事困惑着他。他似乎一直在努力构思某个问题，问这个问题将是极其痛苦和困难的。他擦了擦额头湿漉漉的刘海，鼓了鼓嘴，似乎准备吹口哨似的。终于，他说："你是外国人吗？"

"是的。"

"你是从国外来的？"

犹太人歪着头，等待着。可是年轻人似乎无法继续盘问了。正当犹太人盘算着是说话还是保持沉默的时候，汽车停下来搭载了一个在路边招手的黑人妇女。见到这个新乘客让犹太人很是不安。她的年纪很难确定，而且，若不是因为她把一件脏兮兮的长外套当女裙穿在身上，她的性别也难以一眼就看出来。她长得变了形——虽然并没有哪只胳膊或大腿有残疾，但她整个人矮小、弯曲、发育不全。她戴着一顶破烂不堪的毡帽，穿着一条破烂的黑色短裙和一件好像是用粮食袋随便做成的衬衫。她的一个嘴角上有一个丑陋的张开的伤口，下嘴唇的下方贴着一块黄褐色的纱布。她的眼白根本就不是白色，而是带着红色血丝的土黄色。她脸上的神情给人的总体感觉是飘忽不定、如饥似渴、茫然若失。在她穿过通道朝后排的座位走去时，犹太人疑惑地转向年轻人，紧张地轻声问道："她怎么了？"

年轻人感到迷惑不解。"谁？你是说那个黑人吗？"

"嘘——"犹太人提醒他，因为他们坐在倒数第二排，而那个黑人就坐在他们身后。

可是，南方人已经回过头去，毫不掩饰地盯着身后看，因此犹太人只好不做声了。"嗨，她没什么事，"他细看了一番之后说，"我看不出有什么不对。"

犹太人尴尬地咬着嘴唇。他眉头紧锁，眼神不安。他叹了口气，看着窗外，尽管因为车里亮外面黑他几乎什么都看不见。他并没有注意到年轻人正在想办法引起他的注意，也没有注意到他好几次都动了动嘴唇，似乎要开口说话。终于，年轻人的问题还是说出来了。"你曾经去过法国巴黎吗？"

犹太人说去过。

"那是我一直想去的地方。我知道那个人战争期间远在巴黎，于是不知怎么地我这一辈子就想着要去法国巴黎。但是，请理解——"年轻人停下来，真诚地看着犹太人的脸，"请你理解，这绝不是晕了头。"（由于受犹太人咬文嚼字习惯的影响，也或许是由于试图装斯文，年轻人的确是把这说成是"晕了头"。）"不是因为你听说的那些法国女孩。"

"是因为那里的高楼大厦——林荫大道？"

"不，"年轻人迷茫地摇着头说，"并非前面所说的某个具体的东西。这也是连我自己都不理解的地方。因为，当我想起巴黎，脑子里只出现一个场面。"他闭上眼睛，若有所思。"我总是看见狭窄的街道两边高楼林立。那里非常寒冷，一直下雨。街上没有其他人，只有那个法国佬站在角落，帽子拉得很低，遮住了眼睛。"年轻人急切地看着犹太人的脸。"我怎么会想着这种事情，就跟害了思乡病似的？这是为什么——据你估计？"

犹太人摇摇头。"也许你晒了太多的太阳。"他最后说道。

不久之后，这个年轻人就到了目的地——一个位于交叉路口的看似荒芜的小村庄。这个南方人不紧不慢地下车。他先从行李架上拿下锡皮手提箱，然后跟犹太人握了握手。"再见，先生——"他似乎突然感到不可思议，自己竟然还不知道他的姓名。"克尔，"犹太人说，"菲力克斯·克尔。"然后这个年轻人就走了。那个黑人妇女——那个被人类抛弃的、第一眼就让犹太人心烦意乱的人——也在同一站下车了。犹太人再一次孤身一人。

他打开餐盒，吃了黑面包三明治。之后，他又抽了几根烟。有那么一会儿，他把脸贴着窗纱，想了解一下外面的景象。天空中聚集了傍晚的黑云，也没有星星。他偶尔看见一个建筑物黑暗的轮廓、一片模糊不清的延绵的土地，或贴近路边的树丛。最后，他把脸转了过来。

车里的乘客安定下来准备过夜。有几个人在睡觉。他有些疲惫地好奇地环顾四周。他暗自笑了一下，淡淡的微笑让他嘴角的轮廓格外清晰。可紧接着，甚至当微笑的痕迹还没有完全退去时，他突然就变了。他一直在观察前排那个穿着工装裤的耳聋的老人，看到的某一个细节突然让他产生了某种强烈的情感。他的脸上突然出现了痛苦的表情。后来，他低头坐着，大拇指按着右边的太阳穴，其他手指揉着前额。

因为，这个犹太人很悲痛。虽然他非常注意那条格子花纹裤，虽然他曾愉快地吃了东西，也曾经大笑，虽然他满怀希望地等待着未来陌生的新家——尽管拥有这一切，长久以来他内心却一直隐藏着痛苦。他不是因为他的好妻子艾达而悲痛，二十七年来他对她忠贞不贰，也不是因为他的小女儿格里塞尔，她是个十分可爱的孩子。这两个人——如上帝所愿——一旦他为她们准备妥当，就会来跟他团聚。他的悲痛既与他对朋友的担忧无关，也与失去家园、自身的安全和幸福与否没有关系。犹太人是因长女凯伦而悲伤，因为他对她的去向和生活状况一无所知。

这种悲痛不是恒定的，并非在程度上有精确的度量，对他的伤害程度也不是固定的。相反（因为这个犹太人是个音乐家），这种悲痛就像是一首管弦乐曲次要但迫切的主题——一直用各种变化的节奏、音色和旋律来强调自己，此时它正被一段跳弓技法的弦乐器张扬地体现出来，接着它又出现在英国管的田园忧伤之中，或者以刺耳但急促的形式不时地夹在铜管乐器部分响起。这一主题，虽然大部分时间都微妙地隐匿着，却因为其坚持不懈而比那些显性主旋律更深地影响着整首乐曲。而且，有时候这首管弦乐会出现以下情况：这种被压抑很久的主题，一旦得到某种暗示，就会迅猛地颠覆所有其他的音乐理念，要求整首乐曲疯狂地重现迄今为止潜伏其中的东西。当然就悲伤而言也有不同之处。因为激发处于休眠状态的悲伤的不是某种固定的召唤，比如指挥家的手发出的信号。而是无法预测和间接的东西。因此，犹太人能镇定地谈及他的女儿，能够平静地说出她的名字。可当他在车上看见那个聋子把头偏向一边去听别人说话时，犹太人就陷入悲伤中而无法自拔了。因为他的女儿在听别人说话时习惯上把脸稍稍别过去，对方把话说完时才抬起头快速地瞥一眼。这个老人不经意的一个动作就是触发他释放压抑已久的悲痛的信号——所以，犹太人表情痛苦。他低下了头。

很长一段时间里，犹太人紧张地坐在座位上，不停地揉着额头。汽车按计划在十一点钟的时候停了下来。乘客们急忙轮流去了一个狭窄的发着恶臭的小便池。之后，他们又在一家小餐馆大口地喝了一些饮料，并点了一些可外带的、用手拿着就可以吃的食物。犹太人要了啤酒就回车准备睡觉去了。他从口袋里拿出一块新的未折叠的手绢，坐到他角落里的座位上，把头搭在座位靠背和汽车边缘的夹角处，用手帕盖在眼睛上挡住灯光。他双腿交叉，两手随意地握住膝盖，静静地休息了。午夜时，他已经睡着了。

黑暗中，汽车一直朝南方行进。半夜的某个时候，天空中密集的黑云散去了，天空晴朗，星光灿烂。他们正沿着阿巴拉契亚山脉东边长长的海岸平原行驶，蜿蜒地穿过令人伤感的棉花田、烟草地，穿过漫长而寂寞的松树林。白色的月光使靠近路边的租客的棚屋的轮廓分外清晰。他们不时地穿过黑暗中沉睡的小镇，有时候汽车还会停下来供乘客上下车。犹太人睡得跟那些非常疲劳的人一样死沉。有一次，汽车的颠簸使他的头往前低到了胸口，可是这并没有影响到他的睡眠。然后，就在黎明前夕，汽车到了一个比途经的大多数城镇都大一些的镇子。汽车停下来，司机把手搭在犹太人的肩膀上叫醒他。因为，他的旅程终于结束了。

无 题

　　坐在车站餐厅桌前的那个年轻人既不知道他所在的城镇的名字也不知道它的位置，而且他也不知道此时的具体时辰，只知道大概是凌晨的某个时候。他意识到自己已经是在南方了，但还需要经过数个小时的行程才能到家。很长时间里，他一直坐在桌边，喝着只剩了半瓶的啤酒，姿势放松却不雅观——大腿张开，一只脚搭在另一只的脚踝上。他的头发需要修剪了，它软绵绵地参差不齐地搭在额头上；他的眼睛专注地盯着桌子，脸上的表情却随着思绪的波动而快速地变化着。他脸庞消瘦，暗示着不安于现状以及明显的不谙世故的质疑。这个男孩的身边的地板上放着两只手提箱和一只包装盒，每个上面都挂着一张整齐的卡片，上面有打字机打出的名字——安德鲁·利安得，以及佐治亚州某个较大城市里的一个住址。

　　他带着一种醉态的心神不宁来到了这个地方，部分原因是车上有个人给他喝了很多玉米威士忌，但主要是因为只剩了最后几小时的行程，一种期盼突然涌上了他的心头。这种感觉也并非难以理解。三年前，这个十七岁的男孩带着内心的彷徨离开了家，一个无所适从的漂泊者心怀恐惧地进入了一个未知的世界，希望永生不再回来。可现在，经历了三年这样的时光后，他回来了。

坐在这个不知名的小镇上的餐厅里，安德鲁变得更沉着了。不在家的这段时间，他从来不去想家乡和家人——他的父亲和妹妹们，萨拉和米克，以及在他家做事的黑人女孩维塔利斯。可当他坐在那里喝着啤酒的时候（一个如此陌生的人，似乎被神秘地从地球上除名了），关于他们的那些记忆在他的脑海里转动，像电影胶片一样清晰——有时候是精确有序的，可有时候又杂乱无章。

有一件事情在他的脑海里一再浮现，尽管在当晚之前的那么多年里他从来没有想起过它。那就是他和妹妹在后院里做滑翔机的事，或许，他一直记得它，因为他当初的那些感受跟这段旅程所带来的期盼是如此地相似。

那时他们还都是孩子，在那个年纪，从收音机、书本以及电影里学到的东西都会让他们充满渴望。他十三岁，萨拉比他小一岁，米克（这种事情根本没有她的份儿）还在上幼儿园。他和萨拉在学校图书馆的科学杂志上读到关于滑翔机的内容，于是他们马上开始在后院里做。（周中的某天下午他们就开始了，因此到了星期六，经过他们的持续努力它已经基本成形了。）那篇文章上并没有说明做滑翔机的具体方法；他们得根据自己想象的样子，用任何可以找到的材料做。维塔利斯不愿意给他们床单用来包裹机翼，因此他们只好用从野营帐篷上剪下来的帆布。至于骨架，他们就用一些竹棍子和从正在隔壁街区建车库的木工那里偷来的轻质木材。做好的滑翔机并不是很大，而且看上去跟电影上的也大相径庭——但他和萨拉总是互相安慰，说质量是一样好的，没有什么会妨碍他们的滑翔机飞上天。

那是一个他们永远都不会忘记的星期六。天空碧蓝，像燃烧的火焰，他和萨拉一直待在后院的太阳下忙碌。因为激动，她的脸色紧张、苍白，丰满、近乎阴郁的嘴唇看似因发烧而通红、干燥。她不停地来回跑动，拿一些她认为可能需要的东西，两腿因过于细长而有些笨拙，湿漉漉的头发披在背后。小米克待在台阶上看。当时在他的眼里，跟天下所有的姐妹一样，这两姐妹差别很大。米克静静地坐在那里，两只手放在胖胖的膝盖上，不怎么说话，只是盯着他们的一举一动，她小嘴微张，满脸好奇。就连维塔利斯大部分时间都跟他们一起待在外面。她是个神经质的皮肤浅黑的姑娘，跟其他人一样，滑翔机也让她兴奋——而且，也让她害怕。她一边观看，一边用手拨弄着红色的耳坠或抠着肿胀颤抖的嘴唇。

他们大家都觉得那天的事情有一些不同寻常。就好像他们已经跟外界切断联系，除了四个人忙着在安静的、日晒的后院设计、制作之外，其他的事情都不重要。就好像除了这个滑翔机和让它顺利地拔地而起，升上灼热的蓝天之外，他们别无所求。

起飞是他们最担心的事。他不停地对萨拉说："我们应该用车子把它拉起来，真正的飞行器都是这样起飞的。要不然就像杂志上描述的那样用弹力绳。"

可是，他们的车库边是一棵高大的松树。树枝长得又高又长，一直伸到了房子上。有一个秋千从一根树枝上挂下来，于是他们打算从它上面起飞。他们把秋千的座板抽出来，换上一块更大些的木板。他们正是想借助秋千的推动，将自己发射升空。

维塔利斯感觉自己应该承担责任，所以她很害怕。"我一整天都有这种怪怪的感觉。"

微微的轻风吹来，松树顶上传来轻柔的飒飒声。她举起双手去感受着轻风，并盯着天空站了一会儿——似做祷告的原始人般全神贯注。

"你们都在想，因为你们的母亲不在世了，就不需要在乎什么人。可是，你们就不能等你们的父亲回来，然后问问他的意见吗？我一整天都有一种奇怪的感觉，觉得会发生不

130

好的事。"

"嘘。"萨拉说。

"我知道它并不是真的飞机,尽管它有用帐篷上撕下的帆布做的大翅膀。而且我还知道,你们跟我一样都是人。你们的脑袋也会被摔碎。"

可不管她嘴上怎么说,维塔利斯跟他们任何人一样都支持这架滑翔机。他们发现,当她在厨房的时候,她每隔几分钟就来到窗户边,盯着他们看,宽大的鼻子压在窗玻璃上,黑色的脸不停地颤抖。

等到一切就绪的时候,太阳都几乎下山了。天空褪成了淡蓝色,白天大部分时间一直在吹的微风似乎更凉爽、更强劲了。院子里非常安静,在紧张地把滑翔机往秋千上放稳当的时候,他和萨拉既不说话也不相互看对方。他们已经争辩过谁先飞,他赢了。他们把维塔利斯喊出来,叫她在最后帮萨拉推一把,当她表示不愿意的时候,他们说他们会喊钱德勒·韦斯特或附近其他的某个孩子来,所以倒不如推的人是她。一整天都坐在台阶上看的米克此时也站起身来,看着他小心翼翼地爬上秋千,然后俯下身子蹲在滑翔机的骨架上,运动鞋的胶底紧紧地附着在上面的木头上。

"你们自以为能飞到亚特兰大或克利夫兰那么远的地方去吗?"她问道。克利夫兰是他们的表兄住的地方,因此她知道这个地名。当他蹲伏在那里试图保持平衡的时候,他仿佛觉得自己已经在离开地面了。他能感觉到自己的心脏都跳到嗓子眼了，也感觉到自己的双手在抖动。

维塔利斯说："即使这种微弱的风能把你带到空中，那接下来你怎么办？难道你整个晚上都能像天使那样飞来飞去吗？"

"你会回来吃晚饭吗，德鲁？"米克问道。

萨拉看上去就像根本没有听见她们说的话。她的额头上有很多汗珠，他还听出她的呼吸又快又浅。她和维塔利斯各自使出全身的力气拉着一根翅膀上的绳子。就连米克也帮助他们让滑翔机保持平衡。他紧张地蹲在那里等待着，下巴僵直，眼睛半闭，感觉她们花了几个小时才把他举到头顶的高度。这期间，他想到自己一直往上飞翔，进入凉爽的蓝天，这种愉悦他以前未曾有过。

接着，就出现了之后最让他难以理解的部分。滑翔机刚刚离开秋千就坠落了，他重重地摔了下来，好久，他的胃里面翻江倒海般地搅动，而且他感觉就像是有个人站在他的胸膛上，压得他喘不过气。不过不知何故，这完全不重要。他从地上爬起来，似乎不愿让自己相信所发生的一切。摔下来时他没有压在滑翔机上，而且滑翔机也没有摔坏，只是翅膀上有一个小小的裂口。他解开皮带扣，用力深深地吸了一口气。他和萨拉都没有说话，而是为了再次起飞做着准备。奇怪的是，他们俩都知道第二次尝试会跟第一次一样，他们的滑翔机根本飞不了。这一点他们心里很清楚，可是却有某种东西阻止他们去考虑它——渴望和刺激不愿让他们冷静或停下来找找原因。

维塔利斯则不同，她抬高声音，带着唱腔。"看，安德鲁差点把自己摔散了架，可你们这帮家伙还要继续弄这玩意儿。等到你们快二十五岁，差不多我这个年纪的时候，你们就会懂点事了。"

就连米克也开始说话了。她一直是个安静的孩子，在他们身边转悠的这段时间里，她所说的总共还不到十个字。这就是她一贯的方式。她只是微微张着小嘴看，她看上去对什么都感到好奇，无论你做什么或说什么她都接受，从不试图做出回应。"当我十二岁，变成一个大姑娘的时候，我也要飞上天，我不会摔下来的。你们就等着瞧吧。"

"快别这么说。"维塔利斯说。她不想继续看他们，所以就进屋去了。他们能看见她那张黑色的脸不时地伸出厨房的窗户看他们。他只能靠自己把萨拉升上天。

她钻进滑翔机时天差不多黑了。她比他摔得更厉害，不过她假装没有受伤，因此起初他并没有注意到她眼睛上方的肿块和膝盖上那一长条血污，那里被擦破了皮。这一次滑翔机并没有遭到很大的破坏，看样子他们真的是疯了，而这一点维塔利斯早就看出来了。"我再试一试，就一次，"萨拉说，"它老是卡在秋千的座位上，我把它修理一下就能飞上去了。"她跑进屋，受伤的腿轻轻着地，然后拿回一块用包装面包的蜡纸托着的黄油，抹在秋千上。从厨房里传来维塔利斯歌唱似的叫喊声，可是没人回应。

第三次尝试之后，一切就结束了。他之所以让萨拉来试是因为自己太重了，她举不动他。他们的滑翔机摔碎了，因此你永远都不会知道原因何在，而且这一次他还得把萨拉从地上扶起来。她眼睛肿胀，看起来就跟病了似的。她把全身的重量都压在一只脚上，当她把裙子掀起来，给他看腿上的那一大块擦伤的时候，她的腿抖得很厉害，几乎都站不稳了。一切结束了，他感到内心空洞，心如死灰。

天几乎黑了，他们站了一会儿，看着对方。米克还坐在台阶上，用害怕的眼神看着他们，一句话也没说。昏暗中，他们脸色煞白，厨房里散发出的晚饭的香味在炎热而静止的空气中异常浓烈。四周非常安静，孤独的感觉似乎再一次袭上心头，仿佛这个世界上只有他们存在。

最终，萨拉说："我不在乎。尽管它不成功，我仍然很高兴。与其不尽力去尝试，倒不如是现在这种结果。我不在乎。"

他把一块松树皮折断，看着维塔利斯在厨房里柔和的黄色灯光下到处走动。

"可它应该是能行的。它本应该飞起来的。我弄不明白为什么不行。"

黑暗的天空中有一颗白色的星星在闪耀。慢慢地，他们穿过院子，朝后门的台阶走去，为他们的脸半遮半掩在黑暗中而感到高兴。他们默默地走进屋，从那以后，只有维塔利斯曾经提起过那天发生的事情。

年轻人喝完了桌上的啤酒，朝睡意蒙眬的招待示意再给他来一杯。突然间，他决定不坐下一趟车，而是在这个陌生的小镇待到天亮。他半闭着眼睛，遮住强烈的灯光，避免看见那几个在桌边等车的令人讨厌的旅客和眼前那块肮脏的格子花纹桌布。

在他看来，没有人曾经有过他现在的感受。过去，即他在家待的那十七年的生活，像一个黑色的复杂的花纹图案展现在他脑海里。但这不是看一眼就明白的图案，它更像是一首各种声音重叠在一起而展现出来的复调乐曲，只有在脑海里将其重现以后才能理解。过去的一切犹如一个模糊的图案，它更多的是由情感而非事件构成。过去三年在纽约的时光完全没有进入这个图案，它仅仅是一个临时的黑暗的背景，将之前经历的事情衬托得更清楚。整个过程当中，他的脑海中都有音乐，跟交织在一起的各种情感构成对位。

音乐对于他和萨拉而言都有非常重大的意义。很久以前，甚至是在米克出生前，也就是他们的妈妈还活着的时候，他们会一起用厕纸包着的梳子吹奏。后来还有了从廉价物品商店买来的口琴，吹一些黑人哼唱的忧伤的无歌词曲调。之后，萨拉便开始学习音乐，虽然她既不喜欢授课教师，也不喜欢所教授的曲子，但她坚持认真练习。她喜欢演奏她听过的爵士乐，或者坐在钢琴前，胡乱弹一些音符，它们根本就不成调。

家里有收音机时他已经十二岁了，从此，情况开始改变。他们收听交响乐，以及一些跟之前听的东西完全不一样的节目。他们觉得这种音乐有些陌生，但又像是他们平生一直在等待的某种东西。再后来的一个圣诞节，他们的父亲给了他们一个便携式手摇留声机和一些意大利歌剧的唱片。他们就一遍又一遍地摇着留声机，终于他们把那些唱片都听坏了——音乐里开始夹杂着嘶嘶的声音，而且那些歌者好像是捏着鼻子在唱歌。第二年，他们还得到了一些瓦格纳和贝多芬的曲子。

这一切都发生在萨拉试图离家出走之前。因为他们住在一个屋檐下，待在一起的时间太多，因此他迟迟没有注意到她正在变化。当然，她长得非常快，上衣穿了不到两个月，她的腰就开始露出来了，短裙很快跑到了瘦得看不到肉的膝盖的上方去了——但这还不是关键。即使是开着灯，她让他想起的却是某个一直在黑暗的房间里懒洋洋地跟跟跄跄地走动的人。她的脸上经常有一种茫然若失的表情，让人很

136

费解。

她会全身心地投入到一件事中，然后换成另一件。有一段时间，这件事就是电影。她每个周六都跟他和钱德勒·韦斯特以及其他的孩子一起去看电影，可当电影结束后，她并不跟他们一起出来，而是在电影院里一直待到天黑。她总是刚经过检票员身边就紧盯着银幕，跌跌撞撞地穿过走道，根本不看座位，一直走到银幕附近，她才在第三排附近坐下来，脖子往后仰着，嘴巴微微张开。甚至是在她把所有的东西都看了两遍之后，她还要一边往外走一边回过头去看，因此她经常撞到别人身上，看起来差不多像个喝醉的人。工作日，她几乎把所有的钱都省下用于买电影杂志，只留下一角钱买午饭。她把克莱夫·布鲁克以及其他四五个明星的照片贴在房间的墙上，而且当她去杂货店买杂志的时候，她会买一杯巧克力奶，然后把那里所有的杂志都看一遍，把里面有最多她喜欢的明星的内容的那些买回来。在大约三个月的时间里，电影是她唯一的爱好。可突然之间，这一切就结束了，星期六她再也不去看电影了。

后来她和认识的女孩去参加了女童子军，军营是在离镇上二十英里的湖边。去之前的一个月这就是她唯一谈论的话题。她会穿着她们到时候该穿的卡其短裤和男式衬衫对着镜子仔细看，她把头发贴着头皮往后梳，感觉很重要的一点是外表看起来像个男孩。可是，她去营地四天后的某个下午，

137

他回家发现她正在播放留声机。她叫一个辅导员送她回家，而且看样子她完全累垮了。她说她们所做的就是游泳，比赛跑步，拉弓射箭。而且，简易小床上没有床垫，夜里还有蚊子叮咬，她的腿越来越痛，根本无法入睡。"我不停地跑，然后在黑暗中醒着躺到天亮，"她不停地说，"这就是军营生活的全部。"他笑话她，可是当她开始哭——不是像米克那么大的孩子的放声痛哭，而是慢慢地、不带啜泣地哭——他好像几乎成了她的一部分，也跟着哭了起来。很长时间，他们一起坐在地板上，一直播放着那些唱片。他们之间比天底下所有兄妹亲密很多。

对他们而言，音乐就如同当初的滑翔机。可是它没有滑翔机那般来去突然，它也没有让他们意志消沉。也许音乐之于他们就如威士忌之于他们的爸爸。他们知道它将是一直陪伴左右的东西。

进中学以后，萨拉弹钢琴的时间越来越多了。她跟他一样不喜欢上学，有时她甚至麻烦他帮她找借口写请假条，然后签上爸爸的名字。第一学期，她就有七门课不及格。他们的爸爸不知道该怎么管教萨拉，每当她做错事，他只会清清嗓子，尴尬地看着她，仿佛不知道该怎么说出心里的话。萨拉长得很像照片里的母亲，他非常爱她——但是以一种非常奇怪的胆怯的方式。他并不过分担心她糟糕的成绩。她只有十二岁，反正属于没到年龄就上中学。

每个人都有想出逃的时候——无论跟家里人相处得有多好。他们都觉得不得不逃离，因为他们曾经做过某事，或是因为他们想做某事，又或许因为他们根本不知道究竟是什么的理由。也许这是某种渐渐产生的渴望，让他们觉得必须出去，去寻找某种东西。他十一岁的时候就出逃过一次。相邻街区的一个女孩从学校储蓄银行里把钱取出来，坐汽车到好莱坞，因为她所迷恋的一个女演员接到她的许多信件后给她回了一封，说如果她要去加利福尼亚可以顺便去拜访并在她家的游泳池里游泳。她的家人已经有十天联系不上她了，之后，她的母亲去好莱坞把她给带了回来。她在那个女演员家的游泳池里游了泳，而且正打算找个演电影的工作。回家了她也不觉得遗憾。就连钱德勒·韦斯特这个一直都很愚笨迟钝的家伙都想离家出走。虽然钱德勒·韦斯特一辈子就住在他家对面，可他的某些做法没人能理解。很小的时候他和萨拉就有这种感觉了。事情发生在钱德勒所有科目都不及格之后，大多数科目已经是第二次了。他说他想在加拿大的森林里搭一间小屋，独自住在那里，设陷阱捕猎为生。他太愚笨了，连搭顺风车都不会，而是一直朝北走，直到最后因为睡在沟渠里被人抓到才送回家来。他的母亲几乎急疯了，他出走后，她的眼神十分狂野，就像动物的眼睛似的。你也许会想，钱德勒是她唯一爱过的人。而也许，他要逃离的也正是她。

所以，萨拉所做的也不足为奇——除非是像他父亲那种成年人，他们是不懂这种事情的。她想离开并没有什么真正的理由。仅仅是因为在过去的一年里她开始感觉到的一些东西而已。这或许跟音乐有些关系。也或许是因为她长得太快了，而她又不知道该怎么办。

事情发生在她十三岁生日的时候，是周一的早上。维塔利斯用鲜花将餐桌装饰一新，还换上了新台布。那天早上，萨拉看起来跟平时没有什么不同。可突然间，吃东西的时候她在自己的餐盘上看到一根鬈发，于是就大哭了起来。维塔利斯的感情受到了伤害，因为那天早上她努力地把早餐做得那么好。萨拉抓起课本就出门了。她说不是因为某个人某件事而生气，只是想永远离开这个家。他知道她只是说说而已，学校放学后就会回来的。若不是维塔利斯，他们的爸爸将永远都不知道此事。萨拉在大街上奔跑，当她来到拐角的空地时，她把所有的课本都扔到了草丛里。当他走过去捡起这些书的时候，一些纸张被风吹得四处散开——家庭作业以及她用便签纸画的一些奇人怪物。

维塔利斯打电话给他们已经去上班的父亲，于是他又开着车回来了。他很担心，认为此事很严重。他把下嘴唇绷得紧贴着牙齿，还不停地清着嗓子。他们三个人坐在车里四处找她。如果是局外人，你也许会觉得很滑稽。大约半小时后他们找到了她——她正在中学和市中心之间的马路上行走。

可当他们的爸爸按喇叭的时候，她不愿意上车，甚至都不回头看他们。她只是昂着头往前走，百褶裙一甩一甩地打在皮包骨的膝盖上方。他们的爸爸从来没有如此紧张，如此抓狂。他不能下车在街上追赶一个女孩，因此他不得不开着车跟在她身后慢慢走，边走边按喇叭。他们从那些上学的孩子们身边经过，孩子们瞪大眼睛看着他们，咯咯地笑着，这简直是糟糕透了。对于萨拉，他比他们的爸爸更生气。如果是封闭的汽车，他会把身体往后靠，把脸藏起来。可这是一辆福特 T 型汽车，他只好用脚在地板不停地摩擦，并尽力假装出无所谓的样子。

过了一会儿，她放弃了，上了汽车。他们的爸爸不知道该说什么，所有人都很不自然地一声不吭地坐在那里。萨拉既羞愧又沮丧。她尽量用一副无所谓的样子哼着小曲对此加以掩饰。他们在学校默默地下了车。不过事情并没有就此结束。

一个月以后，吉姆舅舅顺路来访，他是妈妈那边的亲戚，正从底特律南下，去佛罗里达度假。他的妻子埃丝特舅妈也跟他一起来了。他们俩一直很喜欢萨拉——圣诞礼物中，她的那份总是要比他和米克的好得多。他们没有孩子，而且他们有些事情跟其他大多数已婚夫妻都不一样。第一天晚上，他们和爸爸很迟都没有睡觉，可能他一直在跟他们说萨拉的事。不管怎样，在他们走之前，他们的父亲问萨拉是否愿意到底特律去上一年学，并跟舅舅舅妈住一起。她立刻就说她愿意——她从来没到过比亚特兰大更远的地方，而且她想在火车上睡觉，住在一个陌生的地方，在冬天看雪。

事发太过突然，他根本没时间思考。他从来没想过有一天他们当中的某个人会离开很久。他知道，他们的父亲觉得萨拉已经到了一定的年纪，需要有个人比他有更多的时间待在家里。而且底特律的气候会对她有益，况且他们也没有多少亲戚。在他们出生之前，吉姆舅舅曾经在他们家住过一年——那时他还年轻，还没有去北方。可他仍然不理解父亲会让她离开。一个星期后她就走了——因为新学期刚开始一个月，他们不想浪费更多的时间。事情太突然了，不容他有时间去思考。她要离开十个月，而这似乎跟永远离开没什么差异。他并不知道他要过两倍长的时间之后才会再次见到她。他觉得恍恍惚惚，道别时的一切仿佛是梦境。

冬天，这栋房子是个孤独的地方。米克还太小，除了吃饭、睡觉，在幼儿园里的彩纸上涂涂画画之外，根本不考虑其他事。他放学回家的时候，所有的房间都静悄悄、空荡荡的。只有厨房里的情形有所不同，维塔利斯总是在那里做饭，自顾自地唱歌，因此那里很温暖，充满各种香味和生活的气息。如果不出去，他通常就待在那里看着她忙这忙那，她给他准备东西吃的时候，他们会交谈。她了解那种孤独感，因此对他很好。

142

大多数下午，他都跟着钱德勒·韦斯特以及一伙正在上高二的男孩子出去。他们有一个俱乐部，还有一支临时拼凑起来的橄榄球队。拐角处的那块空地已经卖掉了，买主开始在那里建房子。傍晚时分，当木工和瓦工离开之后，这伙人就会爬上楼顶，或者在那些空空的未完工的房间里到处跑。对于这栋房子，他的感觉很奇怪。每天下午，为了不滑倒，他脱去鞋袜，然后爬到房子高高的尖顶上。他站在那里，伸出双手保持平衡，看着在他下面的一切，或者黄昏时的天空。在下面，孩子们扭打在一起，互相大喊大叫——他们正在变声，空荡荡的房间里发出长长的回声，因此听上去不像是人类发出的声音，跟语言也没有关系。

独自站在那里，他总是觉得应该大声叫喊——可他不知道他想说的是什么。就好像如果他能够用语言把这表述出来，那他就不再是一个光着大脚，两手笨拙地从过长的短夹克袖子里垂挂下来的男孩了。他将是个伟大的人，有点像上帝，他喊出来的内容也会让那些困扰着他和其他人的事情变得简单明了。他的声音将美妙如音乐，男男女女都会从家里出来听，而且因为他们知道他所说的都是真理，他们将亲如一人，会理解世界上的万物。可是，不管这种感觉有多强烈，他从来未能用语言把它表述出来。他站在那里，憋着气，随时准备爆发，若不是他嗓音尖利，而且正在变声，他早就试图大声地唱出其中一张唱片上的瓦格纳的曲子了。他什么都做不了。当其他孩子从房子里出来，抬头看见他时，他就会突然感到恐慌，仿佛他的灯芯绒裤子掉下来了。为了掩饰仿佛赤身裸体的感觉，他会扯着嗓子喊一些诸如朋友！罗马人！同胞们！或者挥舞长矛，踢他屁股[1]之类的蠢话，然后他会爬下来，感到空虚、耻辱、比世界上任何其他人都孤独。

星期六上午，他到他爸爸的店里上班。这是一个狭长的珠宝店，位于市中心某个主商业区的中心位置。顺着狭长的店铺摆放着一个明亮的玻璃陈列柜，柜子被分成几个部分摆放各种宝石和银饰。他爸爸的制作台就放在店铺的前排，正对着店面的前橱窗和大街。日复一日，他就坐在那里工作——一个大块头的男人，身高超过六英尺，乍一看，他的双手太大，不适合干这种细致的活儿。不过若是你观察一会儿，你最初的感觉就会改变。注意到他的手的人总会瞪大眼睛——他的手很肥，看似没有骨头或肌肉，皮肤因为酸的作用而发黑，却如古丝绸般光滑。他的手跟身体的其他部分似乎没有关系，比如他那宽大弓起的背部和肌肉紧绷的颈部。如果他在努力地做一件事，他的脸就会完全表现出来。戴着珠宝师专用镜的那一只眼睛紧紧地盯着，滚圆、专注，甚至扭曲，而另一只则眯成一条细缝斜视着。他的整张脸看起来

---

[1]　莎士比亚所著《裘力斯·恺撒》中的台词。

144

是歪的，嘴巴也费力地张开。虽然不忙的时候他也会盯着外面的行人的头和肩膀，工作的时候他瞥都不会瞥他们一眼。

在店里，他的爸爸会给他安排一些杂活，比如擦擦银饰或者是跑跑腿。有时候，他会用蘸了汽油的刷子清洗钟表的发条。偶尔，如果有好几个客人，女店员忙不过来，他也会笨拙地站在柜台后面，试图做成一笔买卖。不过，大部分时间他都没有多少事情可做，只是在那里闲逛。他讨厌星期六待在店里，因为这个时间他总是能想到许多可做的事情。店里有大段大段安静的时间——只有钟表单调的滴答声或者是钟敲响时的回声。

哈里·米诺维茨在店里的时候，情况就不同了。哈里接了镇上两三个珠宝商的私活，他的爸爸让他用店里后面的那张工作台，以此作为交换让他帮自己干一些特定的工作。哪怕是最精细的钟表结构哈里也是无所不知，也正是因为这个缘故（当然也有其他原因）他的绰号是"奇才"。他的爸爸不喜欢犹太人，因为镇上有两三个犹太人是老奸巨猾之辈，对其他珠宝商的生意使坏。因此他对哈里的依赖让人觉得很有趣。

哈里个头矮小，脸色苍白，总是一副疲惫不堪的样子。因为脸庞消瘦，他的鼻子显得很大，是除了眼睛之外最引起你注意的部位。也许，这是因为思考的时候他习惯于用大拇指和中指慢慢地揉鼻子，轻轻地摸到鼻尖然后往下一按。当他对别人提出的问题拿不准的时候，他不会耸肩或摇头——而是把他纤细的手掌往上翻，并收紧他深陷的脸颊。通常情况下总是有一根香烟从他的嘴里垂下来，而他的嘴唇似乎过于放松，夹不住它。他的黑眼睛有一个习惯，总是先犀利地盯着人看一会儿，然后把眼皮垂下来，仿佛虽已看透了一切但依旧不感兴趣。同时，他还有点绅士的味道。他的衣着干净利落，一顶礼帽斜着戴在后脑勺上。他不曾对任何事情感到好奇，可是会以自己特有的默默的方式取笑任何人或事，包括他自己。他十年前来到镇上，独自住在河边的街道上的一间小房子里，这条街是最为拥挤的街道之一。虽然他似乎熟悉镇上一半人的名字和脸貌，却没什么朋友，因此他是一个孤单的人。萨拉离开后的那个冬天，安德鲁在店里工作的每一个周六，他喜欢观察和猜测哈里。曾经有一段时间，他希望引起他的注意并得到他的称赞。他从没像其他男孩那样尽力模仿他的爸爸。但是哈里身上那种自信和淡定在他看来简直是太奇妙了。哈里曾经在洛杉矶和纽约这样的大城市生活过，而且还知道一些像他爸爸这种人都感到陌生的语言和人。他想跟哈里成为好朋友，但又不知道该从何做起。当他们在一起的时候，不知怎么地他会板着个脸大声说话，而且直呼成年人的姓，不加上"先生"二字。接着，他会感到很难为情，伸出自己的大脚，挡着别人的道。他感到米诺维茨看穿了这一切，正在取笑他。这让他发狂。有好几次，若不是米诺维茨有这么老的话，他可能都会跟他打架，试图将他的耳朵打聋。可虽然哈里具体年龄不详，但他肯定有三十岁左右了——况且，一个身高接近六英尺的十四岁男孩不能去打一个比自己大得多的小个子男人。

后来的一天早上，哈里把一些"洋娃娃"带到店里来。"洋娃娃"是某人对他加工了十年的一副棋子的称呼。起初，得知哈里也会狂热地喜爱某样东西着实让人吃惊——他知道他喜欢而且拥有一副很不错的国际象棋，不过仅此而已。他知道哈里会到处寻找一个可以跟他一决高下的高手。其次，他喜欢把玩这些长得有点像娃娃的棋子。它们是很多年前哈里的父亲的一个朋友雕刻的——用的是黑檀以及一些较轻但质地坚硬的木头。有些棋子上刻的是干瘪的中国人的小脸，所有人物都奇妙漂亮。多年以来，哈里一直在空闲的时候往这些棋子上镶雕镂金。

正是这些棋子让他们成了朋友。哈里发现他非常感兴趣，于是就开始跟他讲这件事，并跟他解释下棋时该怎么走子。几个星期后，他就学会了，而且作为初学者，水平相当不错。在那之后，星期六他就经常跟哈里在店后面下棋。他很上心，因此夜间睡不着的时候他就思考象棋。他从没想过自己会如此喜欢一个游戏。

有时候，哈里会在晚上把他叫到家里去。他住的房间非常整洁简单。他们会静静地坐在一张很小的牌桌边下棋，整个过程中一句话都不说。下棋的时候，哈里脸色苍白，表情凝重，就跟小棋子上刻着的那些脸一样——只有黑色的轮廓清晰的眉毛以及慢慢地揉着鼻子的手指在动。头几次，棋一下完他就走了，因为他担心若是自己待久了，哈里会感到厌烦并把他看成一个讨人厌的孩子。但是，不知不觉的一切都变了，他们有时候会谈到很晚。有时候，他觉得自己就像喝醉了似的，想把积了很久的一些事情全部说出来。他会一句接一句地说到上气不接下气，而且脸颊发烫——说一些他想做的、想看的以及下定决心做的事情。听他说话的时候，哈里抬着头偏向一边，而他那种处事不惊的沉默让他比料想的说得更快更清楚。

哈里总是很安静，可他真正说起的那些事情却暗示了更多没有明说的东西。他有个弟弟叫巴鲁克，在纽约学习钢琴。他说起他弟弟的样子表明他在乎他胜过任何人。安德鲁努力想象巴鲁克的样子——在他心里，他比自己那些伙伴当中的任何一个都更高大、更自信，知识更丰富。想到这个男孩时，他常常有一种悲凉的向往，因为他们互相不认识。哈里还有其他兄弟——一个在辛辛那提开烟店，还有一个是钢琴调音师。你可以看出来他跟家里所有人都很亲密，可这个巴鲁克是他最喜欢的。

有时候，当匆匆行走在漆黑的街上赶着回家的时候，他因内心感到某种奇怪的恐惧而颤抖。他不知道为什么。仿佛他已把一切交给了一个可能会欺骗自己的人。他想一刻不停地跑过黑暗的大街。有一次，当出现这种情况时，他在一个拐角停了下来，斜靠在灯柱上，努力回想自己具体说了些什么。他很恐慌，似乎他打算说出来的事情太露骨了。他不知道为什么这样。那些话在他的脑子里吵吵嚷嚷地嘲弄着他。

"你从来没有憎恨做你自己吗？我是说，就像是有时候你突然醒悟，说我就是我，然后你就感觉到要窒息。仿佛你的所做所思都没头没尾，事物总是杂乱无章地堆在一起。但应该也会有这种时候，你看什么都像是透过潜望镜在看。就那种——很大的潜望镜，透过镜子，什么东西都不会遗漏，而且每一样东西跟其他东西都很匹配。之后发生的一切都不会——不会像红肿的大拇指那样突兀，并让你觉得不协调。因此，我喜欢下棋，因为它跟这有点相似。还有音乐——我是说好音乐。大多数爵士乐和电影主题曲都有点像米克这样的孩子在便笺纸上画出的东西——也许是一些不连贯的线条，到处有擦拭的痕迹，非常凌乱。但是其他的音乐就像是非常伟大而精美的构思，而且它很快就会让你也变成那样。然而，就说那种潜望镜吧——可能根本就没有这样的东西。也许，这正是每个人希望得到的，只不过他们并不知道。他们一样接着一样去尝试，这种希望永远不会消失。永远存在。"

他说完之后，哈里的脸色依旧苍白凝重，就像是他那些棋子中的某一张干瘪的脸。他曾点了点头，仅此而已。安德鲁恨他。但即使这样，他知道下周他还会回到他这里来。

那一年，他经常外出在镇上闲逛。他不仅逐渐了解了他所在的郊区的那些街道，市中心的主要地段的街道，以及黑人聚住区——而且，他还开始渐渐熟悉镇上被称作是"南方高地"的那部分地区。这是镇上的支柱产业，即三大棉花加工厂的所在地。沿河的一公里，只有这些工厂以及挤满了工人居住的小棚屋的小街。这一大块地区似乎跟镇子的其他部分完全分离，因此，安德鲁第一次去那里时，他感觉到自己似乎已经到了离家一百英里的地方。有些下午，他会顺着那几条淤塞而陡峭的小街来来回回走上几小时。他手插在口袋里走着，不跟任何人说话，他越看越觉得自己应该继续在这些街道上走，直到自己心里平静下来。在那里，他看见的一些东西让他产生一种全新的恐惧——所谓"新"指的是他不是为他自己感到恐惧，而且他想不出任何恐惧的理由。可这种恐惧如影随形，有时候它似乎要让他窒息。那些坐在门前的台阶上或站在门口的人会盯着他看——大多数人的脸都是淡黄色，没有任何表情，只是不特别感兴趣地看着他。街上总是挤满了穿着背带裤的孩子。有一次，他看见一个跟他一样大的孩子就在自家门前的台阶上撒尿。还有一次，一个半大的孩子想把他绊倒，因此他们打了起来。他从来不擅长打架，可是一旦跟某人打起来，他总是双拳并用，并且还用头去顶。可这个男孩不一样。他打架像猫一样，又抓又咬，而且还低声吼叫。有趣的是，眼看着他们就要打完了，他感到自己躺在了地上，被压得喘不过气了，此时，那个男孩却突然像一只旧麻布袋一样软掉了，又过了一分钟他就彻底放弃了。接着，当他们两个人都爬起来，互相看着对方时，他，那个男孩，做了一件疯狂的事：他朝他吐了一口唾沫，然后仰面躺倒在地上。唾沫落在了他的脚上，浓得就像是积攒已久似的。他低头看着他躺在地上，感到很恶心，根本就不想跟他再打了。那天很冷，可那个男孩只穿了一条吊带裤，胸前瘦得只剩下骨头，肚子却鼓得高高的。他感到非常不舒服，就好像自己刚刚打了一个婴儿，或者一个女孩，或者是某个一直支持自己的人。工厂里换班时哀鸣般嘶哑的哨声打断了他的思绪。

可就在那之后，他心里还是有某种东西让他继续去"南方高地"的街上行走。他在寻找某种东西，可他不知道那是什么。

在黑人居住区，他没有这种隐约的恐惧。镇上的那部分地区有点像他的家——尤其是名叫谢尔曼区的那条小街，那是维塔利斯住的地方。这条街在市区的边界线上，离他自己家只有几个街区的距离。那里的大部分有色人种都是帮白人打理庭院或烧饭，或者是在家里接一些洗衣的活儿。这条街后面是延伸数英里的田地以及松树林，这是他野营时经常去的地方。小时候，他记得每一个住在附近的人的名字。如果要去野营，他常常借用住在街头的某个老人的瘦得皮包骨的小猎犬，而且，如果他弄回一只负鼠或者是一条小鱼，他们也会把它烧熟然后一起吃。对于那些房子后面的情况，他就跟自家后院般了如指掌——黑色的洗衣锅，桶箍，李树丛，茅厕，放在房后多年的没有了轮子的车体。那地区周日早上的情景他也熟悉，妇女们会沐浴着阳光在门前的台阶上给自己的孩子梳头编辫子，已成年的女孩穿着闪闪发亮的丝质拖尾长裙在街道上走来走去，而男人们会吹着布鲁斯曲子看着她们。他还知道晚饭后的样子。那时，油灯的亮光在房子里闪烁，并在外面投下长长的阴影。屋里飘出炊烟、鱼和玉米的味道。总有某个人在跳着舞或弹奏竖琴。

可有一段时间他却发现这片区域有些陌生，而且往往是在深夜的时候。有好几次，他因在外探寻或是因为焦躁不安而在这个时间走过这条街。在月光下，家家都大门紧闭，房子看上去似乎收缩了不少，像是被废弃已久的棚屋。同时，还有一种偏僻的地方不曾有过的那种寂静——相反，在许多人睡觉的地方它才会被感觉到。可当他倾听这种寂静的时候，他总是慢慢察觉到某种声音，正是这一点让他觉得那里的深夜很陌生。每一次声音都不一样，而且似乎总是来自不同的地方。有时候，它听似一个女孩子的笑声——温柔地笑个不停。而有时，它却是一个男人在黑暗处的呻吟。这声音就如同音乐，只是没有固定的形式——它让他驻足倾听，而后颤抖，这跟一首歌的效果一样。当他回家睡下之后，这个声音仍然挥之不去；他会在黑暗中辗转反侧，僵硬的四肢互相摩擦，因为他无法得到片刻的安宁。

他从来没有告诉哈里·米诺维茨任何一次他出去散步的事。他从来没有想过跟任何人谈论这种声音，尤其不会告诉哈里，因为这是绝密的事情。

而且，他也没有跟哈里谈论过维塔利斯。

放学后，当他回家到厨房去找维塔利斯的时候，他总是会说那三个字。这就跟学校点名时说"到"一样。他总是放下书，在门口站一会儿，然后说："我饿了。"这句简短的话从来不变，因此，他经常没意识到自己说过。有时候，他刚吃饱，还坐在炉前的椅子上，心烦意乱可又不想离开，此时，他就会不由自主地说出那三个字。看着维塔利斯就会让他想起这几个字。

"你比我认识的任何一个又瘦又高的男孩都吃得多，"她会说，"你是怎么了？我认为你就是想有件事可做才吃东西的，因为你不知道有什么其他的事情可做。"

不过，她总是有东西给他吃。也许是蔬菜肉汤加玉米面包，或者是饼干加果汁。有时候，她专门为他做糖果，或者是切一片他们将用作晚餐的牛排。

看着维塔利斯就跟吃东西一样愉快，他的目光总是围着她转。她不是有些黑皮肤女孩那种炭黑色，而且她的头发总是编得很整齐，油得发亮。每天早上，她的男友西尔维斯特陪她走路来上班，她通常穿着花哨的绸缎裙和绿色的高跟鞋，戴着耳环。然后，当她进屋后，她会脱掉鞋子，扭动一下脚趾，然后穿上干家务用的室内拖鞋。她总是把绸缎裙挂在后门廊上，换上她放在家里的花格布裙。她走路的样子就像是头顶衣篮的黑人。维塔利斯很好，任何一个人都比不上她。

他们在一起谈话很温暖，很自在。她不懂的事不会让她困扰和不安。有时候，他会不假思索地告诉她一些事情——而从某种意义上讲，这如同是他在跟自己说。她的回答总是令人舒服。它们会让他觉得自己又成了孩子，因此他会开怀大笑。有一次，他跟她提起了哈里。

“我经常看见他在你父亲的店里。他是个瘦小的白人，是吧？这就有点奇怪了——几乎所有瘦小的人都趾高气扬。越是矮小，他们越觉得自己比别人大。你看看他们走路时抬着头的样子。了不起的大个子——比如西尔维斯特和你——他们根本不那样。当人们约有六英尺高的时候，他们往往表现得跟孩子一样温柔和羞涩。我曾经认识一个神气活现的矮子，名叫罕赤。但愿你在星期天注意到了他到处走动时候的样子：拿着一把大伞，矫揉造作地独自走过大街，仿佛他就

154

是上帝——"

接着就到了那天早上，在播放了他新弄到的一张贝多芬的唱片之后他走进厨房。半个晚上他一直在想着这首音乐，因此他早早醒来，想在上学前播放一会儿。他进厨房时，维塔利斯正在换鞋子。"亲爱的，"她说，"你要是早点来就好了。我进厨房时，你正好在房间里播放那个留声机。它听起来就像是有一支管弦乐队正从身边经过。然后，我低头一看，你知道我看见什么了吗？一大群跟你的手指一样大小的老鼠用后腿直立，正在跳舞。真的。那些老鼠真的喜欢这首音乐。"

可能正是因为这种话语，而不仅仅是因为她给的那些热腾腾的食物和咖啡，他总是喜欢去找维塔利斯，然后说："我饿了。"

有时候，他们也会谈论萨拉。离开家的十八个月，她几乎不写信。信的内容也仅仅是关于埃丝特舅妈，她的音乐课，以及他们那天晚上吃什么。他知道她变了。而且他感到她遇到了麻烦，或是发生了什么重要的事情。而且，在他眼里萨拉变得很模糊了——这太可怕了，当他试图记起她的脸时，他却看不清楚了。对他而言，她变得越来越像他们死去的母亲了。

因此，那段时间，他最亲近的人是哈里·米诺维茨和维塔利斯。维塔利斯和哈里。当他试图想象他们在一起的情景时，他就禁不住会笑出声。这就好比是把红色跟淡紫色放在一起——或者是把巴赫的赋格曲跟忧伤的黑人口哨放在一起。他所知道的所有事物都这样。没有任何东西是互相匹配的。

萨拉回来了，但这并没有改变什么。他们不再有曾经的亲密。他们的爸爸认为到了她回来的时候了，可她并不乐意回来跟家人一起生活。在接下来的那一年，她经常沉默寡言，目视前方，好像在想家。他们不再跟相同的男孩或女孩们玩，而且早上他们也经常不互相等对方一起去上学。萨拉在底特律学了很多音乐知识，她的钢琴演奏也不一样了，做事也很小心谨慎。他能看出来她很喜欢埃丝特舅妈，可由于某种原因，她很少谈她。

麻烦的是那时他看萨拉时是模糊的。当时，每一样东西在他眼里都是这个样子。摇摇晃晃，颠三倒四。他马上就要成为一个男人了，可他对即将到来的情况却一无所知。另外，他总是觉得饿，总觉得有什么事情会发生。而且，他觉得即将发生的事情将十分可怕，会让他毁灭。他不想把这种预感整理成成熟的思想。甚至那段时间——即萨拉回来后的那漫长的两年——只是从他的身体而非大脑里经过。这漫长的数个月的时间里，他要么苦苦挣扎，要么默默虚度。回顾那段时间，他几乎完全是糊里糊涂的。

他就要变成一个男人了，他已经十七岁了。

正是在这个时候，他所预期但心里又不确切知道的事情发生了。这件事他从来没有想过，而是后来不知道从什么地方蹦出来的——在他心里，它似乎是这个样子，可是在身体的另一个部分它却又不是。

那时是夏末，他打算几个星期后启程去亚特兰大，读那里的技术学院。他不想上技术学院——可是它很便宜，因为他可以上合作课程，而且他爸爸希望他从那儿毕业后当工程师。看样子他也做不了其他的什么事情，另外，从某种意义上讲，他急于要离开家庭，以便到一个全新的地方独自生活。夏末的那个傍晚，他在谢尔曼地区后面的树林里散步，心里想着这一件以及其他千千万万件模模糊糊的事情。一想起以前曾数次走过这片树林的情景，他感到躁动不安，失落和孤独。

太阳快要下山他才离开树林，开始穿过维塔利斯住的那条街道。虽然是星期天下午，可是这里的房子却十分安静，好像每个人都走了。空气十分闷热，弥漫着松叶被太阳炙烤的味道。小街的边缘有一些被踩踏过的小草以及早开的秋麒麟花。当他经过这些房子，脚踝被脚步带起的一卷卷尘土裹成灰色，眼睛被太阳照得疲惫不堪的时候，他突然听到了维塔利斯在跟他说话。

"你在这里做什么，安德鲁？"

她正坐在门前的台阶上，而且因为四周没人显得很孤单。"没事，"他说，"四处转转。"

"大家正在教堂里参加葬礼。这次死掉的是牧师。除了我，每个人都去了。我刚从你家回来。西尔维斯特也去了。"

他不知道说什么，光是看见她就让他语无伦次了。"唉，我太饿了。转了这么久。也渴了——"

"我马上给你弄一些来。"

她慢慢地起身，他第一次发现她光着脚，绿色的鞋子和袜子放在门廊上。她弯腰穿上鞋袜。"我把它们脱掉了，因为除了住在最里面那间房子里的那个生病的女人以外，每个人都去参加葬礼了。这双绿鞋子总是把我的脚趾挤得伸不直——而且，有时候把脚放在地面上的感觉真好。"

他在房子后面的小门廊上喝了一些凉水，并泼了一些在滚烫的脸上。他感觉到自己再一次听到了他在深夜的时候曾经在这条街上听到的那种奇怪的声音。回到屋里，维塔利斯在那里等着他，此时，他感到全身在发抖。他不知道为什么他们两个人在这间昏暗的小房子里都暂时没有说话。屋里非常安静，只有缓慢的钟声。壁炉架上有一个系着薄纱腰带的丘比娃娃，空气闷热，夹杂着霉味。

"有什么事让你苦恼吗，安德鲁？你怎么在发抖？你到底遇到什么麻烦了，亲爱的？"

不是因为他，也不是因为她。是因为他们俩身上的某种东西。是因为他深夜曾在此听到的某种声音。是因为昏暗的房间和里面的安静。还因为他跟她在厨房里一起度过的所有下午时光。以及他的饥饿和自己独处的所有时光。完事之后，他满脑子想的都是它。

后来，她跟着他走出房间，站在树林边的一棵松树旁。"安德鲁，不要那样看着我，"她不停地说，"一切都会没事的。不要因此而有任何顾虑。"

他凝视着她，仿佛此刻正置身井底，他想到的只有这件事。

"这也不是什么大错。你不是第一次跟我在一起，而且你也已经是成人了。不要那样看着我，安德鲁。"

这种事他以前从没想过，却一直在心底蓄势待发，并最终升起，压制了所有其他想法——而且，这也不是唯一让他那样做的原因。一直。一直。

"我们之间的事根本不打紧。西尔维斯特——或者你爸爸永远不会知道的。我们也不是事先就有预谋的。我们没有犯下真正的罪恶。"

他设想过自己二十岁时候的样子。而她则是面色苍白如花，对于她，他只了解这一点。

他离开了她。哈里的棋子，那些精细的干瘪小洋娃娃，几何学上巧妙的问题，唱片机转出来的美妙对称的音乐。他迷茫，不知所措，在他看来，一切已成定局。他想用手去触碰他一生中发生的所有事情，把它们抓过来，重新定型。他迷茫，迷茫。他形单影只，赤身裸体。除了棋子和音乐，他还突然想起他曾见过的一幅纽约的航拍图——上面有高耸入云的摩天大楼，布局整齐的街区。他想远走高飞，可亚特兰大离家太近了。他想起了纽约的地图，它是那么可靠和高雅，于是他知道那里就是他要去的地方。那里也是他唯一知道的地方。

在他下车的镇子上的那家餐馆里，安德鲁·利安得喝完了最后一瓶啤酒。这里要关门了，直到早上才有车去佐治亚。他记不起维塔利斯、萨拉、哈里以及他爸爸的样子了。除了他们，还有其他人。他突然意识到他几乎记不得钱德勒了。钱德勒·韦斯特，那个跟他一街之隔的人——跟他经常在一起的人，同时又是极其卑微的人。还有上中学时那个把指甲涂得通红的、亮闪闪的女孩。还有那个名叫皮谱①的卑鄙小人，他曾在"南方高地"跟这个男孩说过话。

他从桌边站起来，拿起包裹。他是餐馆里最后的食客，招待已经准备锁门了。他在那扇通往漆黑的大街的门边停留了一会儿。

当他开始坐在桌边的时候，一切还那么清晰可见。可现

———————————
① 原文"Peeper"，有"偷窥者"之意，此处为音译。

在，他比以往任何时候都迷惘。不过，不管怎样，这都没关系。他觉得自己很强大。在这个黑暗的沉睡的地方，他是个陌生人——可过了三年之后，他又要回家了。他醉了，他身体里有了力量，能够改变事物。他想起所有爱过的家里人。而且，不仅仅是靠他自己，而是通过他们所有人，他会找到这种模式。他觉得醉了，特别想家。他想出去，放声高歌，在黑暗中寻找他想要的一切。他醉了，酩酊大醉。他是安德鲁·利安得。

"喂，"他对等着锁门的招待说，"你能跟我说说附近有些什么地方我可以找一间房子住一晚吗？"

招待对他说了一些，他在脑子里简单地过了一遍。街上黑暗寂静，他又在门边站了一会儿。"喂，"他说，"我下车时已经是半醉了。你能告诉我这是什么地方吗？"

赛马骑师

　　赛马骑师来到餐厅的门口，稍停了片刻，然后挪到一边，背对着墙，一动不动。房间里很挤，这是这个赛季的第三天，镇上所有的旅店都住满了人。餐厅里，一束束八月玫瑰的花瓣布满白色的亚麻桌布。跟餐厅相连的酒吧里传来人们阵阵激动的、醉酒后的声音。赛马骑师背对墙站着，眯着眼睛审视着整个房间。他仔细地查看，终于看到了斜对角的那张桌子。桌上坐了三个人。骑师一边看，一边抬起下巴，头往后斜向一边，矮小的身躯变得僵硬，他的手也很僵硬，手指像鹰爪似的往里蜷曲。紧张地依靠在餐厅的墙上，他就这么注视着，等待着。

　　这天晚上，他穿着一身中国丝绸套装。套装裁剪得非常合身，像孩子的服装般大小。衬衫是黄色的，领带上有淡色的条纹。他没有戴帽子，头发往下梳成直的湿润的刘海，搭在前额上。他满脸憔悴，脸色灰白，看不出是多大年纪。他的太阳穴处有凹陷，嘴边带着一丝微笑。过了一会，他意识到他注视的三个人当中有一个已经看到了自己。但骑师没有点头；他只是把下巴抬得更高了，口袋中的大拇指紧张地勾了起来。

坐在角落里的三个人分别是驯马师、赌马经纪人和阔佬。驯马师名叫西尔威斯特——他有着庞大松散的身躯，发红的鼻子，迟钝的蓝眼睛。赌马经纪人名叫西蒙斯。阔佬是那匹名叫赛尔泽的赛马的主人，骑师下午骑的正是他这匹马。这三个人喝的是加了苏打的威士忌酒，白衣招待刚刚给他们送来了主菜。

最先看到赛马骑师的是西尔威斯特。他迅速地转移了目光，紧张得用大拇指使劲地按压鼻尖。"是贝琦·巴罗，"他说，"正站在房间对面盯着我们看。"

"哦，那个骑师。"阔佬说。他正面对墙坐着，于是，他稍稍转过头来朝身后看。"叫他过来。"

"噢，还是别叫他吧。"西尔威斯特说。

"他疯了。"西蒙斯说。赌马经纪人声音平淡，丝毫没有声调的变化。他有一张与生俱来的赌徒的脸，能够精心地调整表情，使其始终介于恐惧和贪婪之间。

"这个嘛，我倒是不想这么说他，"西尔威斯特说，"我认识他很久了。他一直是个不错的人，直到六个月前。但如果他继续这样的话，我觉得他无法再干一个赛季了。我无法保证。"

"全因迈阿密发生的那件事。"西蒙斯说。

"什么事?"阔佬问。

西尔威斯特瞥了一眼对面的骑师,用通红的、肉肉的舌头舔了舔嘴角。"一场事故。有一个年轻人比赛时受了伤。一条腿和臀部骨折了。他是贝琦的特殊朋友。是个爱尔兰小伙子。也是个不错的骑手。"

"真是可惜啊。"阔佬说。

"是的。他们曾是很特殊的朋友。你总是能在贝琦的宾馆客房里看见他。他们会玩拉米纸牌,或者一起躺在地板上看报刊的体育版。"

"的确,这种事故难免有发生的时候。"阔佬说。

西蒙斯切了牛排。他把叉子的尖头朝下抵住餐盘,用刀把蘑菇堆起来。"他疯了,"他重复道,"他让我感到毛骨悚然。"

餐厅里所有的桌子都坐满了人。中间的宴会桌上的人在聚会,白绿花纹的蛾子从夜幕中飞进这里,在明亮的烛光周围飞来飞去。两个身穿法兰绒宽松裤和运动夹克的女孩手挽手走进酒吧。外面的大街上假日里歇斯底里的狂欢声也飘了进来。

"人们说,八月份的萨拉托加①是世界上人均财富最多的地方。"西尔威斯特转向阔佬,"你怎么看?"

"我哪里知道,"阔佬说,"这也是极有可能的。"

---

① 指美国的萨拉托加温泉市,曾经是二十世纪非常繁荣的度假地,拥有温泉、赛马场、高尔夫球场等各种休闲娱乐场所。

西蒙斯极其讲究地用食指的指尖擦了擦油乎乎的嘴。"那好莱坞呢？还有华尔街——"

"等等，"西尔威斯特说，"他准备朝这边来了。"

赛马骑师已经离开墙壁，正在靠近角落里的这张桌子。他迈着生硬的阔步，每迈一步他的腿便画一个半圆，他的鞋跟深深地扎进地板上红色的丝绒地毯里。在这过程中，他曾碰到了宴会桌上一个身穿白色绸缎的胖女人的胳膊肘；他往后退了退，用非常时尚的礼貌方式鞠了个躬，眼睛则几乎闭起来了。穿过房间后，他拽过一把椅子，坐在桌子的一个拐角，夹在西尔威斯特和阔佬的中间，他没有点头打招呼，灰色的脸依旧表情凝重。

"晚饭吃过了吗？"西尔威斯特问。

"如果有人把我吃的东西称作晚饭的话。"骑师的声音清晰响亮，充满怨恨。

西尔威斯特小心翼翼地把刀叉放到盘子上。阔佬换了一个姿势，身体斜向椅子的一边，架起二郎腿。他穿着斜纹布骑马裤，无光泽的靴子，以及破旧的棕色夹克——整个赛马季，无论白天还是晚上他都是这个装束，尽管他从来没有出现在马背上。西蒙斯继续吃晚饭。

"要不要来一些赛尔脱兹水①？"西尔威斯特问，"或者

① 一种天然气泡水。

相类似的什么东西？"

骑师没有回答。他从口袋里掏出一个金色的雪茄盒，"啪"的一声把它打开。盒里有几根雪茄和一把金色的小刀。他用刀把其中的一根切成两段。雪茄点着之后，他举起手招呼正从桌子边经过的招待。"请来一份肯塔基波本威士忌。"

"喂，听着，孩子。"西尔威斯特说。

"不要把我当小孩。"

"理智点。你知道你要表现得很理智。"

骑师左边的嘴角上扬，露出僵硬的嘲笑。他低下眼睛，扫视了一下摊在桌上的各种食物，但很快又抬了起来。阔佬的面前是一盘烤鱼，上面浇了奶油汁，并配有香菜叶。西尔威斯特点了班尼迪克蛋。还有芦笋，新鲜的奶油玉米和一盘配菜：黑橄榄。有一盘炸薯条就放在骑师面前的桌角上。他不再去看食物，而是把眼睛眯成缝盯着桌子中间的装饰品：盛开的淡紫色玫瑰花。"我猜你们不记得一个名叫麦奎尔的人了吧。"他说。

"喂，听着。"西尔威斯特说。

招待送来了威士忌酒，骑师坐在那里，用他那双小而粗壮的、结着老茧的手抚弄着酒杯。他的手腕上是一条金手链，在桌沿上碰得叮叮作响。双掌捧杯转动了一会儿之后，骑师突然用两口就把威士忌酒喝干了。他猛地放下杯子。

"我觉得你们记不得那么久的事情，也记不了那么多事。"
他说。

"的确，贝琦，"西尔威斯特说，"你为什么会这样？你今天收到那个孩子的来信了吗？"

"我收到一封信，"骑师说，"我们谈论的那个人星期三拆掉了石膏。一条腿比另一条短了两英寸。就这些。"

西尔威斯特咂了咂舌，摇了摇头。"我了解你的感受。"

"你了解？"骑师看着桌上那一盘盘食物。他的目光从烤鱼移到甜玉米，最后固定在那盘炸薯条上。他绷紧了脸，然后又快速地抬起目光。一枝玫瑰凋落了，他捡起一片花瓣，夹在大拇指和食指之间搓了搓，然后放进嘴里。

"哎，这种事情难免发生。"阔佬说。

驯马师和赌马经纪人已经吃好了，但面前的餐盘里还有剩余的食物。阔佬把油腻的手指放在水杯里蘸了蘸，然后用餐巾擦干净。

"对了，"赛马骑师说，"难道没有人想让我替他们传递些信息？或者说，也许你们想重新点些什么菜。再来一大块牛排，先生，或者——"

"拜托，"西尔威斯特说，"理智点。你为什么不上楼去？"

"对啊，我为什么不呢？"骑师说。

他呆板的声音更高了，里面夹着喝过威士忌后的那种歇斯底里。

"我为什么不上楼，回到我那该死的房间里，走动走动，写几封信，然后像个乖孩子那样上床睡觉？我为什么只需——"他把椅子往后一推，站起来。"哦，该死，"他说，"你们见鬼去吧。我想喝一杯。"

"我只想说，你这是想断了自己的前程，"西尔威斯特说，"你知道这会给你带来什么。你清楚得很。"

赛马骑师穿过餐厅，走进酒吧。他点了一杯曼哈顿鸡尾酒，西尔威斯特看着他两只脚跟并得紧紧地站在那里，身体硬得像灌了铅，小指从鸡尾酒杯上往外伸出，慢慢地抿着酒。

"他疯了，"西蒙斯说，"我刚才就说了。"

西尔威斯特转向阔佬。"如果他吃进一块羊排，一小时以后你还会从他的肚子看出那块羊排的形状。他现在再也无法消化任何东西了。他已经112.5磅重了。自从我们离开迈阿密至今，他的体重已经增加了3磅①。"

"赛马骑师不应该喝酒。"阔佬说。

"那些食物②再也不能像过去那样符合对他体重的要求了，他现在消耗不掉。假如他吃下一块羊排，你会看见它从

---

① 3磅约等于1.36公斤，112.5磅约等于51公斤，而赛马骑师的体重按要求需不超过50公斤。
② 指赛马骑师规定食谱上的那些食物。

他的肚子里往外凸起，根本下不去。"

骑师的曼哈顿鸡尾酒喝完了，他咽了咽，用大拇指把杯底的樱桃碾碎，然后把杯子推开。穿着运动夹克的那两个女子站在他左边，她们转过脸，面对面地站着，酒吧的另一头，两个票贩子开始争论世界最高峰是哪座。每个人都是有伴的；那天晚上没有一个人单独喝酒。赛马骑师用一张崭新的五十美元纸币付了账，他没有数找得的零钱。

他走回餐厅，来到那三个人的桌子前，但没有坐下。"不，我不想假定你们记得那么多事。"他说。他的个头太小了，桌子的边缘只接近他的裤腰带，当他用小而结实的手紧紧抓住桌角的时候，他都不需要弯腰。"不，你们忙着在餐厅狼吞虎咽地吃着晚餐。你们太——"

"说真的，"西尔威斯特恳求道，"你必须要理智一点。"

"理智！理智！"骑师苍白的脸颤抖了起来，然后又凝固成刻薄的、冷酷的露齿之笑。他晃动桌子，上面的餐盘便响了起来，有那么一会儿，他似乎要把桌子掀翻。可是，他突然停下了。他的手伸向最靠近他的盘子，然后，故意地，他拿了几根炸薯条放进嘴里。他慢慢地咀嚼，上嘴唇翘起，然后转过身，把满满的一嘴东西吐在柔滑的红地毯上。"放荡不羁的人。"他说，他的声音微弱，沙哑。他念念叨叨地说着这个词，似乎它包含的某种韵味和实际意义，让他感到满意。"你们这些放荡不羁的人。"他又说了一遍，然后转身，迈着他那生硬的阔步走出餐厅。

西尔威斯特耸了耸宽大的、厚重的肩膀的一边。阔佬吸去部分溅在桌布上的水，一直到招待来收拾桌面，他们都没有再说什么。

泽伦斯基夫人和芬兰国王

对于莱德学院音乐系主任布鲁克先生而言，能聘请到泽伦斯基夫人，完全是他个人的功劳。全学院都认为这是一大荣幸；她的名望令人钦佩，无论是作为作曲家还是教员。布鲁克先生也认为自己有责任为泽伦斯基夫人找一栋房子，舒适，带花园，来去学校要方便，而且就在他住的那栋公寓隔壁。

在她来这里之前，西桥镇没有人知道泽伦斯基夫人。布鲁克先生在几本杂志上见过她的照片，而且给她写过信，求证布克斯特胡德①手稿的真实性。另外，在落实她加入教职员工队伍的事情的整个过程中，他们之间就具体事务互通过几份电报和信件。她的字迹方正、清晰，几封信件唯一不寻常的地方就是它们当中偶尔包含一些布鲁克先生完全不知道的物件和人物，比如"里斯本黄猫"或者"可怜的海因里希②。"布鲁克先生把这些过失归因于让她拖家带口离开欧洲带来的困惑。

布鲁克先生是个比较温和的人。多年教授莫扎特小步舞曲、解释降七度③和小三和弦④，这一切给他一种警觉和职业的耐心。多半情况下，他不与人交往。他讨厌学院的那些琐碎事务以及各种委员会。多年前，当音乐系决定组团到萨尔斯堡去过暑假的时候，布鲁克先生在最后时刻退出了安排，独自去了秘鲁旅行。他自己有一些怪癖，因此能容忍他人的古怪之处；事实上，他相当喜爱荒唐的事情。经常，当他遇到严重不和谐的情况时，他的心里会觉得有点痒痒，这迫使他绷紧那张和蔼的长脸，让他灰色的眼睛越发明亮。

秋季学期开始的一个星期前，布鲁克先生到西桥镇车站接泽伦斯基夫人。他立刻就认出她来了。她高大，挺直，脸色苍白、疲倦。她的眼睛深陷、暗淡，黑色的头发乱糟糟地从额头往后推。她有一双很大、很精致的手，却非常脏。她的整个人身上有某种高贵和抽象的东西让布鲁克先生退缩了片刻，他站在那里，紧张地解着袖口。尽管衣着不怎么样——黑色长裙，破旧的皮夹克——她给人留

---

① 迪特里希·布克斯特胡德，十七世纪丹麦管风琴演奏家，作曲家。
② 海因里希·彼得·弗雷赫尔·冯·赫尔佐根伯格(1843—1900)，法国血统的奥地利作曲家。晚年下肢关节坏死，靠轮椅代步，生活较为不幸。
③ 音乐术语，表示相邻两个音之间的音程。
④ 音乐术语，和弦的一种，根音与三音之间是小三度，三音与五音之间是大三度。

下稍稍有些优雅的印象。跟泽伦斯基夫人一起来的是三个男孩，年龄介于六到十岁之间，都是金发，眼神都很空洞，但都很漂亮。另外还有一人，后来被证实是个芬兰保姆的老妇人。

这就是他在车站接到的那群人。他们随身携带的行李只有两个硕大的装手稿的箱子，其余的大量用品转车时被丢在了斯普林菲尔德车站。这种事是任何人都有可能遇到的。在布鲁克先生把他们全部安排进出租车以后，他以为最难的事情已经解决了，可是泽伦斯基夫人却突然试图翻过他的膝盖，爬出车门。

"我的天哪！"她叫道，"我把我的——你们是怎么说的——我的滴答—滴答—滴答——"

"你的手表？"布鲁克先生问。

"哎呀，不是！"她激烈地争辩道，"你知道吗，是我的滴答—滴答—滴答，"她把食指左右摆动，像个钟摆一样。

"滴答—滴答，"布鲁克先生说着，双手捂住额头，紧闭着眼睛，"你是不是说节拍器呀？"

"是的！是的！我想肯定是丢在转车的地方了。"

布鲁克先生想办法让她安静了下来。他甚至用糊里糊涂的勇气说，第二天他就给她弄一个来，但在当时，他自己肯定不会否认，为了一个节拍器而惊慌成这样着实让人觉得有些蹒跚，毕竟有那么多丢失的行李需要考虑。

泽伦斯基一家搬进了隔壁的房子里，而且从表面看一切正常。那几个男孩非常安静。他们的名字分别是西格蒙德、鲍里斯和塞米。他们总是在一起，而且是一个紧跟在另一个的身后，形成纵队到处走动，领头的往往是西格蒙德。他们相互间说的是外人完全听不懂的家庭世界语，由俄语、法语、芬兰语、德语和英语混合而成；有其他人在场的时候，他们沉默得有些离奇。让布鲁克先生觉得不安的并不是某一件泽伦斯基家的人做的或是说的事。只是有一些这样的小事情。比如，在跟他们同处一屋时，会发生某件泽伦斯基家的孩子无意识地让布鲁克先生感到心烦的事情。终于，布鲁克先生意识到，让他苦恼的一个事实是，泽伦斯基家的孩子从来不会踏上小地毯；他们避开小地毯，排成纵队走在裸露的地板上，而如果是整间房子都铺了地毯，他们就不进去。另外一件事是这样的：几个星期过去了，泽伦斯基夫人却不做任何努力让他们自己舒适地安顿下来，或用什么东西装饰一下房子，除了一张桌子和几张床。前门日日夜夜都是开着的，因此，不久整栋房子看上去古怪、破败，像是已经废弃已久了。

学院有充分的理由对泽伦斯基夫人感到满意。教学上，她顽固地坚持自己的理念。如果某个玛丽·欧文斯或伯娜丁·史密斯没有把斯卡拉蒂①的颤音表达清楚的话，她会非常气愤。她占有四架钢琴，全部放在自己的音乐室，然后安排四个茫然的学生同时弹奏巴赫的赋格曲。整个系里，她所在的那一边传来的吵闹声可谓是轰轰烈烈，可是泽伦斯基夫人丝毫不担心，而且，如果说纯粹的意愿和努力能够解决音乐理念方面的问题，那么在当时，莱德学院是做得最好的了。晚上，泽伦斯基夫人就忙于写她的第十二交响曲。她似乎从来不睡觉。不管是什么时候，只要布鲁克先生碰巧从客厅的窗户往外看，她的工作室的灯总是亮着。不，让布鲁克先生怀疑的并非任何专业上的顾虑。

正是十月下旬，布鲁克先生第一次感觉到肯定有什么地方不对劲。他跟泽伦斯基夫人共进午餐，而且心情大好，因为她详细地跟他描述了 1928 年的一次非洲狩猎之行。傍晚，她途经他办公室时停住了，若有所思地站在门口。

布鲁克先生抬起头，问："你想要什么东西吗？"

"不，谢谢。"泽伦斯基夫人说。她的声音低沉、阴郁，但很好听。"我只是有些纳闷。你回想一下节拍器的事。你是否觉得我可能把它留给那个法国人了？"

"谁？"布鲁克先生问。

"哦，就是跟我结婚的那个人。"她回答道。

---

① 多米尼克·斯卡拉蒂，意大利十八世纪最著名的作曲家之一。

"法国人。"布鲁克先生温和地说。他试图想象泽伦斯基夫人丈夫的样子，可是他的大脑却拒绝了。他咕哝着，差不多是自言自语："孩子们的父亲。"

"不是，"泽伦斯基夫人断然地说，"是塞米的父亲。"

布鲁克先生马上就有了预感。他的直觉告诉他不能再说下去了。可是对于秩序的尊重和良知却要求他追问下去："那另外两个孩子的父亲是？"

泽伦斯基夫人把手放到后脑勺，把剪得很短的头发往上拨弄。她神情恍惚，没有马上回答。然后，她轻声地说："鲍里斯的父亲是一个吹短笛的波兰人。"

"那么，西格蒙德呢？"他问。布鲁克先生看着整齐有序的办公桌，上面有一堆批阅过的试卷，三支削尖了的铅笔和象牙镇纸。当他抬头看着泽伦斯基夫人时，看见她明显是在努力地思考。她凝视着房间的角落，眼皮压得很低，下巴则左右移动。最后，她说："我们刚才是在讨论西格蒙德的父亲吗？"

"噢，不，"布鲁克先生说，"没必要这么做。"

泽伦斯基夫人用庄严的、决断的声音说："他跟我是同一个国家的人。"

不管怎样，布鲁克先生都不在乎。他没有偏见；在他看来，人可以结婚十七次，也可以跟中国人生孩子。可是与泽伦斯基夫人的对话本身却有某种东西在困扰着他。突然间，他明白了。孩子们看上去一点都不像泽伦斯基夫人，但他们之间却非常相像，而他们又有不同的父亲，布鲁克先生觉得这种相似度太不可思议了。

可是泽伦斯基夫人却结束了这个话题。她拉起皮夹克的拉链，转身走了。

"我肯定把它留在那里了，"她快速地点了一下头，说，"那个法国人那里。"

音乐系的事务运行顺利。布鲁克先生没有什么严重尴尬的局面需要应对，诸如去年发生的竖琴老师跟汽车修理工私奔那一类事情。唯有泽伦斯基的事情扰得他不得安宁。他弄不明白自己跟她的关系出了什么问题，或者说他的感觉为什么如此复杂。一开始，她是一个了不起的周游世界的人，谈及那些遥远的地方时，她的谈话老练到不合理的程度。她会连续很多天不说一句话，只是双手插在口袋里，在走廊上来回走动，陷入深深的冥思。可是突然之间，她会强行拉住布鲁克先生，开始发表长篇的、飘忽不定的独白，眼神鲁莽、愉快，声音热情、渴望。她有时候什么话题都谈，有时候却什么都不说。然而，她所谈起的每一件事都有一种带着某种特定倾向的怪异之处，无一例外。如果她说起带塞米去理发，那她会给人一种陌生的印象，好像是谈在巴格达度过的下午时光似的。布鲁克先生弄不明白。

他是突然间明白真相的，而真相把一切都解释得非常清楚，或至少澄清了一切情况。布鲁克早早回到家，在客厅的壁炉里生了火。那天晚上，他感到舒适宁静。他穿着长筒袜坐在炉火前，身边的桌子上放着一本威廉·布莱克①的作品，他还给自己倒了半杯杏仁白兰地酒。十点，他已经在炉火前舒适地打起了盹，他满脑子都是模模糊糊的马勒的乐句和一些飘忽不定的不成熟的思想。接着，突然之间，四个字从那些碎片式的冥思中跳到他的脑子里："芬兰国王"。这几个字似乎熟悉，可最初，他无法确定出自何处。然后，他突然找到了它们的行踪。那天下午，他走过校园，此时，泽伦斯基夫人拦下他，开始了一段冗长的胡言乱语，他心不在焉地听着，脑子里想的却是那一堆复调课上交上来的作业。现在，那些词语以及她不断变化的声音狡黠地、精确地出现在他的脑海里。泽伦斯基夫人是这样开始的："一天，我正站在一家法式蛋糕店前，芬兰国王乘着雪橇经过此处。"

布鲁克先生猛地坐直起来，放下手中的白兰地。这个女人是个病态的撒谎者。她在课堂以外讲的每一个字都是假的。如果她工作到天亮，她会特地告诉你她整个晚上都在电影院。如果她在老酒馆吃的午饭，她必定会提及她是在家里跟孩子们吃午饭的。这个女人就是个病态的撒谎者，这样一

① 威廉·布莱克(1757—1827)，英国伟大的浪漫主义诗人、版画家。

180

来，一切都说得通了。

　　布鲁克先生把指关节压得咔嗒作响，他站起身。他的第一反应是恼怒。日复一日，泽伦斯基夫人居然有胆量坐在他的办公室里，用她那洪水般的骇人听闻的假话将他淹没！布鲁克先生被强烈地激怒了。他在房间里来回走动，然后走进小厨房，给自己做了一份沙丁鱼三明治。

　　一小时过后，他坐在炉火前，他的恼怒已经变成了一种学者式的、深思熟虑的惊奇。他告诉自己，他所必须做的就是不带任何私人感情来看待整件事情，要像医生看待病人一样看待泽伦斯基夫人。她的谎言算不上是欺骗。她没有任何想欺骗谁的意图，她所说的谎言也没有用于谋求任何可能的好处。这正是令人恼怒的地方；这背后并不隐藏着任何不良动机。

　　布鲁克先生把剩下的白兰地喝完。慢慢地，而且快到午夜之后，他才又有了新的理解。泽伦斯基夫人说谎的原因单纯而又令人心痛。她的一生都在工作——弹琴、教学，以及创作她的第十二交响曲。她日日夜夜呕心沥血、艰苦工作，把整个灵魂都投入到工作中，没有剩余的精力去做任何其他的事。作为一个有血有肉之人，她苦于这种缺憾，于是竭尽全力去弥补。如果整个晚上她都在埋头工作，之后却说那天晚上是在打牌，这就似乎是她想尽力做到两者兼顾。借助谎言，她过上了替代式生活。这些谎言使她工作之外的渺小存在翻了一番，拓展了她贫乏的个人生活。

布鲁克先生看着炉火，泽伦斯基夫人的脸浮现在他的脑海里——神色严肃，黑色的眼睛带着倦意，嘴巴精致而自律。他意识到了胸膛里的激情、怜悯之心、保护意识以及可怕的理解。有那么一会儿，他处于愉悦的混乱状态。

后来，他刷了牙，穿上睡衣。他必须现实一点。这澄清了什么问题？那个法国人，吹短笛的波兰人，巴格达？还有那些孩子，西格蒙德，鲍里斯，塞米——他们是谁？他们真是她的孩子吗，或者她只是从某些地方把他们召集到了一起而已？布鲁克先生擦了擦眼镜，把它放到床边的桌子上。布鲁克先生必须马上跟泽伦斯基夫人达成一致意见。否则，系里会出现某种容易引起问题的局面。两点了。他瞥了窗外一眼，发现泽伦斯基夫人工作室的灯依旧亮着。布鲁克先生上床，在黑暗中做了几个可怕的鬼脸，努力策划着第二天该怎么说。

布鲁克先生八点就在办公室了。他缩成一团坐在办公桌后面，打算在泽伦斯基夫人经过走廊的时候将她逮个正着。他并没有等多久，一听到她的脚步声他就喊了她的名字。

泽伦斯基夫人站在门口。她看上去迷离倦怠。"你还好吧？我昨天晚上真是睡了一个好觉。"她说。

"拜托你坐下，如果你愿意的话，"布鲁克先生说，"我

182

要跟你谈谈。"

泽伦斯基夫人放下公文包，疲倦地斜靠在他对面的扶手椅的靠背上。"是吗？"她问。

"昨天，我走过校园的时候你跟我说话了，"他慢条斯理地说，"如果我没有记错的话，你说了有关蛋糕店和芬兰国王的事。我没说错吧？"

泽伦斯基夫人把头转向一边，眼睛盯着窗台的一个拐角，努力地回忆着。

"是关于蛋糕店的事。"他重复道。

她疲倦的脸顿时亮了起来。"啊，当然，"她急切地说，"我跟你说，我站在蛋糕店门口，芬兰国王——"

"泽伦斯基夫人！"布鲁克先生叫起来，"没有芬兰国王。"

泽伦斯基夫人看样子完全呆住了。过了片刻，她又开始说："我站在比亚纳蛋糕店前，当我的目光从蛋糕上移开时，突然就看到了芬兰国王——"

"泽伦斯基夫人，我刚才就跟你说了，没有芬兰国王。"

"在赫尔辛基。"她又一次绝望地说，又一次，他只让她说到"国王"一词为止。

"芬兰是民主政体，"他说，"你不可能见过芬兰国王。因此，你说过的都是谎言。彻底的谎言。"

泽伦斯基夫人当时的脸布鲁克斯先生以后永远难以忘记。她的眼睛里充满了惊愕、沮丧以及无路可退时的恐惧。她看起来就像是眼睁睁地看着自己的内心世界被撕裂而分崩离析。

"我很遗憾。"布鲁克先生带着真切的同情说。

但泽伦斯基夫人马上振作了起来。她抬起下巴，冷冷地说："我才是芬兰人。"

"这一点我丝毫不怀疑。"布鲁克先生回答。仔细想想，他还的确有所怀疑。

"我出生在芬兰，我是芬兰公民。"

"这完全可能。"布鲁克先生抬高嗓门说。

"战争期间，"她继续慷慨激昂地说，"我骑着摩托车，我是信差。"

"你的爱国情怀不是我们要谈的话题。"

"正因为我送出了紧急文件——"

"泽伦斯基夫人！"布鲁克先生说。他用双手抓住桌子的边缘。"这是一件毫不相干的事。关键是你一直坚称并证实——你看见了——"可是他没办法把话说完。她的脸色制止了他。她脸色惨白，嘴唇发紫。她的眼睛睁得大大的，似乎被判了死刑，却不屈不挠。于是，布鲁克先生突然觉得自己是个谋杀犯。交织的情感——理解、懊悔和非理性的爱——迫使他用双手捂住脸。直到他内心的这种混乱慢慢平静下来他才开口说话，他用微弱的语气说："是的。当然。芬兰国王。他是个好人吧？"

一个小时后，布鲁克先生坐在办公室里朝窗外望去。西桥镇沿街的树几乎是光秃秃的了，学院灰色的大楼看上去平静、忧伤。当他无目的地看着这些熟悉的风景时，他注意到德雷克家的老艾尔谷犬正摇摇晃晃地走在街道上。这是之前见过一百遍的场面，那么，是什么让他觉得有点奇怪呢？突然，他惊奇地发现，这只老狗是倒着跑的，这让他不寒而栗。布鲁克先生注视着这条老艾尔谷犬，直到它消失，然后他开始忙着处理那些复调课上交上来的作业。

通信集

白厅街 113 号

达里恩，康涅狄格州

美国

一九四一年十一月三日

马诺埃尔·加西亚

圣约瑟大街 120 号

里约热内卢

巴西

南美洲

亲爱的马诺埃尔：

　　我想，看到信上的美国地址，你就已经知道是怎么回事了。你的名字出现在学校黑板上张贴的名单上，那是一份我们可以通信联系的南美洲学生名单。我就是挑选了你名字的那个人。

　　也许，我应该跟你说一说我自己的一些情况。我是一个快十四岁的女孩，刚刚上高中一年级。很难准确地描述我自己。我个子很高，正因为长得太快，我的身材并不太好看。我的眼睛是蓝色的，我不知道除了浅棕外你还可以用什么颜色确切地描述我的头发。我喜欢打棒球，做科学实验（比如用一整套化学实验设备来做）和阅读各种书籍。

　　我一直想去旅游，可是我到过的离家最远的地方是新罕布什尔的朴次茅斯。最近我一直想着南美洲。从名单上选择了你以后，我也对你做了很多猜想，想象着你会是什么模样。我在照片上看过里约热内卢的港口，因此我脑海中能想象出你在阳光下漫步的样子。我想象你有着水灵灵的黑眼睛，棕色皮肤，黑色鬈发。我一直很喜欢南美洲的人，虽然我一个也不认识，而且我一直想游遍整个南美洲，尤其想到里约热内卢一游。

　　既然我们即将成为好友并保持通信联系，我想我们应该马上就一些重要的事情彼此了解一下。最近，我对人生做了很多思考。我仔细考虑了许多事情，比如说我们为什么被带到人世。我断定，我不相信上帝。但另一方面，我并不是无神论者，我认为事事皆有因果，人生并不枉然。我认为，人死的时候，其灵魂必会发生些什么事。

　　我还没有明确决定以后要做什么，这让我很头疼。有时候，我想要当北极探险家，可有时候我又打算当新闻记者，并且想成为一个作家。有很多年，我都希望成为一个演员，尤其是悲剧演员，像葛丽泰·嘉宝那样演一些悲苦的角色。可是，今年夏天，我研究了一下茶花女，并亲自出演了这个角色，结果却可怕地失败了。表演在我们的车库里进行，我无法跟你解释这是一个多么可怕的失败。所以，我主要考虑的是当新闻记者，尤其是派驻海外的记者。

我觉得自己不完全像其他中学生。我觉得我跟他们不一样。周五晚上，当我叫其他女孩来陪我的时候，她们只想着要到附近的药店去遇见什么人之类的事情，而且每当躺在床上，我提起一些严肃的话题的时候，她们往往就睡着了。她们对国外的任何事情都不太关心。并不是说我有多么不讨人喜欢，或此类的问题，只是我不太喜欢其他的高中新生，他们也不太喜欢我。

马诺埃尔，在写这封信之前，我对你做过很长时间的想象。我有强烈的预感，我们会处得很好。你喜欢狗吗？我有一条名叫托马斯的艾尔谷犬，是一条对其主人从一而终的狗。我感觉我们是故交，觉得我们可以一起讨论各种各样的事情。当然，我的西班牙语不好，因为我是这个学期才开始学的。但是，我打算勤奋学习，这样当我们见面的时候，我们就能听懂彼此的话。

很多事情我都考虑过了。明年夏天你愿意来跟我一起过暑假吗？我认为这将是极好的事情。另外，我还在酝酿其他的安排。也许，明年我们见过面之后，你可以住在我家，在这里上中学，而我则可以跟你互换，住到你家里，去上南美的中学。你觉得这怎么样？我还没有跟我的父母谈及此事，因为我等着看你对此事的意见。我非常期盼收到你的回信，弄明白是否真的如我所想，你我关于人生和其他事情的观点是很相像的。你可以写信告诉我任何你想说的事情，因为，正如前文所说，我感觉到我对你十分了解。再见[①]，并在此表达所有最好的祝愿。

　　你情真意切的朋友，

亨基·埃文斯

附言：我的名字其实是亨丽埃塔，可是家里及身边的人都叫我亨基，因为亨丽埃塔听起来有点女孩子气。这封信我寄的是航空邮件，这样能够更快地到你手上。再一次跟你说一声再见。

白厅街 113 号

---

① 此处及下面附言中的"再见"原文为西班牙语。

马诺埃尔·加西亚

圣约瑟大街 120 号

里约热内卢

巴西

南美洲

亲爱的马诺埃尔：

　　三个星期过去了，我原先想现在应该能收到你的来信了。可是，通信所需时间完全有可能比我原先料想的要长得多，特别是由于战争的原因。我阅读所有报纸，心里挂念着整个世界的局势。我一直想等到收到你的信后再给你写信。可是，正如我所说，现在东西寄到国外可能需要很长时间。

　　今天我没有去上学。昨天早上，当我醒来的时候，我全身通红、肿胀，看起来至少是爆发了天花之类的东西。但医生来看了之后却说是荨麻疹。我服了药，就此卧病在床。其间我一直在学习拉丁语，因为这门课我几乎到了不及格的边缘。等荨麻疹好了，我就开心了。

　　写第一封信时我忘了一件事。我觉得我们应该互换照片。你有单独的照片吧，如果有请寄给我一张，因为我真心想确认一下你长得是否跟我想象的一样。我在信中夹了一张快照。拐角处在自己身上乱抓的那条狗就是托马斯，背后的房子就是我家。太阳照着我的眼睛，所以我整张脸就扭曲变形成那个样子。

有一天我正在阅读一本非常有趣的关于灵魂转世的书。也许你碰巧没有读过这本书。书的大意是，你会在这个世界上走过好几回，在某个世纪是一个人，可之后的某个世纪，你就是另外一个人。这很有趣。我越想越觉得是这么回事。你对此有何看法？

我发现有一件事一直很难理解，我这里是冬天的时候赤道以下的地方怎么会是夏天。当然，我知道原因，但是它依旧让我觉得奇特。当然，你可能是习惯了。我却不得不记着你那里现在是春天，尽管现在是十一月份。虽然这里的树木光秃秃的，火炉也一直烧着，里约热内卢却开始过春天了。

每天下午我都在等邮差。我有强烈的感受或者说是预感，今天下午或者明天的邮件中就有你的回信。通信一定比我原先料想的要花更长的时间，哪怕是航空邮件。

你情真意切的朋友，

亨基·埃文斯

白厅街 113 号

马诺埃尔·加西亚

圣约瑟大街 120 号

里约热内卢

巴西

南美洲

亲爱的马诺埃尔：

　　我根本不明白为什么还没有收到你的回信。你没有收到我的那两封信吗？班上许多人很久前就收到南美洲的来信了。从开始给你写信至今已经过了两个月了。

　　近日，我突然想到也许你还没找到一个懂英语并翻译我写的信的人。但在我看来，你应该能找到，而且，不管怎样人们总是认为被列在那份名单里的南美洲人是在学英语的。

　　也许两封信都丢失了。我知道通信有时候会出什么样的差错，特别是因为战争的缘故。但即使是其中的一封丢失了，我觉得另一封怎么地都应该安全地寄到了。我简直是无法理解。

　　不过也许有一些我不知道的理由。比如，你也许病重住院了，或者你家已经搬离了上次留下的那个地址。我也许很快就收到你的来信了，这样一切都圆满解决了。如果真是有这些方面的差错，请不要认为我因没收到你的来信而非常恼火。我仍然真诚地希望我们能成为朋友，并继续保持通信联系，因为我一直喜欢外国以及南美，而且，我觉得我从一开始就很了解你。

我一切都好，希望你也是。在一次为圣诞节期间需要资助的人筹集资金的抽奖活动中，我还抽到了一盒五磅的樱桃糖果。

收到信请立刻给我回信，并解释到底出了什么问题，否则，我无法理解到底发生了什么。我请求继续做你，

忠实的朋友

亨丽埃塔·埃文斯

白厅街 113 号

达里恩，康涅狄格州

美国

一九四二年一月二十日

马诺埃尔·加西亚先生

圣约瑟大街 120 号

里约热内卢

巴西

南美洲

亲爱的加西亚先生：

　　我诚心诚意地给你写了三封信，并期待你按要求在美国和南美洲学生通信事宜中尽到你应尽的责任。班上几乎每个学生都收到了回信，有些甚至还收到了象征友谊的礼物，尽管他们对于外国并不像我这样疯狂地喜爱。我每天都盼着你的回信，并且，尽管疑虑重重，我一直相信你是无辜的。事已至此我才明白我犯了多么严重的错误。

　　我只想知道一点。既然你不打算履行协议中的义务，你为何要把自己的名字列在那份名单中？我只想说，早知如此，毫无疑问我会选择其他南美人。

此致

　　　　　　　　　亨丽埃塔·希尔·埃文斯小姐

附言：我不会再浪费更多宝贵的时间给你写信了。

树·石·云

　　那天早上下着雨，天依然很黑。男孩到达电车咖啡馆^①的时候，他已经差不多跑完了整条送报路线，于是他进去喝杯咖啡。这个地方是通宵营业的，店主名叫利奥，他刻薄、吝啬。从阴冷、空荡的大街进来，咖啡馆显得格外亲切、明亮：沿着柜台站着两个士兵，三个棉纺厂的纺织工，拐角处还有一个勾着身子，鼻子和半张脸都伸进啤酒杯的人。男孩戴着头盔，有点像飞行员的穿戴。当他走进咖啡馆的时候，他解开下巴上的带子，把右侧的护耳推到粉红色小耳朵的上方。经常，在他喝咖啡的时候，有人会友好地跟他说话。可是这天早上，利奥没有看他的脸，也没有人说话。他付了账，准备离开，此时，一个声音对着他叫了起来：

　　"孩子！嘿，孩子！"

　　他转过身，坐在角落的那个人正对他勾勾手指，点点头。他的脸已经从啤酒杯里抬起来了，而且他似乎突然变得特别高兴。这个人脸庞狭长，脸色苍白，鼻子很大，头发呈淡橘色。

"嘿，孩子！"

男孩朝他走去。他个头矮小，大约十二岁，因为装报纸的袋子太重，他一个肩膀高，另一个肩膀低。他脸上的肤色浅，有很多雀斑，眼睛圆圆的，像小孩的眼睛。

"是，先生？"

那个人把一只手搭在报童的肩膀上，然后一把抓住男孩的下巴，慢慢地把他的头从一边转到另一边。男孩不安地往后缩。

"喂！你想干什么？"

男孩的声音很刺耳。咖啡馆里顿时鸦雀无声。

那个人慢慢地说："我爱你。"

柜台边所有的人都大笑了起来。男孩不知所措，他怒视着那个人，并侧着身子避开他。他看着柜台里面的利奥，利奥带着倦意和转眼即逝的嘲笑注视着他。男孩也想笑。可那个男人却很严肃，很忧伤。

"我没打算戏弄你，孩子，"他说，"坐下陪我喝杯啤酒。有些事我必须解释。"

小心翼翼地，男孩用眼角的余光询问沿着柜台而坐的所

---

① 指用废弃的电车改装成的咖啡馆。

有人该怎么办。可他们又重新喝啤酒，或吃早饭，没有注意到他。利奥往柜台上放了一杯咖啡和一瓶奶油。

"他还未成年。"利奥说。

报童悄悄地在板凳上坐好。掀起的护耳下方的耳朵又小又红。那个人神情严肃地朝他点点头。"非常重要的事。"他说。他把手伸进裤子的后口袋，掏出一样东西，放到手掌上给男孩看。

"仔细看。"他说。

男孩睁大眼睛，可是没有什么东西值得细看。那个人用宽大的脏兮兮的手掌托着一张照片。照片上有一张女人的脸，但很模糊，因此，只有帽子和衣服才比较清晰、显眼。

"看见了吗？"那个人问。

男孩点点头。那个人又把另一张照片放到手掌上。照片上的那个女人穿着泳衣站在海滩上。泳衣让她的肚子显得格外大，这也是你注意到的主要特征。

"仔细看了吗？"他往男孩身边靠近了些，终于问道："你以前见过她吗？"

男孩一动不动地坐着，斜着眼看着那个人。"据我所知，没有。"

"那好吧。"那个人吹了吹照片，把它们放回口袋。"那曾是我的妻子。"

"死了吗？"男孩问。

那个人慢慢地摇了摇头。他噘起嘴唇，就像要吹口哨一样，然后拖着调子回答：“不……是——”他说：“我会解释的。”

那个人面前的柜台上摆放着一个很大的棕色啤酒杯。他不把它拿起来喝。相反，他低下头，把脸放到杯子的边缘，先悬在那个上面停了一会儿，然后用双手把杯子斜过来，从里面吸了一些。

“总有一个晚上，你会把鼻子泡在杯子里睡着，然后憋死，”利奥说，“知名过客溺死在啤酒里。这会是绝妙的死法。”

报童试图给利奥递眼色。趁那个人不在看的时候，他挤了挤脸，用嘴做了一个嘴型，不出声地问道：“喝醉了吗？”可利奥只是抬了抬眼皮，然后转过身把几片粉红的咸肉放到烤架上。那个人把杯子从身边推开，直起身子，把松弛的、弯曲的双手叠放在柜台上。他满脸忧伤地看着男孩。他不眨眼，可是眼睑却时不时地无力地往下耷，遮住灰绿色的眼睛。天快破晓了，男孩把重重的报纸袋挪了挪位置。

“我打算谈谈爱情，”那个人说，“对我而言这是门科学。”

男孩的半个身子已经从板凳上滑下来了。可是那个人却举起食指，他身上的某种东西吸引住了男孩，让他无法离去。

"十二年前，我娶了照片上的那个女人。她做了我一年零九个月零三天零两个晚上的妻子。我爱她。是的……"他收紧了他那模糊的、散乱的嗓音，然后继续说，"我爱她。我认为她也爱我。我是铁路工程师。她享受着家庭生活该有的所有舒适和奢侈。我做梦都没想过她会有什么不满。可是，你知道发生了什么吗？"

　　"嗷呜嗷呜！"利奥说。

　　那个人没有把目光从男孩的脸上移开。"她离开我了。一天晚上，我回到家，家里空了，她走了。"

　　"跟别的男人走了吗？"男孩问。

　　轻轻地，那个人把手掌放到柜台上。"呃，当然了，孩子。一个女人是不会独自像那样跑掉的。"

　　咖啡馆很安静，外面的街道上，阴冷的细雨绵绵不断。利奥用长长的叉头压住正在烤制的咸肉。"所以，你就追了这个婊子十一年。你这个不争气的老贱货。"

　　那个人第一次抬起头看了看利奥。"别这么粗俗。另外，我又不是在跟你说。"他再次转向男孩，压低声音用信赖的语气说。"我们不要理他，好吗？"

　　报童怀疑地点点头。

　　"事情是这样的，"那个人继续说，"我是一个对很多东西动情的人。在我的人生中，让我感动的东西接踵而来。月光。女孩子漂亮的腿。一物接着一物。关键是，每当享用过某种东西，我就会有奇特的情感，仿佛它一直悠闲地在我的心里游荡。它既不消失，也不会跟其他东西完美结合。女人呢？我给她们都留了位置。同样的。事后，她们会散漫地在我的内心逗留。我是一个从没爱过谁的男人。"

他非常缓慢地合上眼皮，动作很像演出结束后徐徐拉上大幕。当他再次开口的时候，他的声音激动，话语出来得也很快——又大又松弛的耳垂似乎在抖动。

"然后，我就遇到了这个女人。我五十一岁，而她总是说自己是三十岁。我在一个加油站遇见她，三天之后就结了婚。你知道那是什么样的日子吗？我不能告诉你。我的感觉是，我曾经有过的情感碎片都聚拢到了这个女人周围。再也没有什么东西在我的内心悠闲地徘徊了，她把所有的都了结了。"

那个人突然停下，抚弄着长长的鼻子。他的声音低沉了下来，沉着而自责。"这个我解释得不正确。事情是这样的。我的心里曾经有一些美好的情感和松散的乐趣。而这个女人就像是我灵魂上的装配线。我把这些碎片从她身上过一遍，出来以后就是一个完整的我。你听得懂我的话吗？"

"她叫什么名字？"男孩问道。

"噢，"他说，"我叫她多多。可是这不重要。"

"你没有想办法让她回来？"

那个人似乎没听见。"你可以想象一下，在当时的情况下，她离开我以后我的感觉会是什么样。"

利奥从烤架上取了咸肉，叠了两块夹在面包中间。他脸色灰白，眼睛眯成一条小缝，皱缩的鼻子中间有蓝色的阴影。一个纺织工示意加一些咖啡，利奥倒了一些给他。咖啡续杯不是免费的。纺织工们每天早上都在这里吃早饭，越是熟悉的人，利奥对他们越是小气。他小口地咬着面包，好像给自己吃都舍不得一样。

"你再也没逮到她吗？"

男孩不知道该怎么看待这个男人，他那张稚气的脸上带着不确定，同时又夹杂着好奇和怀疑。他初次走这条送报路线；他还很不习惯在这样漆黑的、怪异的早上出门。

"的确，"那个人说，"我用过各种方法把她找回来。我到处走，想找到她的位置。我到塔尔萨去，那里有她的家人。还去了莫比尔。我到她曾经跟我提起过的每一个城镇。我追踪到每一个原先跟她有过关系的男人。塔尔萨、亚特兰大、芝加哥、齐沃、孟菲斯……两年间的大部分时间里，我在乡下到处追赶，希望抓到她。"

"但这对狗男女从地球上消失了！"利奥说。

"不要听他说，"那个人神秘地说，"还有，现在也不要去管那两年的事了。它们并不重要。重要的是，大约到了第三年，我开始遇到了奇怪的事情。"

"什么事？"男孩问。

那个人俯下身子，把杯子斜着，准备吸一口啤酒。可当他悬在杯子的上方的时候，他的鼻孔微微地动了动。他闻了闻发臭的啤酒杯，没有喝。"首先，爱是很奇怪的。起初，我只想着把她找回来。就像是着了魔一样。但随着时间的流逝，我就想办法记住她。可是，你知道发生了什么吗？"

　　"不知道。"男孩说。

　　"当我在床上躺下，开始想她的时候，我的大脑一片空白。我想不起她了。我就拿出她的照片看。没有用。什么都不管用。一片空白。你能想象这种情况吗？"

　　"喂，伙计！"利奥对着柜台叫道，"你们能想象这个傻瓜会脑子一片空白吗？"

　　慢慢地，那个人挥了挥手，好像在赶苍蝇似的。他那绿色的眼睛全神贯注地盯着报童浅肤色的脸。

　　"但是，人行道上突然出现的一块玻璃。音乐盒里纤细的声音。夜间墙壁上的阴影。我会记得这些。这也许就发生在街上，于是我大叫，或者用我的头去撞灯柱。你懂我的意思吗？"

　　"一块玻璃……"男孩说。

　　"任何东西。我到处转，可是我已经无能为力，不知道怎样、何时能记起她。你以为你可以举起一副盾牌。但是，你要记住，记忆不会迎面而来——而是从侧面绕行。我受着我的所见所闻支配。突然间，不是我踏遍乡村找她，相反她在我的灵魂深处追赶着我。听好了，是她在追我！而且是在我的灵魂深处。"

男孩总算问了一句："你那时在乡下的哪一区域？"

"哎呦，"那个人呻吟起来，"我是一个病人。像是得了天花。我承认，孩子，我酗酒。我通奸。我犯了所有让我感到愉悦的罪。虽然我心有不愿，但我会认罪。当我回首那段时间，其间发生的一切都凝结在我的心里，太可怕了。"

那个人低下头，用额头敲着柜台。有那么一会儿，那个人就这样弓着，他细长的颈背上盖满了橘色的、金雀花似的发卷，而手指弯曲的手则合起，态度像极了祷告者。接着，那个人直起身子；他在微笑，突然间，他的脸欢快、颤栗、衰老。

"这发生在第五年，"他说，"因为这个，我开启了我的科学研究。"

利奥的嘴抽了一下，微微露齿一笑。"我们这些人都不再年轻了。"他说。接着，他突然一怒，把一块抹布揉成团，用力砸向地板。"你这个狗娘养的老罗密欧①。"

"出什么事了？"男孩问。

老人的声音更高、更清晰。"平静。"他答道。

"啊？"

---

① 莎士比亚所著《罗密欧与朱丽叶》中的男主人公，忠于爱情。利奥把这个人称作"罗密欧"其实是在讽刺他对抛弃他的前妻居然有着罗密欧似的纯情。

"很难科学地做出解释，孩子，"他说，"我认为合理的解释就是我们在彼此的身边逃亡已久，最终我们缠在了一起，躺下不动，最终放弃。平静。一种奇特又美好的空白。那是波特兰的春天，每天下午都下雨。整个晚上，我就在黑暗中躺在床上。我的科学就此产生。"

电车的窗户被光映成淡蓝色。那两个士兵付了啤酒钱，打开门——出门前，其中的一个整理了一下头发，擦去绑腿上的污泥。三个纺织厂的工人默默地埋头吃早饭。利奥挂在墙上的钟滴答滴答地响着。

"是这么回事。仔细听。我思考爱情，得出结论。我知道我们哪里出了问题。男人第一次坠入爱河。那他们爱的是什么呢？"

男孩柔软的嘴巴半张着，他没有回答。

"女人，"老人说，"因为没有科学，无章可循，他们做了神之地上最危险、最悲壮的事。他们爱上了女人。我说对了吗，孩子？"

"对。"男孩弱弱地说。

"他们从错误的地方开始爱情。他们从爱的高潮部分开始。你能想象这有多么悲惨吗？你知道男人应该怎样去爱吗？"

老人伸出手，抓住男孩皮夹克的领子。他轻轻地摇动着他，眼睛朝下一眨不眨地、严肃地盯着。

"孩子，你知道爱应该从哪里开始吗？"

男孩小小的身体一动不动地坐在那里听。慢慢地，他摇了摇头。老人靠得更近些，低声说道：

"一棵树。一块石。一朵云。"

外面的街上，雨依然下着：轻微的、灰白的、绵绵的雨。纺织厂吹响了六点钟换班的哨声，三个纺织工付了账走了。咖啡馆只剩下利奥、老人和小报童。

"波特兰的天气就像这样，"他说，"就在那时，我的科学开始了。我深思熟虑，小心行事。我从街上捡起一样东西，带它回家。我买来一条金鱼，一心扑在它身上，爱着它。我一样接着一样研究。日复一日，我就学到了这个本领。从波特兰直到圣地亚哥——"

"噢，闭嘴！"利奥突然尖叫起来，"闭嘴！闭嘴！"

老人依旧抓住男孩的衣领；他在颤抖，脸上的神情热切、欢快、狂野。"六年里，我独自游走四方，建立了我的科学体系。现在，我是大师，孩子。我可以爱任何东西。我甚至不会有任何顾虑。我看见一条拥挤的街道，便会有一道绚丽的光芒进入我的心田。我注视空中的小鸟。或者是遇到风尘仆仆的旅客。任何东西，孩子。或者任何人。所有陌路，我都爱。你明白我这样的科学意味着什么吗？"男孩身体僵直，双手紧紧地勾住柜台的边缘。终于，他问："你最后找到那样的女士了吗？"

"什么？你说什么，孩子？"

"我是说，"男孩怯怯地问，"你重新爱上一个女人了吗？"

老人放开男孩的衣领。他转过身，绿色的眼睛里第一次露出暧昧的、迷乱的神情。他从柜台上举起啤酒杯，把黄色的酒喝了下去。他慢慢地摇头，然后回答："没有，孩子。你要知道，这是我科学研究的最后一步。我很谨慎。我现在还没有准备好。"

"妙啊！"利奥说，"妙！妙！妙！"

老人站在敞开的门口。"记住。"他说。在灰白潮湿的晨光中，他显得枯槁、萎靡和脆弱。可他的笑容却很灿烂。"记住，我爱你。"他最后点了一下头说。然后，门就在他身后轻轻关上了。

男孩沉默良久。他把额头上的刘海往下拉，油腻的小食指沿着杯子的边缘滑动着。终于，他不看着利奥问：

"他醉了吗？"

"没有。"利奥简短地回答。

男孩抬高清脆的嗓音。"那么，他是有毒瘾的人吗？"

"不是。"

男孩抬头看着利奥。无精打采的脸上现出绝望，他的声音急切、刺耳。"那他是疯了吗？你觉得他是精神错乱了吗？"报童的声音突然降低，显得很怀疑。"利奥？是还是

208

不是？”

可是利奥不会回答。利奥已经开了十四年的夜间咖啡馆，他克制自己，不对疯狂之举评头论足。夜间，会有各色镇上的人及过客进入。他了解他们的狂躁。但他不想给渴望答案的孩子一个满意的答复。他绷紧苍白的脸，保持沉默。

男孩拉下头盔右边的护耳，转身离开时，他做了在他看来唯一安全的，也是唯一不被嘲笑和鄙视的评论。

“他的确是到过很多地方的。”

艺术与马奥尼先生

　　他块头很大，是个承包商，也是马奥尼夫人——一个娇小、时髦的俱乐部和文化事务积极分子——的丈夫。身为精明的商人（他拥有一个砖厂和一个刨削作坊），马奥尼先生总是笨拙地跟在颇有艺术品位的马奥尼夫人后面，并将其亲切友善的一面表现得恰到好处。马奥尼先生训练有素；他已经习惯于说出"全部剧目"，倾听演讲和音乐会时总带着温顺的愁容。他能谈论抽象艺术，甚至还在小剧场作品中演过两个角色，一个是屠夫，另一个是罗马士兵。马奥尼先生，经受过刻苦的训练，经受过无数次的训诫——他怎么能给他们带来这种耻辱呢？

　　那天晚上的钢琴家是荷西·伊图尔比，这是本季的第一场音乐会，真是个喜庆的夜晚。马奥尼夫妇在这次"三艺联盟"活动中非常卖力。马奥尼先生独自一人就卖出超过三十张本季的票。对生意上的熟人、住市中心的人，他把这些计划中的音乐会说成是"社区的骄傲"和"文化的需要"。马奥尼夫妇还贡献了自己的车，并举行草坪招待会款待订票者——雇了三个穿着白色外套的黑人给客人递点心，还专门给新建的都铎式风格的房子打了蜡，装饰了鲜花。马奥尼夫妇艺术和文化之倡导者的称谓可谓当之无愧。

那个致命的夜晚一开始并没有任何征兆，预示着之后会发生那样的事情。马奥尼先生唱着歌儿洗了个澡，并把自己精心打扮了一番。他从达夫花店买了一朵兰花。当埃莉从她的房间过来时——在这栋新房里他们用的是两间相邻的卧室——他身穿燕尾服，焕然一新、神采奕奕，埃莉把那朵兰花戴在蓝色绉纱裙的肩部。她非常满意，拍了拍他的胳膊，说："今晚你看上去太帅了，特伦斯。非常高贵。"

马奥尼先生强壮的身体难抑兴奋之情，本就红润的、太阳穴静脉突出的脸越发红亮。"你总是这么漂亮，埃莉。一直都是。有时候，我就是不明白你怎么会嫁给一个——"

她用一个吻阻止了他。

音乐会之后在哈罗家将有一个招待会，马奥尼夫妇理所当然受到了邀请。哈罗夫人是这种高雅之事的草场"头牛"。噢，埃莉真的鄙视这种让人联想起乡村的字眼！可是，当他殷勤地把埃莉的披肩披在她肩膀上的时候，马奥尼先生全然忘了曾多少次受过责骂。

具有讽刺意味的是，一直到丑行发生，马奥尼先生还一直享受着音乐会，胜过以前听过的任何一场。这次没有了巴赫的冗长曲折，而是听似进行曲般的乐曲，而且，他常觉得曲调有几分熟悉，脚可以和着它打节拍。坐在那里享受着音乐的时候，他偶尔瞥一眼埃莉。她的脸上带着一种无法摆脱的、难以抚慰的悲痛，这是她听古典音乐会时惯有的表情。换曲目的间隙，她用手扶着额头，心神不宁，似乎实在难以承受这种悲痛。马奥尼先生满怀热情地拍着他粉色肥胖的手，很高兴终于有机会活动一下身体，回应一下评论。

　　中场休息时，马奥尼夫妇一前一后安静地走过通往门厅的通道。马奥尼先发现身边紧跟着老沃克夫人。

　　"我真期盼肖邦的音乐，"她说，"我喜欢悲伤的小调，你不喜欢吗？"

　　"我想你颇为享受你的苦难。"马奥尼回道。

　　沃克小姐，一个英语老师，突然说："这是拜妈妈凯尔特人忧郁的灵魂所赐。她是爱尔兰后裔，这你是知道的。"

　　意识到自己似乎犯了错，马奥尼先生尴尬地说："我也挺喜欢小调的。"

　　蒂普·梅伯里拉着马奥尼先生的胳膊亲密地对他说："这个家伙演奏经典作品还真有一套呢。"

　　马奥尼先生有所保留地回答说："他的演奏技巧相当出色。"

"还要一个小时呢，"蒂普·梅伯里抱怨道，"我倒是希望你我可以从这溜走。"

马奥尼先生悄悄地走开了。

马奥尼先生喜欢小剧院里的演出和音乐会的氛围——薄绸，胸花，还有高雅的晚礼服。在中学礼堂的门厅里友善地来回走动，跟女士们寒暄，做着极其娴熟的动作，踩着玛祖卡舞步跟人交谈，马奥尼先生自豪愉悦，激情满怀。

中场休息后的第一首乐曲期间，灾难来临了。这是一首很长的肖邦的奏鸣曲：第一章节奏如电闪雷鸣，第二章迅猛而多变。而第三章他熟悉地随着它踏着节拍——这是刻板的、中间部分略带忧伤华尔兹的葬礼进行曲；紧随葬礼进行曲之后是一段和弦强音。钢琴家举起手，甚至身体略微后倾坐在琴凳上。

马奥尼先生鼓掌了。他非常确信曲子到这里就结束了，因此他热情地拍了好几下才突然恐惧地意识到只有他一个人在鼓掌。迅速而用力地，荷西·伊图尔比再次猛敲琴键。

马奥尼先生呆呆地坐着，痛苦难言。接下来是他记忆中最糟糕的时刻。他太阳穴处红色的血管肿胀发黑。他那罪恶的双手紧握在一起，夹在大腿中间。

要是埃莉做出任何安慰的暗示就好了。他斗着胆扫了她一眼，却发现她的脸色十分冷酷，眼睛紧盯着舞台，神情专注到让他绝望。在经受了无休止的耻辱之后，马奥尼先生怯怯地把手伸向埃莉被绉纱盖住的大腿。马奥尼夫人躲开他，并架起了二郎腿。

差不多整整一个小时，马奥尼先生不得不忍受着当众的羞耻。有一次，他一眼瞥见了蒂普·梅伯里，罕见的恶念从他温柔的心中喷射而出。蒂普完全不懂"切腹布鲁斯"里的任何一章，可他却坐在那里，没被人注意，一副自鸣得意的样子。马奥尼夫人不愿意跟他痛苦的眼神对视。

他们不得已继续去参加聚会。他承认这是唯一适当的事情。他们驱车前往，一路无语，可当他在哈罗家门前把车停好之后，马奥尼夫人说："我不得不说，任何有一丁点儿常识的人都知道要等到其他人都鼓掌的时候再鼓掌。"

这对他而言是一次痛苦的聚会。客人们围在荷西·伊图尔比周围，一一被介绍。（大家都知道是谁鼓的掌，除了伊图尔比先生；他对马奥尼先生跟对其他人一样亲切。）马奥尼先生站在拐角的平台钢琴后面，喝着苏格兰威士忌。老沃克夫人和沃克小姐跟在"头牛"后面围着伊图尔比先生转。埃莉在看书架上的书名。她甚至还拿下一本书背对着房间看了一会儿。他独自站在拐角，也不知喝了多少杯酒。最终只有蒂普·梅伯里来到他这里。"我想，你卖了那么多票，完全有资格比别人多鼓鼓掌。"他不紧不慢地朝马奥尼先生眨了眨眼，这一眼隐含着此时此刻马奥尼先生差不多很愿意接受的兄弟情谊。

旅居者

这天早上梦与醒之间模糊的边界是罗马风格；飞溅的喷泉，弯曲狭窄的街道，繁花与古老的柔石遍布的流金之城。有时，在这种半醒状态中，他重新流连于巴黎、战时德国的瓦砾、瑞士滑雪胜地和风雪酒店，有时却置身狩猎的黎明时分休耕的佐治亚田野。而这天早上梦境则位于不知是何年代的罗马。

约翰·费里斯在纽约的一家旅馆的房间里醒来。他有一种预感，不愉快的事情正在等着他——至于是什么，他并不知道。虽然被清晨的一堆必要的事务所埋没，这种感觉在他穿好衣服下楼之后仍然挥之不去。这是个晴朗的秋日，灰白的阳光从各种颜色的摩天大楼之间泻下来。费里斯走进隔壁的杂货店，坐到窗玻璃边能俯瞰人行道的卡座上。他点了一份加了摊鸡蛋和香肠的美式早餐。

费里斯是从巴黎来参加他父亲的葬礼的，葬礼上一周在佐治亚州的家乡举行。死亡的震撼让他意识到青春已经逝去。他的发际线正在往后退，现已裸露的太阳穴上，血管的搏动十分显眼，他的体型瘦长，只是肚子已初现凸起的势头。费里斯爱他的父亲，他们之间的关系曾经非常亲密——可是，不知怎地，岁月渐渐瓦解了他的孝心；父亲的死，虽是早有预料，却还是给他留下意料之外的沮丧。他尽可能地多花时间待在家乡的母亲和兄弟身边。他回巴黎的飞机第二天早上离开。

费里斯掏出通讯簿查证一个号码。他越来越专注地一页页翻看着。纽约的人名地名，欧洲各国的首都，还有几个模糊不清的家乡所在州的地名人名。褪了色的用印刷体写的名字，喝醉时写得横七竖八的名字。贝蒂·威尔士：邂逅之爱，现已结婚。查理·威廉斯：许特根森林战役①中受伤，从此杳无音信。了不起的老威廉斯——是否尚在人世？唐·沃克：电视上的花花公子，现在发财了。亨利·格林：战后越来越落魄，据说现在在养老院。科济·霍尔：听人说她已经死了。没心没肺的爱笑的科济——想想也真奇怪，她这个傻乎乎的女孩竟然也会死。费里斯合上地址簿，感到人生险恶、世事无常，甚至恐惧。

就在这时，他的身体猝然一动。他正盯着窗户外，此

---

① 第二次世界大战中美军和德军在许特根森林进行的一系列激烈战斗的统称，是第二次世界大战中在德国本土进行的时间最长的战役，也是美军在历史上时间最长的单一战役。

时，人行道上，他的前妻正好路过。伊丽莎白离他很近，她慢慢地走着。他既不理解自己的心头撞鹿，也不理解她走后自己的那种轻率和优雅。

费里斯匆匆地付了账，冲到人行道上。伊丽莎白站在街角等着横穿第五大道。他赶过去，想跟她说话，可是信号灯切换了，他还没有赶上她，她就已经穿过马路了。费里斯跟过去。到了另一边，他本可以轻易地赶上她，可他发现自己却无缘无故落在后面。她美丽的棕色头发随意地卷曲着，费里斯注视着她，想起父亲曾经说过伊丽莎白拥有"优美的仪态"。她转过下一个街角，费里斯紧随其后，尽管现在他已经没有想赶上她的意图。费里斯不理解在看到伊丽莎白时身体上的不适反应，他手心冒汗，心跳得厉害。

费里斯最后一次见到前妻已是八年前了。他知道很久前她就再婚了。而且还生了孩子。近几年，他很少想起她。可是一开始，刚离婚的时候，失落感几乎让他崩溃。之后，经过时间的抚慰，他重新恋爱，之后又有了新欢。因此，为什么体态错乱、心神不宁呢？他只知道，他乌云密布的内心跟晴朗坦荡的秋天很不协调。费里斯突然转向，迈着大步，匆匆回到了旅馆。

费里斯给自己倒了一杯酒，尽管现在还没到十一点。他瘫坐在扶手椅里，像个筋疲力尽的人，精心地调制兑水的波本酒。他还有一整天的时间，他第二天早上才离开此地去巴黎。他清点了一下需要做的事：将行李送到法航，跟老板吃午餐，买鞋子和外套。还有事——难道还有什么其他的事吗？费里斯喝完酒，翻开电话簿。

给前妻打电话的决定纯属一时冲动。号码是记在她的丈夫贝利的名下的，他没细想就打了。他和伊丽莎白一直在圣诞节期间互寄贺卡，在接到他们的婚礼通知时，费里斯还寄去一套切肉的刀叉。没有理由不打电话。可是，当他听着铃声，等待对方接听的时候，不安困扰着他。

接电话的是伊丽莎白；她熟悉的声音给他带来了新的震撼。他不得不重复说了两遍自己的名字，可是一旦确认是他，她听上去似乎很高兴。他解释说他只在这个城市待一天。她说，他们事先安排好今天看电影——不过她问是否可以顺道过去吃顿早晚饭。费里斯说他很乐意。

当费里斯从一个约会赶赴另一个约会的时候，有一种感觉偶尔困扰着他，他总觉得忘了什么必要的事。下午的晚些时候，费里斯洗了澡，换了衣服，不时地想起让尼娜：第二天夜晚他将跟她度过。"让尼娜，"他将说，"在纽约时，我碰巧撞见了我的前妻。跟她吃了晚饭。当然，还有她丈夫。很奇怪，过了这么多年又见到了她。"

伊丽莎白家住在东区 50 号，打车去这个富人区的路上，每到十字路口，费里斯都会看到缓缓的落日，可等他到达目的地的时候，已经是早秋的黄昏了。这是一栋有前门楼和门卫的建筑，她家位于七楼。

"请进，费里斯先生。"

虽然对伊丽莎白和她那个难以预料的丈夫做了心理准备，费里斯还是因那个满脸雀斑的红头发男孩大感惊讶；他听说过孩子的事，可不知怎地，他的心里却不接受他们。他惊得尴尬地往后退。

"这是我们的公寓，"孩子礼貌地说，"你不是费里斯先生吗？我是比利。请进。"

在过道另一边的客厅里，丈夫再一次让他吃惊；他也没有从情感上被接受。贝利是一个行动迟缓的红头发男人，举止从容。他站起来，伸出手表示欢迎。

"我是贝利。见到你很高兴。伊丽莎白马上来，就一会儿。她快要穿好衣服了。"

最后几个字给他带来了一串一闪而过的感应，让他想起过去的岁月。美丽的伊丽莎白，沐浴前，她面如桃花、全身裸露。她半裸露地坐在梳妆台的镜子前，梳理着她那美丽的栗色头发。甜美的、随时随地的亲密，拥有无可争议的柔软肌肤。费里斯从脱缰的回忆中缩回，强迫自己回应比尔·贝利凝视的眼神。

"比利，把厨房桌子上放着饮料的托盘拿来，好吗？"

孩子马上照做，当他走后，费里斯客套地说："孩子真不错。"

"我们也这么认为。"

接着是尴尬的沉默，直到孩子拿回一个托盘，上面有玻璃杯和一个马提尼酒调酒壶。在酒的作用下，他们开始了激情的对话：他们聊俄罗斯，纽约的人工造雨，曼哈顿和巴黎的住宅行情。

"费里斯先生明天要坐飞机横跨大西洋，"贝利对坐在椅子扶手上安静、听话的孩子说，"我确信你想躲在他的手提箱里做个偷渡客。"

比利把软软的刘海往后拨。"我想坐在飞机里飞行，像费里斯先生那样当记者，"他又用肯定的语气说，"那就是我长大的时候想做的。"

贝利说："我以为你是想当医生。"

"我是想！"比利说，"我两个都想当。我还想当原子弹科学家。"

伊丽莎白抱着一个小女婴进来了。

"噢，约翰！"她说。她把婴儿放到爸爸的膝盖上。"见到你真是太好了。你能来我真的是太高兴了。"

小女孩静静地坐在贝利的膝盖上。她穿着一件绉绸长外套，皱褶处围了一圈玫瑰花，与之相搭配，她的头上有一根丝发带，把她的淡色的柔软的卷发向后束着。她的肤色像是被晒成的褐色，棕色的、闪着金色光点的眼睛始终笑着。当她举起手，用手指抚弄父亲的角质架眼镜的时候，他拿下眼镜，让她透过镜片看了一会儿。"我的老糖果①怎么样？"

伊丽莎白非常漂亮，也许比他曾经意识到的还要漂亮。她整洁的直发闪闪发光。她的脸更柔和，靓丽，恬静。那是一种圣母马利亚之美，完全取决于家庭的氛围。

"你几乎一点没变，"伊丽莎白说，"不过真的是好久没见了。"

"八年了。"在谈起其他愉快的事情的时候，他不自然地用手摸了摸日渐稀疏的头发。

费里斯突然觉得自己是局外人——一个夹在这一堆贝利们中间的闯入者。他为什么要来？他痛苦。他自己的生活是如此孤独，是一根支撑不起多年的废墟中任何一样东西的脆弱的柱子。他觉得再也无法继续在这个家中待下去了。

他看了看手表。"你们要去电影院了吧？"

"真的不好意思，"伊丽莎白说，"但这是在一个月前就定好了的。不过，说真的，约翰，不久的某一天，你就会定居了，是吧？你不会再当一个流放者了，对吧？"

"流放者，"费里斯重复道，"我不喜欢这个词。"

"那有什么更好的词吗？"她问。

他思考片刻。"旅居者也许可以。"

费里斯再一次瞥了一眼手表，伊丽莎白又一次道歉。

——————————

① 逗小孩用语，戴上眼镜假装老人。

223

"如果我们事先知道的话——"

"我只是今天在这个城市而已。我是临时回家的。你看，爸爸是上周去世的。"

"费里斯爸爸去世了？"

"是的，在约翰·霍普金斯医院去世的。他在那里住了近一年的医院。葬礼是在佐治亚的家里举行的。"

"哦，我很难过，约翰。费里斯爸爸一直是我最爱的人之一。"

小男孩从椅子后面出来，这样他就能直视他母亲的脸。他问："谁死了？"

费里斯并不感到恐惧；他在想他父亲之死。他再一次看见了父亲躺在棺材里的丝被下面伸展的身体。尸体是奇怪的胭脂红，熟悉的双手并拢放在葬礼玫瑰上面，显得非常大。记忆的闸门闭合，费里斯回过神来听见伊丽莎白平静的声音。

"是费里斯先生的父亲，比利。是一个非常好的人。你不认识他。"

"那你为什么叫他费里斯爸爸。"

贝利和伊丽莎白交换了一下窘迫的眼神。是贝利回答了这个有疑义的孩子。"很久以前，"他说，"你的母亲和费里斯先生结过婚。是在你出生之前——很久以前。"

"费里斯先生吗？"

小男孩盯着费里斯，非常吃惊而且不相信。而费里斯先生，从他回应的眼神看，也不相信。他真的曾经叫过这个陌生的名叫伊丽莎白的女子小宝贝吗，在一起生活期间，在共度了也许有一千个日日夜夜的那段时间，在那些爱之夜——而最终——在突如其来的孤独之痛中，忍受着夫妻之爱被一根丝一根丝(嫉妒、酒精、钱引发的争吵)地抽去，被毁灭吗？

贝利对孩子说："现在某人该吃晚饭了。走吧。"

"可是，爸爸。妈妈和费里斯先生——我——"

比利紧盯着不放的眼神——困惑中夹着一丝敌意——让费里斯想起了另一个孩子的凝视。他是让尼娜的小儿子——一个七岁的男孩，他脸色暗淡，膝盖上的骨节突出，费里斯回避他，也常常忘记他。

"快，齐步走，"贝利轻轻地把比利转过去朝着门，"说再见，儿子。"

"再见，费里斯先生，"他又怨恨地说，"我本来打算留下来吃蛋糕的。"

"你等会儿再进来吃，"伊丽莎白说，"快点跟爸爸去吃晚饭。"

费里斯和伊丽莎白单独在一起。氛围有些凝重，因此起初两人都沉默不语。费里斯征得许可，又给自己倒了一杯，伊丽莎白把调酒壶放到了桌子靠他的那边。他看着那架大钢琴，注意到架子上的乐谱。

"钢琴弹得还跟过去一样好听吗？"

"我依旧喜欢。"

"请弹一曲吧，伊丽莎白。"

伊丽莎白马上起身。只要有人要求便会很乐意地表演一直就是伊丽莎白和蔼可亲的一个表现；她从不犹豫，从不辩解。此时她走向钢琴，还多了一层乐于安慰别人的意思。

她开始演奏的是巴赫的序曲和赋格曲。序曲欢快绚丽，如同晨间房间里的棱镜。赋格曲的第一声部是纯粹的孤独的宣言，它与第二声部混合着重复了一遍，然后又以一种更为精美的架构重复了一遍，多元的乐曲，平稳安宁，以不紧不慢的威严流淌出来。主旋律与另外两种声音交织，被无数的灵巧的手法美化——此时是明示的，彼时又是潜在的，其具有单一事物不害怕屈从于整体的那种威严。接近尾声，各种素材的密集展现进一步强调了第一主旨的主导性，赋格曲以和弦的展现方式结束。费里斯头靠椅背，双目紧闭。接下来的沉默被过道另一边的房间里传来的清脆响亮的声音打破。

"爸爸，妈妈怎么会和费里斯先生——"门被关上了。

钢琴又响了起来——这是什么曲子？不知出处，但很熟悉，这首平静的曲子曾占据他的内心。此时，它向他诉说着另一段时间，另一个地点——这是伊丽莎白过去常弹的曲子。和美的氛围召唤着荒芜的记忆。费里斯沉浸在曾经的憧憬、冲突、矛盾的欲望的骚乱中。奇怪的是，虽然触发了喧器的骚乱，这首曲子却是如此平静和悦耳。女仆的出现打断了美妙的音乐。

"贝利夫人，晚饭已经摆在餐桌上了。"

甚至当费里斯已经在男女主人中间坐好以后，未完的音乐仍然让他情绪低落。他有点醉了。

"人的即兴创作，"他说，"有什么东西会像一首未完的曲子那样让你明白何为人的即兴创作。或者是一本地址簿。"

"地址簿？"贝利重复道。他马上停下，不置可否，但很礼貌。

"你还是那个曾经的老男孩，约翰尼。"伊丽莎白流露出一丝曾经的温柔。

这是一顿南方风味的晚餐，饭菜都是他曾经最喜欢的。他们吃了炸鸡、玉米布丁和浓郁的蜜饯红薯。用餐时，每当沉默的时间太长，伊丽莎白就会找话题让大家继续聊天。结果，费里斯就转而聊起了让尼娜。

"去年秋天，我开始认识让尼娜——大约现在这个时间——在意大利。她是歌手，在罗马签了约。我希望不久就结婚。"

这些话听起来是如此真实，如此理所当然，以至于费里斯本人最初也不愿意承认这是谎言。他和让尼娜这一年里根本就没有谈及结婚的事。的确，她现在仍是已婚状态——嫁的是在巴黎的白俄罗斯货币兑换商，她已经跟他分开五年了。可是太迟了，这个错误已经无法纠正了。伊丽莎白已经在说："得知此事真的是让我太高兴了。祝贺你，约翰尼。"

他尽量说一些实话来弥补。"罗马的秋天太美了。温暖惬意，鲜花绽放，"他又说，"让尼娜有一个六岁的男孩，好奇心强，会三种语言。我们有时去杜伊勒利花园玩。"

又是谎话。他只带那个男孩去了那个花园一次。那个面黄肌瘦的男孩穿着短裤，露出纺锤似的腿，他在水泥池里划了船，骑了小马驹。那个孩子想看木偶剧。可是没有时间，因为费里斯在斯克里布酒店有约会。他答应改天下午一起去看恐怖木偶戏。带瓦伦汀去杜伊勒利花园只有一次。

出现了一阵骚动。女仆拿进来一个撒着白色糖霜、插着粉色蜡烛的蛋糕。孩子们穿着睡衣进来了。费里斯还是不明就里。

"生日快乐，约翰，"伊丽莎白说，"吹蜡烛吧。"

费里斯想起了自己的出生日期。蜡烛被恋恋不舍地吹灭，散发出一股烧蜡的味道。费里斯三十八岁。他太阳穴处的血脉发黑，跳动明显。

"该是你们动身去电影院的时间了。"

费里斯感谢伊丽莎白准备了生日晚宴，得体地道了别。全家人把他送到门口。

高高的、细细的月亮挂在参差黑暗的摩天大楼上方。街上风大，寒冷。费里斯匆匆赶到第三大道，叫了一辆出租车。他用离别甚至是永别的专注眼神凝视着这座夜间城市。他很孤单。他渴望着飞行的时间和即将到来的旅程。

第二天，他从空中俯瞰这座城市，阳光下，它闪亮、精巧，像个玩具。不久，美国就被抛在了身后，只剩下大西洋和远处的欧洲海岸。云层下，大海平静，呈乳白色。大半天的时间里，费里斯都在打瞌睡。天快要黑的时候，他在想伊丽莎白和头天晚上的拜访。想着伊丽莎白在她家里的情景，他感到渴望、微微的嫉妒和莫名的悔恨。他在找寻那首曲子，那首让他如此动情的未完的曲子。他只记得些节拍和互不相连的声调；曲子本身已经避开了他。他反而记起了伊丽莎白弹奏的那首赋格曲的第一声部——它颠倒过来，嘲弄地、以小调的形式出现在他脑海里。高高地悬在空中，对于世事无常和孤独的焦虑不再让他烦恼，他坦然地想着父亲的死。吃晚饭的时间，飞机到达了法国口岸。

午夜时分，费里斯坐在横穿巴黎的出租车里。这是乌云密布的夜晚，雾气包裹住了协和广场的夜灯。夜间小酒馆在湿漉漉的人行道两边隐约闪现。所有的跨洋飞行都是如此，从一个到另一个大陆之间的变化太突然。早上还在纽约，午夜却在巴黎。费里斯匆匆回顾了一遍自己混乱的人生：一个接一个的城市，瞬间变换的情人；还有时间，犹如滑音的险恶岁月，永远都是时间。

"快！快！"他恐惧地叫道，"赶快。^①"

瓦伦汀给他开门。小男孩穿着睡衣和小得快穿不上的红色长袍。他灰色的眼睛里有暗色的阴影，当费里斯进入公寓的时候，它们突然闪了一下。

"我在等妈妈。^②"

让尼娜在一家夜间俱乐部唱歌。她要一个小时以后才回家。瓦伦汀重新画起了画，他拿着画笔蹲着，在铺在地板上的纸上画。费里斯低头看着画——画上是一个五弦琴演奏者，边上的对话框里是一些音符和波浪线。

"我们再去杜伊勒利花园吧。"

孩子抬起头，费里斯把他拉过来靠近他的膝盖。那首曲子，伊丽莎白没有弹奏完的那首曲子，突然出现在他脑海里。未经请求，记忆的重负突然卸下——此刻，如此清晰可辨，带来突然的喜悦。

"约翰先生，^③"孩子说，"你见到他了吗？"

费里斯很迷惑，他想起了另一个男孩——那个满脸雀斑、受家人宠爱的男孩。"见到谁，瓦伦汀？"

"在佐治亚的，你死去的爸爸，"他又说，"他还好吧？"

费里斯迫不及待地说："我们将经常去杜伊勒利花园。

---

①②③　原文为法语。

骑小马，去木偶剧场。我们看木偶表演，再也不急着回家了。"

"约翰先生，"瓦伦汀说，"木偶剧场现在关门了。"

岁月流逝和死亡带来的恐惧再次袭来。热情自信的瓦伦汀仍然倚在他的怀抱里。他的脸颊贴在另一柔软的脸颊上，感受到柔和的睫毛的扑动。他拼命地压紧那个孩子——仿佛他那瞬息万变的爱情能够支配时间的脉搏。

家庭困境

　　星期四，马丁·梅多斯早早下班，足以赶得上第一班回家的快车。在这个点儿，泥泞的街道上，傍晚淡紫色的霞光正在退去，可当汽车离开市中心的车站的时候，灯火通明的城市之夜已经开始了。星期四下午，女佣有半天假，因此马丁想尽快回家，因为，过去的这一年，他的妻子不太——健康。这个周四，他非常疲倦，因此，因为不希望有老面孔的通勤者找他说话，他埋头看着报纸，直到汽车驶过乔治·华盛顿大桥。一旦上了 W‒9 高速公路，马丁总是觉得路程过半了，他可以深吸一口气，哪怕是天气寒冷，只有一缕缕寒风穿过车里的雾气。他确信自己吸入的是乡村空气。以往，此时他往往会放松下来，愉快地想着自己的家。可在过去的这一年，离家越近，他越觉得紧张，他并不希望结束行程。这天晚上，马丁把脸贴近车窗，注视着贫瘠的土地和从眼前飘过的镇区孤独的灯光。月亮升起来了，在黑

233

乎乎的泥土和稀疏的积雪上方，它显得格外苍白；在马丁眼里，那天的乡村显得格外广袤和荒凉。离拉下车铃还有几分钟时，马丁就从架子上拿下帽子，把折叠好的报纸放到大衣口袋里。

小屋离车站一个街区，靠近河，但不在岸边；从起居室，你的目光可以越过街道、对面的后院，眺望哈得孙河。小屋很现代，在狭窄的小院里，它显得又白又新。在夏天，草地柔软、明亮，马丁精心打理围在四周的花坛和一个玫瑰花架。可在寒冷的休耕期，院子荒凉，小屋也没有了遮挡。那天晚上，小屋里所有的房间都开着灯，马丁匆匆走上门前的小路。马丁在台阶前停下，把一辆小推车挪开。

孩子们在起居室，玩得专心致志，起初并没有注意到前门已经打开。马丁站在那里，看着安然无恙的可爱的孩子们。他们打开了书桌最底层的抽屉，把圣诞节装饰物全部拿了出来。安迪已经插上了圣诞树彩灯，红红绿绿的灯在起居室的地毯上闪着不应季的节日喜庆之光。此时，他正费劲地把明亮的灯带绕到玛丽安的摇摆木马上。玛丽安坐在地上，正在拽天使的翅膀。孩子们惊叫着欢迎他。马丁把胖嘟嘟的小女孩甩到肩膀上，安迪扑过来抱住爸爸的腿。

"爸爸，爸爸，爸爸！"

马丁小心翼翼地放下小女孩，拎起安迪，像钟摆一样甩了几下。然后，他捡起圣诞树灯带。

"把这些东西拿出来干什么？帮我把它放回到抽屉里。你们不能玩电灯插座。记得我以前跟你们讲过。我是认真的，安迪。"

　　六岁的小男孩点点头，关上抽屉。马丁轻抚着他柔软的金发，他的手温柔地停放在他细细的颈背上。

　　"吃晚饭了吗，乡下佬？"

　　"不能吃。烤面包太辣了。"

　　小女孩子在地毯上摔倒了，她先是愣了一下，然后开始大哭。马丁把她扶起来，抱着她回到厨房。

　　"你看，爸爸。烤面包——"

　　艾米丽把孩子们的晚餐放在没有铺桌布的陶瓷桌面上，桌上有两个盘子，里面有吃剩的麦片粥和鸡蛋，两个装过牛奶的银色杯子。还有一大盘褐色的烤面包，没人动过，只是其中的一个上面有被咬掉一口的牙印。马丁闻了闻被咬过的面包，小心地咬了一点点，接着就把面包扔进了垃圾桶。"呼，呸——这什么玩意儿！"

　　艾米丽错把辣椒罐当成了肉桂罐。

　　"我觉得要烧起来了，"安迪说，"我喝了水，跑到室外去，张开嘴巴。玛丽安全部没吃。"

　　"一点没吃。"马丁纠正道。[①]他无助地站在那里，环顾

[①]　上一句孩子说的是"Marianne didn't eat none"，马丁将"none"纠正为"any"。

厨房四面的墙壁。"唉，我想，就这样吧，"他说，"你妈妈现在在哪里？"

"她在楼上你们两个人的房间里。"

马丁把孩子们留在厨房，上楼去找妻子。在门外，他站了一会儿，消一消怒气。他没有敲门，进去后随手就把身后的房门关上了。

艾米丽坐在舒适的房间里靠窗的摇椅里。她一直在喝大酒杯里装着的东西，他一进门，她赶紧把酒杯放到椅子后面的地板上。她的态度既迷惑又愧疚，却装出快活的样子加以掩饰。

"噢，马蒂①！你已经回来啦？我总是把握不准时间。我刚刚才下楼去——"她扑向他，她的吻中带着浓烈的雪莉酒味。他站在那里，毫无反应，她往后退了一步，不安地咯咯笑着。

"你怎么了？站在那里，就跟理发店的彩柱似的。怎么了你？"

"我怎么了？"马丁朝摇椅走去，捡起地板上的大酒杯，"如果你能明白我有多么不爽——这对我们有多么不好的话。"

艾米丽用假装出的轻快语气说话，这种腔调，他太熟悉

① 马蒂是马丁的昵称。

236

了。经常，在这种时候，她还会装出一点点英语口音，模仿某位她喜欢的女演员，"你说的我完全不明白。除非你指的是我倒了少许雪莉酒的杯子。我只喝了一指高雪莉酒——或者两指高。但这是犯了哪门子罪吗，请你告诉我？我很好。一点事都没有。"

"谁都看得出来。"

去卫生间的时候，艾米丽非常小心谨慎。她打开冷水，捧了一些酒到脸上，然后用浴巾的一角把脸拍干。她的脸貌精致、年轻，脸庞洁白无瑕。

"我刚刚下楼做了晚餐。"她踉跄了一下，扶着门框保持平衡。

"晚餐我来准备。你留在这里。我会拿上来的。"

"我不干。喂，谁会听你的？"

"求求你。"马丁说。

"别管我。我好得很。我正打算下楼——"

"注意听我说。"

"注意个屁。"

她突然歪歪倒倒地朝门边走去，不过马丁抓住了她的胳膊。"我不想让孩子们看见你是这种状况。讲点道理。"

"状况！"艾米丽甩了一下胳膊。她的声音充满愤怒。"怎么，就因为我下午喝了一点雪莉酒，你就把我看成酒鬼了。状况！喂，威士忌我碰都没碰。这你是知道的。我也不

237

去酒吧喝个痛快。就这你还有什么可说的。我甚至不在晚餐的时候喝鸡尾酒。我只是偶尔喝一杯雪莉酒。我问你，这有什么丢脸的吗？状况！"

马丁想办法找一些话来平复妻子的情绪。"我俩马上在这里安安静静地吃晚餐。这样的话，你可真是听话的好姑娘。"艾米丽在床边坐下，他打开门，急急忙忙地离开了。"我马上回来。"

在楼下忙着做晚饭的时候，他陷入了沉思，思考着这样一个熟悉的问题：这个家是怎样遇到现在这些麻烦的。他自己一直就喜欢好好喝上一杯。当他们还住在亚拉巴马州的时候，他们喝大杯啤酒或鸡尾酒，这是再自然不过的事。很多年里，他们会先喝一两杯——也可能是三杯，再吃晚饭，临睡前也会喝。节假日前夜，他们会借酒寻找快感，甚至喝得有些醉意。不过，对他而言，酒一直就不是问题，问题是它带来一笔麻烦的开销，随着家里人口增加，他们几乎负担不起了。只是直到公司把他调到纽约，马丁才意识到他的妻子无疑是喝得太多了。他注意到，她已经习惯性地喝酒，而且是在大白天。

问题一经确认，他开始寻找根源。从亚拉巴马到纽约的变化扰乱了她的生活；习惯了南方小镇的悠闲和温暖、当时的家庭结构和亲戚关系以及儿时的伙伴，她没能让自己适应北方更严格、更孤独的生活习惯。生儿育女和照料家庭的责

238

任让她感到负担太重。她思念巴黎城①，她还没有在这个郊区小镇交上朋友。她只阅读杂志和关于谋杀案的书籍。如果没有酒精的麻痹，她的内心世界将会很贫乏。艾米丽毫无节制，这一真相的揭露已经暗暗地破坏了他对于妻子最初的印象。有时候他会产生莫名的怨恨，有时候，酒会成为引发莫名怒火的导火索。他在艾米丽身上发现了潜在的劣根性，跟她表面的单纯完全不符。关于喝酒，她谎话连篇，经常用一些难以预料的小计谋欺骗他。

后来就出了事故。大约一年前，他晚上下班回家，迎接他的是孩子们房间里传来的尖叫声。他发现艾米丽正抱着婴儿，婴儿刚洗完澡，全身赤裸、潮湿。婴儿刚才掉了下来，她脆弱的，脆弱的头颅撞到了桌子的边缘，蛛丝般的细发里渗出一股血丝。艾米丽正在啜泣，她已经喝醉了。马丁呼叫着受伤的婴儿，此时，她对他而言是如此珍贵，马丁对未来感到惊骇。

第二天，艾米丽恢复了正常。她发誓再也不碰酒，接连有几周，她严肃，冷淡，情绪低落。然后渐渐地，她又开始了——不是威士忌或金酒——而是大量的啤酒，或雪莉酒，以及稀奇古怪的烧酒；有一次，马丁发现了一帽盒②空的薄

---

① 他们原先居住地的名称。
② 圆柱形盒子，用于保护帽子在运输途中不被损坏。艾米丽可能是从外地甚至是其他国家购买了这些酒，要经过长途运输，所以需要这种盒子的保护。

荷奶油瓶。马丁找到一个可靠的女佣,她把家里打理得很好。拜姬也是来自亚拉巴马州,马丁从来没敢把纽约通常的工资标准告诉艾米丽。艾米丽现在喝酒完全是秘密进行的,一般是在他下班到家之前。通常情况下,后果几乎察觉不到——动作有些懒散,或者眼皮沉重。不负责任的时候,比如辣椒粉面包之类的,很少见,而且,拜姬在家的时候马丁也不用担心。然而,挂念总是难免的,来自不确定的灾难的威胁成了他一天当中必不可少的牵挂。

"玛丽安!"马丁叫道,一想到那段时间的情况,他就觉得有必要确认一下。小女孩跟着哥哥进入厨房,虽然没有再次受到伤害,但她依然更为马丁所珍惜。马丁继续准备晚餐。他打开一罐汤,把两块排骨放到煎锅里。然后,他坐到桌边,抱起玛丽安,让她骑坐在他的膝盖上。安迪看着他们,他的手指一直在晃那颗松动了整整一个星期的牙齿。

"我的宝贝安迪!"马丁说,"那个老家伙还在你的嘴里吗?靠近点,让爸爸看看。"

"我弄了根线,想把它拽下来,"安迪从口袋里掏出一团缠在一起的线,"拜姬说把它系在牙齿上,另一头拴在门把手上,然后猛地关上门。"

马丁拿出一块干净的手帕,小心地摸了摸那颗松动的牙齿。"那颗牙齿今天晚上会从我们安迪的嘴里出来啦。否则,我很担心家里会长出一棵牙齿树。"

"一棵什么？"

"一棵牙齿树，"马丁说，"你咬一口东西，然后把那颗牙一起吞了下去。那样，就会有一颗牙在可怜的安迪的肚子里生根，然后长成一棵牙齿树，上面挂满了锋利的小牙齿，而不是树叶。"

"嘘，爸爸。"安迪说。他用脏兮兮的小拇指和食指紧紧捏住那颗牙齿。"不是那种树。我还没有看见。"

"没有那种树，我没见过。"①

马丁突然紧张起来。艾米丽正在下楼。他听着她笨拙的脚步声，害怕地搂着小男孩。艾米丽走进来的时候，从她的动作和阴沉的脸，他看出她又喝了一些雪莉酒。她开始猛地拉开抽屉，摆放餐具。

"状况！"她口齿不清地说，"你那样跟我说话。不要以为我会忘掉。我记得你说过的所有卑劣的谎话。你一刻也别想我会忘掉。"

"艾米丽！"他恳求道，"孩子们——"

"孩子们——不错！不要以为我看不穿你那些卑劣的阴谋诡计。你在这里想方设法让我的孩子跟我作对。不要以为我看不出来。"

"艾米丽！我求求你——上楼去吧。"

———————————

① 孩子说的话有语病，马丁纠正了他的错误，

"这样，你就可以让我的孩子——我亲生的孩子——"两颗大大的泪珠顺着她的脸颊流下来，"想让我的小儿子，我的安迪，跟他的母亲作对。"

因为醉酒的冲动，艾米丽跪在了吓呆的孩子面前。"听着，我的安迪——你不会听你爸爸跟你讲的任何一句谎话吧？你不会相信他说的吧？听着，安迪，我下楼前你爸爸跟你说什么了？"因为心里没底，那孩子在父亲的脸上搜索着答案。"告诉我。妈妈想知道。"

"说了牙齿树的事。"

"什么？"

孩子逐字重复了一遍，她带着怀疑的恐惧也重复了一遍。"牙齿树！"她晃了一下，重新抓住孩子的肩膀。"我不知道你在说什么，不过，听着，安迪，妈妈很正常，不是吗？"眼泪顺着她的脸往下淌，安迪往后缩，因为他害怕。艾米丽抓住桌子的边缘站起来。

"看见了吧！你已经让我的孩子跟我对着干了。"

玛丽安开始哭起来，马丁把她抱在怀里。

"好吧，你可以把你的孩子带走。你从一开始就偏心。我不介意，不过你至少要把我的小儿子留给我。"

安迪向父亲那边挪了挪，碰了碰他的腿。"爸爸。"他哭喊着。

马丁把孩子们带到楼梯脚。"安迪，你带着玛丽安先上去，爸爸一会儿就上来。"

"可是妈妈？"孩子低声问道。

"妈妈会没事的。不要担心。"

艾米丽坐在餐桌前哭泣，她的脸埋在臂弯里。马丁倒了一杯汤，摆在她面前。她刺耳的哭声让他烦躁不安；她强烈的情感，不论源自何处，触动了他内心的一点点温柔。他极不情愿地把手放到她的黑发上。"坐直，喝点汤。"抬头看他时，她的脸上带着愿意受罚和恳求的表情。小男孩的离开和马丁的触摸改变了她的情绪。

"马——马丁，我很羞愧。"

"把汤喝了。"

她顺从地边抽泣边喝汤。喝完第二杯汤，她允许他带她回他们的房间。她现在很温顺，也更克制。他把她的睡衣放到床上，正准备离开，新一轮悲伤、酒后的闹腾又开始了。

"他转身走了。我的安迪看看我，然后转身走了。"

不耐烦和疲惫让他的声音变得冷酷，不过他的措辞还是比较谨慎。"你忘了，安迪还只是个小孩——他还不能理解我们这种大吵大闹。"

"我大吵大闹了吗？噢，马丁，我真的当着孩子们的面大吵大闹了？"

她惊骇的面孔触动了他，让他觉得好笑，而这并非他所愿。"不要想了。穿上睡衣，睡觉吧。"

"我的孩子讨厌我了。安迪看了看自己的妈妈，把脸转过去了。孩子们——"

她陷入了酒后间歇性的悲伤中。马丁退出房间，说："看在上帝的分上，睡吧。到了明天，孩子们就会忘掉的。"

说这个的时候，他不知道是否果真如此。这一场面会轻易地从记忆中抹掉吗——又或许，它会扎根于潜意识，多年后印象更深呢？马丁不知道，后一种情形让他非常难受。他想到了艾米丽，预见了她宿醉的耻辱感：记忆的碎片，在清除了耻辱的阴影之后清晰得有些刺眼。她会往纽约的办公室打两次电话——甚至是三次或四次。马丁预料到了他的窘境，心想办公室里其他人或许会怀疑。他觉得秘书很久前就对他的麻烦有所猜疑，她可怜他。他顿时产生了对命运的反叛；他憎恨他的妻子。

一进入孩子们的房间，他立刻关上门，感到自己安全了，这是今天晚上第一次有这种感觉。玛丽安跌倒在地板上，然后自己爬起来，叫道："爸爸，看我。"她再跌倒，再爬起，重复着"跌倒——叫喊"这个过程。安迪坐在儿童小座椅里，晃动着那颗牙齿。马丁往洗澡盆里放水，在洗脸池里洗了洗手，然后把安迪叫进来。

"让我们再来看看这颗牙齿。"马丁坐在马桶上，把安迪夹在两个膝盖中间。孩子张开嘴巴，马丁抓住牙齿。一晃，然后快速一拧，那颗闪着珍珠般光泽的乳牙就脱落了。

安迪的脸上第一次同时出现了害怕、吃惊和高兴的神情。他含了一口水，吐到洗脸池里。"看，爸爸！是血。玛丽安。"

马丁喜欢给孩子们洗澡，莫名地喜欢他们站在水里时裸露的、柔软的身体。艾米丽说他偏心，这对他不公平。当马丁往这个男孩柔软的身体上抹肥皂的时候，他感觉自己对他的爱无以复加。不过，他承认对两个孩子的爱品质上有所差别。他对女儿的爱更严肃，略带一丝忧愁，是近乎心痛的柔情。他给小男孩起的昵称都来自日常的突发奇想——他总是叫小女孩玛丽安，叫声中充满了爱抚。他把小婴儿胖胖的肚子和小巧可爱的外阴褶皱上的水轻轻拍干。孩子洗过的脸像花瓣一样光彩照人，一样可爱。

"我要把牙齿放到枕头下面。我应该可以得到二十五美分。"

"为什么？"

"你知道吗，爸爸。约翰尼就因为牙齿拿到了二十五美分。"

"谁把钱放在那里呢？"马丁问，"我过去一直认为是仙女放的。不过，我们那个时候是十美分。"

"幼儿园里他们都说是二十五美分。"

"那到底谁放的呢？"

"父母啊，"安迪说，"就是你！"

马丁把玛丽安床上的被子掖好。他的女儿已经睡着了。

她的呼吸轻柔到几乎察觉不到。马丁弯下身，吻了吻她的额头，又吻了吻小手，她的手掌摊开朝上，静静地放在头的两边。

"晚安。男子汉安迪。"

回应他的只有困倦的咕哝声。过了一会儿，马丁掏出零钱，塞了二十五美分到枕头底下。他在房间里留了一盏夜灯没关。

马丁在厨房里轻手轻脚地准备着被延迟的晚餐，他突然想起，孩子们一次都没有提到他们的母亲或者他们似乎难以理解的那场争吵。他们过于关注瞬间的事物——牙齿，沐浴，二十五美分——孩子们的时间如流水，这些无足轻重的插曲如同树叶，在浅溪的急流上漂浮着，而成人的那些谜团却被搁浅，被遗忘在岸上。马丁因此感谢上苍。

可他自己被压制着的潜伏着的怒火却又升起来了。他的青春因为一个酒鬼的挥霍而被荒废，他十足的男子汉气概被巧妙地削弱。还有孩子们，一旦过了懵懂不知的时期——一年以后会是什么情况？他两只胳膊撑在桌上，粗野地吃着食物，却食而不知其味。没有瞒得住的真相——不久，办公室里和镇上就会有风言风语；他的妻子是个放纵的女人。放纵。那么他和孩子们的未来就会堕落，慢慢地毁灭。

马丁推开椅子，大步走向起居室。他的目光顺着书上的字一行一行往下移，可是脑子里却是这样一幅惨象：他发现孩子们在河中溺亡；他的妻子在大街上丢人现眼。睡前，怒火如同压在他胸口的巨石，他拖着重步走上楼梯。

房间里很暗，只有从浴室半开着的门缝里透进来的几点亮光。马丁悄悄地脱去衣服。一点一点地，非常神秘地，他有了一点点变化。他的妻子睡熟了，她平静的呼吸声轻轻地响着。她的高跟鞋和随手乱扔的长筒袜无声地吸引着他。她的内衣胡乱地扔在椅子上。马丁拿起腰带和柔软的丝质胸罩，手拿这些东西站了一会儿。这天晚上，他第一次看着妻子。他的眼睛停留在她甜美的额头上，然后是弯弯的精致的眉毛上。眉毛，以及翘翘的鼻头，遗传给了玛丽安。而在儿子的身上，他可以寻到高颧骨和尖下巴。她的身体丰满、柔软、起伏。当马丁看着平静的、熟睡的妻子的时候，积压已久的愤怒的幽灵消失了。所有责备和伤害的打算此刻都远离了他。马丁关掉浴室的灯，拉开窗帘。他小心地不把艾米丽吵醒，爬到床上。借着月光，他最后一次看着妻子。他的手寻找着身边的肉体，强烈而复杂的爱中，痛苦与欲望并存。

担惊受怕的男孩

休在各个角落寻找母亲，可是她不在院子里。有时候她会出来摆弄边沿上那些春天的花儿——白烛葵，五彩石竹，半边莲（她教过他这些花名）——可是今天，在四月中旬虚弱的阳光下，门前那片边沿上鲜花围绕的绿色草坪却空无一人。休冲上人行道，约翰紧跟其后。他们两个箭步就冲上了台阶，身后的门砰地关上了。

"妈妈。"休叫道。

此时，他们坐在空荡荡的，地板打过蜡的，因无人回应而尤显寂静的门厅里，休觉得有什么地方不对劲。客厅的壁炉里没有火，由于他已经习惯了天冷的月份里的炉火摇曳，第一个暖和天的房间显得特别荒凉和阴郁。休身上发抖。他很庆幸约翰在这里。阳光照着带花卉图案的地毯上的一小块红色。亮红，深红，暗红——休记起"那一次"，他不寒而栗，浑身难受。红色渐渐变暗，变成了模模糊糊的黑色。

"你怎么了，布朗？"约翰问，"你脸色惨白。"

休摇了摇头，把手放到额头上。"没事。我们到厨房去吧。"

"我只能待一会儿，"约翰说，"我得去把这些票卖了。我连吃饭的时间都得用上。"

厨房，因为有新的格子花纹毛巾和干净的锅，是这栋房子里最好的地方。光滑的桌上有一块她做的柠檬馅饼。像往常一样的厨房和馅饼让他放下心来，休退回到门厅，再次抬起头对着楼上喊了起来。

"妈妈！嗨，妈妈！"

还是没有人答应。

"我妈妈做了这个馅饼。"他说。他迅速找了一把刀，插进馅饼——为了驱散越来越强烈的恐惧感。

"你觉得应该切开它吗，布朗？"

"当然，莱尼。"

从今年春天开始，他们都称呼对方的姓，只是偶尔会忘记。休觉得这很动感、成熟、庄重。休喜欢约翰胜过学校里的任何人。约翰比休年长两岁，跟他比，学校里其他男孩简直就像是一群愚蠢的小阿飞。约翰是二年级最优秀的学生，脑袋瓜聪明，却绝不是老师的宠儿，他还是最擅长运动的学生。休是一年级新生，高中第一年没有什么朋友——他断绝了跟他人的交往，因为他太害怕了。

"妈妈总是会做些好东西给我放学后吃。"休把一大块馅饼放在碟子上给约翰——是给莱尼。

"这馅饼真的是棒极了。"

"皮是用压碎的全麦饼干面团而不是常规的馅饼皮面团做的，"休说，"因为馅饼皮面团做起来太麻烦了。我们认为这种全麦饼干面团一样好用。当然，如果她想做的话，我的妈妈也是可以做出普通的馅饼皮面团的。"

休一刻都停不下来；他在厨房里来来回回地走，吃着他托在手上的一片馅饼。他棕色的头发因一直紧张地用手去拢而变得乱糟糟，而他那双金褐色的眼睛里有一种无法摆脱的、痛苦的困惑。约翰一直坐在桌边，一条腿缠在另一条细长的腿上，他感觉到了休的不安。

"我真的要去卖这些合唱团的票了。"

"不要走。你还有一整个下午的时间。"他害怕这空荡荡的房子。他需要约翰，他需要有个人；而他最需要的是听见他母亲的声音，需要知道她跟他一起待在这栋房子里。"也许妈妈在洗澡，"他说，"我再喊一喊。"

回应他第三次叫喊的依旧是寂静。

"我猜你妈妈肯定是去看电影或者购物或者干其他事情去了。"

"不会，"休说，"如果这样，她会留一张纸条的。如果我放学回家时她不在家，她总是会这样做。"

"我们刚才没有找纸条，"约翰说，"也许她把它放在门口的地垫下或者是客厅的什么地方。"

休非常伤心。"不。她会把它压在馅饼下面。她知道我会第一时间跑进厨房。"

"她也许接到了某人的电话，或者是想到了一件她突然想做的事。"

"也许是吧，"他说，"我记得她曾跟爸爸说过，最近这几天要去给自己买些新衣服。"可是刚说完，刚闪现的希望就消失了。他把头发往后一拢，走出房间。"我想我最好还是上楼看看。我应该趁你还在这里的时候上楼。"

他站住了，手臂抱住楼梯的柱子；涂过漆的楼梯的气味和楼梯顶关闭的白色浴室门使他再次想起"那一次"。他紧紧地抓住柱子，怎么也迈不开上楼的脚步。红色再一次变成旋转的令人作呕的黑色。休坐下来。他想起了童子军的急救法，于是他命令自己，把头埋进两腿间。

"休，"约翰叫道，"休！"

眩晕消失了，休接受了一个新的让他懊恼的事实——莱尼叫的是他平凡的名；他认为在母亲的事情上他表现得很胆小无用，不值得像往常一样被动感地、庄重地用姓氏称呼。回到厨房时他已经完全没有了眩晕感。

"布朗，"约翰说，于是他的懊恼也不复存在了，"你不觉得这里的布置跟奶牛有某种关系吗？看似一种白色的、流动的液体。法语里被称作 *lait*。我们这里叫纯牛奶。"

震惊后的迟钝减轻了。"哦，莱尼，我真笨！对不起。我忘得一干二净了。"休从冰箱里取出牛奶，找了两个杯子。"我没想起来。我在想其他事。"

"我知道。"约翰说。过了一会儿，他直视着休的眼睛，平静地问："你为什么这么担心你的母亲？她病了吗，休？"

此时，休知道直呼其名并非轻视；而是因为约翰说话过于严肃，不适合用动感的方式。他喜欢约翰，胜过他曾经交过的任何朋友。跟约翰隔着餐桌而坐，他觉得更自在，更安全。他直视约翰灰色的平静的眼睛，情感的慰藉抚平了恐惧。

约翰又问了一遍，语气依旧平稳："休，你的母亲生病了吗？"

要是其他孩子这样问，休不可能回答。母亲的事他没跟人谈论过，除了他父亲，而且甚至是他们之间，亲密的言行也不常见，不直白。他们只有在忙于其他事情的时候，比如做木工活，或是他们一起到森林里去打猎的那两次——或者是一起烧晚饭或洗碗的时候，才会探讨某个话题。

"她也不是真的有什么病，"他说，"可爸爸和我一直很担心她。至少，我们过去曾经担心过一段时间。"

约翰问："是心脏有什么问题吗？"

休的声音有些紧张。"你听说过我跟克莱姆·罗伯茨打架的事吗？我把这个懒汉的脸按到砂石路面上，真的差点要了他的命。他现在还有伤疤，至少，他打了两天的绷带。在那一个星期里，我天天下午放学后都被留下来。我差点弄死他。如果不是帕克斯顿先生及时赶到把我拽走，我就弄死他了。"

"我听说了。"

"你知道我为什么想杀了他吗？"

有那么一会儿，约翰一直在眨眼。

休绷直身体；粗糙的手紧紧抓住桌子的边缘；他深深地喘了一口气。"那个懒汉告诉大家我的母亲住在米利奇维尔。他到处宣扬，说我母亲疯了。"

"这个混蛋。"

休用清晰的声音沮丧地说："我的母亲的确是住在米利奇维尔。但这并不意味着她疯了。"他快速地接着说："在那家大型的州立医院里，既有给疯人住的大楼，也有其他的大楼是给生了病的人住的。妈妈病了一段时间。爸爸和我商量后断定米利奇维尔那家医院拥有最好的医生，因此她能得到最好的医护。但她根本没有疯，她跟其他任何人一样正常。你了解我妈妈，约翰。"他又说道："我应该上楼去。"

约翰说："我一直说你的母亲是这个镇上最好的女人之一。"

"你知道，妈妈遇到了一件特别的事，在那之后，她就变得忧郁了。"

坦白，这些深埋在心中的话语，揭开了这个男孩内心的秘密，于是，他急切地、找到了未曾预料到的依靠似的快速地往下说。

"去年，我的母亲以为她要生小宝宝了。她跟爸爸和我说了这事，"他自豪地说，"我们都想要一个女孩。我打算给她取个名字。我们都高兴坏了。我找出所有旧玩具——电动火车及轨道……我准备给她取名为克里斯特尔——你觉得女孩叫这个名字怎么样？它让我想到那种明亮精致的东西。"

"这个小孩生出来就死了吗？"

即使是面对约翰，他的耳朵也会发烫。他用冰凉的手摸了摸耳朵。"不是，它是一种他们称之为肿瘤的东西。这就是我母亲的事。他们不得不在这里的医院给她做手术。"他局促不安，声音也非常低。"也就是说她遇到了所谓生活上的变故。"这句话对休而言十分可怕。"从那以后，她就变得忧郁了。爸爸说这对她的神经系统是个很大的打击。这是女性常遇到的问题；她只是有一些忧郁和精神衰弱。"

虽然厨房里没有一个地方是红色的，休还是感到正在接近"那一次"。

"有一天，她有点撑不住了——是去年秋天的某一天。"休睁大眼睛直视前方：又一次，他爬上楼梯，打开浴室门——他用手捂住眼睛，试图阻断回忆。"她试图——伤害自己。我放学回家的时候看见了。"

约翰伸出手，小心翼翼地轻轻地拍着休满是汗水的胳膊。"不要担心。很多人因精神衰弱和忧郁而住进了医院。谁都有可能出这种事。"

"我们不得不把她送进医院——最好的医院。"对过去漫长的那几个月的回忆带着一些沉闷的孤独色彩，因为其漫长且无法平息而跟"那一次"一样残酷——它已经持续多久了？在医院里妈妈可以自由走动，而且她总是穿着鞋子的。

约翰小心地说："这馅饼真的好吃。"

"我妈妈烧饭可是一把好手。她会做肉馅饼和鲑鱼糕——还有牛排和热狗。"

"我讨厌吃了你东西就跑路。"约翰说。

休非常害怕独自留下，他因心脏跳得怦怦响而感觉到了恐惧。

"不要走，"他恳求道，"我们再谈一会儿。"

"谈什么呢？"

休不能告诉他。甚至是约翰·莱尼也不行。他不能跟任何人谈论这空空荡荡的房子和之前的恐怖状况。"你哭过吗？"他问约翰，"我没有。"

"我有时候会哭。"约翰承认。

"我真希望我母亲不在家的那段时间里就跟你很熟。爸爸和我几乎每个星期六都会去打猎。我们靠鹌鹑和鸽子生活。我确信你也喜欢那样的日子，"他放低声音补充说，"星期天我们就去医院。"

约翰说："那个卖票的提议真是很精明。很多人不喜欢中学合唱团的小歌剧。他们宁愿待在家里看好的电视节目，除非他们本人认识团里的某个人。有许多人买票是基于助人为乐这一精神。"

"我们很快就要有电视了。"

"没电视我简直是没法活。"约翰说。

休的声音里带着歉意。"爸爸想先把医院的账单付清，大家都知道生病真是花钱的事。然后，我们就会买电视。"

约翰举起牛奶杯。"干杯，^①"他说，"瑞典人喝酒前都这么说。这是个祝福好运的词。"

"你会说很多外来词汇和好几种语言。"

"没多少，"约翰真诚地说，"只有'kaput'，'adios'以及'skoal'等在法语课上学到的词汇而已。这算不上很多。"

"这已经很多^②了。"休说，他觉得自己很机智，并为此感到高兴。

突然间，积蓄已久的紧张顿时爆发，而且变成了身体的

_____

① 原文为瑞典语。
② 此处的"很多"原文为法语。

257

动作。休抓起走廊上的篮球冲进后院。他连拍了几下篮球，对准去年他生日时父亲挂上的球篮。球没进，于是他把球传给了紧随其后的约翰。来到户外真是太好了，身处自然中的玩耍所带来的轻松感让休想到了一首诗的第一句："我心如篮球。"通常来说，当他想到一首诗时，他会趴在客厅的地板上，舌头抵在嘴角上，研究探索出诗的韵律。他的母亲从他身上跨过时就喊他雪莱—坡[1]，有时她还会轻轻地踩在他的后背上。他的母亲一直喜欢他的诗；今天，诗的第二行很快就想出来了，就跟变戏法似的。他对着约翰大声地念出来："'我心如篮球，在大厅里尽情跳跃。'你觉得把这作为诗的开头怎么样？"

"在我听来有些疯。"约翰说。紧接着他又急忙改口。"我是说听起来——很奇怪。我是说，怪异。"

休知道约翰为什么要把那个词改掉，因此，玩耍和诗歌带来的快乐顿时离他而去。他拿住球，抱在胳膊里。下午的天气很好，走廊上的紫藤花挂满枝头，生机勃勃。紫藤花犹如紫色的瀑布，轻风一吹，便散发出暖暖的香味。阳光明媚的天空碧蓝无云。这是春天里的第一个暖日。

"我得走了。"约翰说。

"别，"休的声音中充满绝望，"你不想再来一块馅饼

---

[1] 用英国诗人珀西·比希·雪莱和美国诗人、小说家及文学评论家埃德加·爱伦·坡两人的姓组合起来称呼儿子，表明这个母亲很欣赏儿子的才能。

吗？我从来没听说过有谁只吃一块馅饼的。"

他领着约翰走进屋里，这一次他只是习惯性地叫了一下，因为每一次进屋他都会这么叫。"妈妈！"在阳光明媚的户外待过之后，他此时觉得很冷。他感到冷还不仅是因为天气，还因为他太害怕了。

"我母亲已经回家一个月了，每天下午我放学回家的时候她都在家。总是，一直是。"

他们站在厨房，看着柠檬馅饼。在休的眼里，切开的馅饼看起来有点——诡异。他们一动不动地站着，厨房里的寂静很恐怖、诡异。

"你不觉得这栋房子太安静了吗？"

"那是因为你们没有电视。我家七点就把电视打开，无论白天还是晚上它一直开着，直到我们睡觉。不管客厅里有没有人。总是有电视剧，小品，笑话不停地播放。"

"我们有收音机，当然，是流行款式。"

"但那跟好的电视是没法比的。如果你有了电视，你根本不知道你的母亲什么时候在家，什么时候不在家。"

休不回答。他们的脚步在过道里显得很沉闷。当他迈上楼梯的第一个台阶，胳膊抱住楼梯柱的时候，他觉得恶心。"假如你能到楼上去一会儿——"

约翰的声音突然变得很大，很不耐烦。"我跟你讲了多少次了，我必须要去把这些票卖掉。你应该热心合唱团的公益事业。"

"就一会儿——在楼上我有重要的东西给你看。"

约翰没有问是什么，而休却在拼命地找有什么能让约翰上楼的重要东西。他最后说："我正在组装高保真音响。你对电子的东西很了解——我的父亲在帮我。"

说这番话的时候，他心里很清楚，约翰根本不会相信这种谎言。连电视机都没有，谁又会买高保真音响呢？他恨约翰，就跟你会去恨那些你很需要的人一样。他必须说些别的，于是他挺了挺肩膀。

"我只是想让你知道我多么珍视你的友谊。过去的这几个月，我几乎断了跟别人的交往。"

"好吧，布朗。可是你不应该仅仅因为你的母亲在——在某个地方待过而太敏感了。"

约翰已经把手放在门上，休在颤抖。"我想，如果你能上楼去一会儿的话——"

约翰用担忧的、疑惑的眼神看着他。接着，他慢慢地问道："楼上有什么东西让你感到害怕吗？"

休想告诉他一切。可是他不能告诉他母亲在那个九月的下午都做了些什么。那件事太可怕了而且——太不正常了。那像是一个得了那种病的人会做的事，绝不像是他母亲做的。尽管他的眼里充满了恐惧，而且全身发抖，他嘴上却说："我不害怕。"

"那好吧，再见。对不起，我得走了——有义务做的事就得负责任地去做。"

约翰关上前门，他孤单单地待在空荡荡的房子里。现在，谁都救不了他。哪怕有一大群孩子在客厅里看电视，看了笑话之后大声地笑，对他也是无济于事。他必须上楼找到她。他从约翰最后说的那句话中寻找勇气，大声地重复着："有义务做的事就得负责任地去做。"可是这些话并没有给他带来约翰的那种无所顾忌和勇气；在寂静中，这些话是那么可怕和古怪。

他转过身，慢慢地上楼。他的心不像篮球，而是像快速击打的爵士鼓，在他往楼上走的时候跳得越来越快。他的脚似乎被什么东西拽住了，仿佛是在齐膝深的水中行走，他紧紧地抓住楼梯的栏杆柱。整栋房子看上去诡异、古怪。他朝楼下的桌子看去，花瓶里春季的鲜花看上去也有些奇怪。二楼有一面镜子，他被自己的脸吓了一跳，在他眼里它是那么奇怪。镜子里，校服上的首字母是反的，而且还写错了，他的嘴巴张着，像救济院里的呆子似的。他闭上嘴巴，这样看上去就好多了。可他所看见的东西——楼下的桌子，楼上的沙发——因为自己心里的恐惧而显得有些失真、刺眼，尽管它们都是日常很熟悉的物件。他眼睛盯着楼梯右边紧闭的那扇门，心中那急速的爵士鼓敲得更快了。

他打开浴室门，片刻间，那天下午一直笼罩着他的恐惧使"那一次"再现在他的眼前。他的母亲躺在地上，到处都是血。他的母亲躺在那里，死了，到处都是血，被割过的手腕上有血，还有一摊血滴到了澡盆上，然后停留在那里，真是糟透了。休扶住门框，让自己站稳。接着，房间里清楚了起来，他意识到这不是"那一次"。四月的阳光照亮了白色的瓷砖。浴室特有的明亮和春光明媚的窗户。他走到卧室，看见铺着玫瑰花床单的空床。那些女士用品就在梳妆台上。房间跟往常没什么两样，没有发生什么事情……没发生什么事情，他扑倒在柔软的玫瑰花床上，痛哭起来，这既是因为如释重负，也因为持续太久的紧张和绝望所带来的疲惫。抽泣声晃动了他的整个身体，也平复了爵士鼓般快速击打的心。

所有这几个月里，休没有哭过。"那一次"，当他独自在空荡荡的房子里找到母亲，发现到处都是血的时候，他没有哭。他没有哭，可是他犯了一个童子军易犯的错误。他第一时间抬起了他母亲沉重的满是血的身体，然后再试图进行包扎。他打电话通知父亲的时候，他没有哭。在他们下决心怎么做的那几天里，他没有哭。甚至是医生建议米利奇维尔这个地方，或者是他和父亲开车带她去这家医院的时候，他都没有哭——尽管在回来的路上他的父亲哭了。面对他们自己做的晚餐他没有哭——一个月的时间里天天晚上都吃牛排，以至于他们觉得耳朵和眼睛里流出来的都是牛排；然后，他

262

们就换成热狗，一直吃到热狗从他们的耳朵和眼睛里流出来。食物一成不变，厨房里乱七八糟，所以，他们没有一天是过得好的，除了星期六清洁女工来的时候。在他跟克莱姆·罗伯茨打架的那些孤独的下午，以及他感到其他孩子对他母亲进行一些奇怪的猜想的时候，他没有哭。他就待在乱糟糟的厨房里，吃着无花果酥或巧克力棒。或者，他去邻居家看电视——理查兹小姐，一个收看老处女节目的老处女。当父亲喝多了，没有胃口吃饭，于是他不得不独自吃饭的时候，休没有哭。在期待已久的去米利奇维尔的星期天下午，其中有两次他曾看见一个没有穿鞋子的女人站在走廊上自言自语，此时，他没有哭。那个女人也是个病人，她给他带来了难以言说的恐惧。一开始，他的母亲总是说：不要用把我丢在这里这种方式来惩罚我。我要回家。此时，他没有哭。他没有因那些日夜折磨着他的可怕的字眼而哭——"生活变故"——"疯了"——"米利奇维尔"——在承受着烦闷、贫穷和恐惧所带来的压力的漫长的几个月里，他不能哭。

他仍然躺在玫瑰花床单上哭泣，湿漉漉的脸颊紧贴着它，它非常柔软、凉爽。他的哭声太大了，因此他没有听见前门打开的声音，甚至没有听见母亲的叫喊声以及上楼的脚步声。当他的母亲摸到他的时候，他还在哭泣，而且把头用劲地埋进床单里。他甚至挺直双腿，踢着脚。

"喂，宝贝儿子，"他母亲喊着很久以前的乳名，"怎么了？"

他哭得更响了，尽管他的母亲试图把他的脸转过来对着她。他想让她担心。直到他母亲离开床边，他才转过身看着她。她穿了一件全新的衣服——在春天柔和的日光中，它看上去像是蓝色的丝绸。

"宝贝，怎么了？"

下午的恐惧结束了，但他不能告诉母亲，他不能跟她说他为何害怕，或向她解释因那些根本不存在的事情而产生的恐惧——不过它们曾经存在过。

"你为什么要那样做？"

"第一天这么暖和，我突然决定给自己买一些新衣服。"

但他指的不是衣服；他是在想"那一次"的事，以及自从他看到那些血和恐怖场面后开始的艰难，于是他疑惑她为什么要那样对我。他把那段时间的艰苦归咎于这个世界上他最爱的母亲。在过去那悲惨的几个月里，愤怒与爱相互碰撞，中间还夹带着内疚。

"我买了两条连衣裙和两件衬裙。你觉得怎么样？"

"我讨厌它们！"休愤怒地说，"你的衬裙都露出来了。"

她转了转身子，衬裙看得很明显。"它就应该是能看到的，傻瓜。就是这种款式。"

"我还是不喜欢。"

"我在茶楼吃了一块三明治，喝了两杯可可茶，然后去了门德尔。那里有很多漂亮的东西，我似乎恋恋不舍。我买了这两条裙子，还有，你看，休！这鞋子。"

他的母亲走到窗边，打开灯，为了让他看清楚些。鞋子是平跟的，蓝色的——足尖部分闪着宝石般的亮光。他不知道该怎么评价。"它们更像是晚宴时穿的鞋，而不是你走在大街上穿的。"

"我以前没有穿过彩色的鞋子。我无法抵挡它们的诱惑。"

他的母亲简直是跳着舞步来到了窗户边，新裙子里面的衬裙旋转了起来。休现在已经不哭了，可他还是很愤怒。

"我不喜欢，因为这会让人感觉到你试图让自己显得年轻，而我敢打赌你已经四十岁了。"

他的母亲停下了舞步，一动不动地站在窗边。她的脸顿时平静了下来，甚至有些悲伤。"到六月份我就四十三岁了。"

他让她伤心了，突然间，他的愤怒消失了，剩下的只有爱。"妈妈。我不该那样说你。"

"我在买东西时突然意识到，我已经有一年多没去商店了。简直难以想象！"

休无法忍受那种悲伤的平静，无法抗拒他深爱着的母亲。他无法抗拒对她的爱以及她的美丽。他用袖子擦去眼泪，从床上起来。"我从来没见过你有这么漂亮，也没见过这么漂亮的连衣裙和衬裙。"他在母亲的面前蹲下，摸了摸鲜艳的鞋子。"这鞋子真的很漂亮。"

"我一看见它就觉得你会喜欢。"她把休拉起来，吻了吻他的脸颊。"哦，我把口红弄到你脸上了。"

在擦去脸上的口红的时候，休引用了一句他曾经听说过的妙语。"这只能表明我很讨人喜欢。"

"休，我进来时你为什么在哭？学校里有什么事让你伤心了吗？"

"因为我回家时发现你不在，而且也没有留下纸条什么的——"

"我忘了留纸条了。"

"整个下午我都觉得——约翰·莱尼来了，可是他必须去卖学校合唱团的票。整个下午我都觉得——"

"怎么了？怎么回事？"

但是，他不能把恐惧及其原因告诉他深爱着的妈妈。他最后说："整个下午，我感到——很奇怪。"

后来，父亲回家了，他叫休跟他一起到后院去。他的父亲神色忧虑——似乎发现了一件休遗失在外面的贵重工具。可是没有工具，而且篮球也放回到后走廊上它该在的位置。

266

"儿子，"他的父亲说，"我想跟你说件事。"

"是的，先生？"

"你的母亲说你今天下午哭了，"他的父亲没等他解释，"我只是希望我俩能进一步地相互了解。学校里有什么事——或是有关哪个女孩子的事——或是有什么困扰着你的事？你为什么哭？"

休回想了下午的事，觉得那早已过去了，它似透过望远镜另一端所看见的奇怪的景物般遥远。

"我不知道，"他说，"我想我只是有点紧张。"

他的父亲搂住他的肩膀。"十六岁以前任何人都不能感到紧张。你还有很长的路要走。"

"我知道。"

"我从来没见过你母亲看上去有现在这么好。她是多么地快乐和美丽，比这么多年来的任何时候都好。你意识到了吗？"

"内裙——衬裙就是应该露出来的。这是新样式。"

"很快就到夏天了，"他的父亲说，"我们要去野营——我们三个人。"这番话立即让他想起了金光闪耀的溪流以及枝繁叶茂、充满危险的森林。他的父亲接着说："我把你叫出来是要跟你说说别的事。"

"是的，先生。"

"我想让你知道在那段艰难的时期，你表现得有多么好。多么好啊，真他妈的很好。"

他的父亲说了脏话，仿佛是在跟一个成年人对话。他的父亲是不轻易表扬人的——对成绩单以及乱放工具这样的事他总是非常严格。他父亲从来不表扬他，或者使用一些不适合孩子的词语或其他东西。休觉得自己的脸庞发烫，于是用冰凉的双手去抚摸它。

"我只是想告诉你，儿子，"他摇了摇休的肩膀，"大约一年以后，你就会比你的老父亲还要高了。"他的父亲快速地进屋去了，留下休去品味赞扬的甜蜜与惊喜。

休站在渐渐暗下来的院子里，夕阳已经西下，紫藤花变成了深紫色。厨房的灯已经打开，他看见母亲正在做晚饭。他知道有些事情已经过去了；恐惧已经离他很远了，同样远离他的还有那与爱交织在一起的愤怒、担忧和内疚。虽然他觉得自己再也不会哭泣——或者至少在十六岁前不会——可是安全的明亮的厨房还是在他晶莹明亮的眼泪中闪烁，因为，他不再是个担惊受怕的孩子了，因为他现在满心欢喜，无所畏惧了。

谁曾见过风?

　　整个下午，肯·哈里斯一直面对打字机上的那张空白纸坐着。此时正值冬季，外面大雪纷飞。大雪降低了车流的噪声，因此格林威治村公寓①太过安静，连闹钟的声音都让他心烦。他在卧室里创作，因为摆满了妻子的物件的房间让他镇定，也让他觉得没那么孤独。午饭前喝的酒(抑或称之为醒眼剂?)因为他独自在厨房吃的那罐辣肉酱而功效甚微。四点钟的时候，他把闹钟放到脏衣篮里，然后又坐回到打字机前。纸上还是空无一字，白色的纸张让他一点精神都没有。可曾经(是多久以前?)，身边的一首歌，儿时的声音，以及记忆的轮廓都能够将过往的一切压缩提炼，以至于随意和真实的事物信手拈来，变成一部小说，一个故事——曾几何时，空白的纸张召唤和甄选着记忆，让他自觉是如此地精通艺术。简而言之，那时他是作家，每天都在写作。他非常勤奋，细细斟酌每一个句子，删去不适宜的短语，替换重复的词汇。可此时，他弓着背坐在那里，心里有种莫名的恐惧；他年近四十，白肤金发，深蓝色的眼睛下方有了黑眼圈，嘴唇饱满而苍白。此时，他凝视着纽约的窗外飘落的雪花，心里想的却是孩提时代得克萨斯②炽热的风。紧接着，记忆的阀门突然打开，他边说边在打字机上打出：

> 谁曾见过风？
> 你我都不曾：
> 唯见树木低头
> 方知风儿飘过。

这首童谣在他看来似乎很不吉利，因此当他坐在那里回忆起它的时候，他的手心都汗湿了。他猛地从打字机上把纸拽下来，撕成碎片，任其落入废纸篓里。他觉得一阵轻松，因为六点钟他要去参加一个聚会，很高兴可以离开沉寂的公寓、撕碎了的童谣，然后行走在寒冷但令人宽心的大街上。

地道里的灯光昏暗、极具私密性，刚闻了雪的清新，这里面闻起来格外恶臭。肯注意到有个人在长凳上躺了下来，但他并不像往常那样想知道这个陌生人的经历。他注视着正

---

① 格林威治村是美国纽约市西区的一个地名，住在这里的多半是作家、艺术家等。
② 位于美国南部的一个州，冬季温暖。

驶来的列车摇摇晃晃的车头，往后退了退以便避开发着恶臭的风。他看见列车的门打开又关上——这是他的列车——而后绝望地看着列车发着刺耳的声音走远。在他等待下一趟车时，一阵忧伤令他绝望。

罗杰斯一家在很远的住宅区的顶层复式公寓里，而且晚会早就开始了。晚会现场传来阵阵杂乱的声音，屋里弥漫着杜松子酒和鸡尾酒的味道。他跟埃丝特·罗杰斯站在拥挤的房间门口，说：

"现在，每当我走进拥挤的聚会现场，我都会想起盖尔芒特公爵夫人家最后那次晚会。"

"你说什么？"埃丝特问。

"你还记得普鲁斯特①——就是叙述者'我'——看着所有熟悉的面孔，思考时间的变迁时的情景吧？多么动人的篇章——我每年都会读。"

埃丝特显得很不安。"这里太吵了，你的妻子会来吗？"

肯的脸抽了一下，他接过女佣递过来的马提尼酒。"她下班后会过来。"

"玛丽安工作太辛苦了——有那么多稿件需要阅读。"

"当我身处这种晚会，我的感觉完全一样。然而，还

---

① 马塞尔·普鲁斯特(1871—1922)，二十世纪法国最伟大的小说家之一。后面的"叙述者'我'"指的是他所著的《追忆似水年华》中的叙述者。盖尔芒特公爵夫人是书中人物。

是有很可怕的区别的。似乎格调在降低，在改变。正在流逝的岁月的可怕差异，时间的欺骗性和恐惧，普鲁斯特……"

可是，他的女主人已经走了，留下他独自站在拥挤的房间里。他看着过去十三年在聚会上看到的面孔——是的，他们都老了。埃丝特现在很胖，天鹅绒的连衣裙太紧了——只因耽于玩乐，他想，是被威士忌泡成这样的。还有一个变化——十三年前，当他出版《黑暗的夜晚》的时候，埃丝特对他相当着迷，从来不把他独自留在房间的边缘。在那些日子里，他曾十分受宠。是女财神们的宠儿——女财神等于成功、金钱和青春吗？他看见窗户边有两个年轻的南方作家——那么，在接下来的十年里，他们青春的资本将被女财神洗劫一空。一想到这个，肯很是高兴，他吃了别人递过来的一小片火腿。

接着，他在房间的对面看见了一个他敬仰的人。她就是画家兼布景设计师梅布尔·古德利。金色的短发干练而亮丽，眼镜在灯光下闪闪发光。梅布尔一直喜欢《黑暗的夜晚》，而且，在他获得古根海姆奖的时候还专门为他举办了一场晚会。更重要的是，她觉得他的第二本书比第一本好，尽管批评家们愚蠢透顶。他开始朝梅布尔走去，可是中途却被约翰·霍华德拦了下来，他过去常常在聚会上看到这个编辑。

"嘿，"霍华德说，"你最近在写些什么，不知道我该不该问这个问题？"

肯就讨厌这个问题。有多个答案可选——有时候，他说他即将完成一部长篇小说，有时候他又说自己有意闲下来。不管他怎么回答，答案都不完美。他浑身起鸡皮疙瘩，可是却极力装出一副无所谓的样子。

"我清楚地记得《没有门的房间》当时在文学界引起的轰动——是本不错的书。"

霍华德个子很高，身穿一套粗花呢西装。肯抬着头，惊骇地看着他，坚强地抵抗着这突如其来的攻击。可那双棕色的眼睛却异常真诚，肯辨认不出其中有什么狡诈。痛苦的片刻之后，一个戴着一串紧紧地箍在脖子上的珍珠的女人说："亲爱的，哈里斯先生并没有写过《没有门的房间》。"

"哦。"霍华德疑惑地说道。

肯看着女人的珍珠，真想把她勒死。"这没有任何关系。"

为了弥补过失，霍华德继续说。"不过你是叫肯·哈里斯。你娶了玛丽安·坎贝尔，她是小说编辑，在——"

那个女人立刻说道："肯·哈里斯写了《黑暗的夜晚》——一本很不错的书。"

哈里斯发现珍珠和黑色的裙子让这个女人的脖子看上去很可爱。他的脸色放松了很多，可是她又说："这已经是十年或是十五年前的事了，不是吗？"

"我想起来了，"编辑说，"一本好书。我怎么会把这个都弄错了呢？还要过多久我们能够期待看到你的第二本书呢？"

"我写了第二本，"肯说，"它没有激起多少浪花。它没有成功。"不过他又辩解道："批评者的反应没有往常那么尖锐。"

"太糟糕了，"编辑说，"有时，这算得上是行业的灾难。"

"这本书比《黑暗的夜晚》更好。有些批评者认为书很晦涩。他们也是这么评价乔伊斯的，"他怀着作家对其最新的创作的忠诚补充道，"它比第一本书好多了，而且我感到我刚刚开始进入真正的创作期。"

"精神可嘉，"编辑说，"关键就是要坚持不懈。你现在在写什么——如果可以这么问的话？"

暴力的情绪突然涌上心头。"这不关你的事。"肯的声音不是很大，可是这句话还是被听到了，因此整个酒吧突然间陷入片刻的沉默。"他妈的这不关你的事。"

寂静的房间里传来贝克斯泰因夫人的声音，她是个聋子，此时正坐在角落的椅子里。"你为什么买这么多被子？"

她未婚的女儿，这个一直以来总是陪着她，把她当皇室或是某种神圣的动物来守护，充当她和世界之间的传译者的人坚定地说:"布朗先生说……"

晚会上嘈杂的说话声又响了起来,肯走到饮料台,又拿了一杯马提尼酒,把一块花菜在酱汁中蘸了蘸。他背对着嘈杂的房间喝酒,吃东西。后来,他又拿起第三杯马提尼酒,向梅布尔·古德利走去。他坐到她身边的搁脚凳上,小心地拿着手中的酒,显得有些拘谨。"今天真是太无聊了。"他说。

"你这一天在干什么?"

"一直坐着,屁股都没挪一下。"

"我以前认识的一个作家因为久坐骶骨出了问题。你会有这方面的问题吗?"

"没有,"他说,"你是这个房间里唯一真诚的人。"

当他写不出任何东西的时候,他曾尝试过各种方法。他试过在床上写作,有一次还尝试着换成手写①。他曾想起在软木贴面房间里写作的普鲁斯特,于是有一整个月他都戴着耳塞——可是工作状态并没有好转,橡胶耳塞还引发了真菌疾病。他们搬到了布鲁克林高地,可这也没起作用。当他了解到托马斯·沃尔夫曾把手稿放在冰箱上,然后站着写作时,他甚至也试着这样做。可结果却是,他不停地打开冰箱吃东西……他试过喝醉酒写作——虽然那些观点和意象看来

––––––––––––––––––––
① 即不用打字机写作。

很奇特，可是后来再读的时候却令他非常不满意。他曾经在凌晨写作，脑子非常清醒，却让他觉得自己太可怜。他曾想起梭罗和瓦尔登湖。于是他也曾梦想做一些体力活，有一片苹果园。假如他能去沼泽地走一走长路，或许创作的灵感之光就会重现——但是，纽约哪来的沼泽地呀？

他用那些自觉失败但死后却声名大噪的作家来安慰自己。当他二十岁的时候，他曾想象自己三十岁就死去，死后他的名字家喻户晓。二十五岁完成《黑暗的夜晚》时，他梦想自己在三十五岁时死去，是作家中的翘楚，举世闻名，著作等身，临终之时被授予诺贝尔奖。可现在，他年近四十，只写了两本书——一本获得成功，另一本却失败了，尽管他极力辩护——他也就对死没有了梦想。

"我不知道自己为什么还要坚持写作，"他说，"这种生活真让人沮丧。"

他隐隐约约地期待梅布尔，他的朋友，会说什么他是天生的作家，会提醒他不要辜负自己的才能，也许她甚至会提到"天才"这个极具魔力的词，它能把苦难和表面的失败变成庄严的胜利。可是，梅布尔的回答让他郁闷。"我想写作就如同是戏剧表演。一旦你开始写作或表演，它便融入了你的血液。"

他看不起演员——自以为是，矫揉造作，并非长久职业。"我认为表演并非创造性艺术，它是解释性的。而作家

276

必须凿开幻想的岩石——"

　　他发现他的妻子从门厅里进来了。玛丽安身材高挑纤瘦，黑色的头发短而直，她身着纯黑色的裙子，没有任何饰品，完全是办公室人员的装扮。他们十三年前结婚，也就是《黑暗的夜晚》出版的那一年，此后的很长时间里，他因爱而颤抖。多少次，他满怀恋人高涨的好奇心等待着她，而当他最终见到她时，他因甜蜜的幸福而颤抖。那时，他们每天晚上都做爱，而且也经常会在清晨。第一年，她甚至偶尔会在午饭时间从办公室赶回家，然后他们会在大城市的大白天赤身裸体做爱。最后，欲望平静了下来，做爱也不会再让他浑身颤抖。他在写第二本书，而且进展并不顺利。后来，他获得了古根海姆奖，因此他们去了墨西哥，因为此时欧洲正陷于战争中。他的书被他遗弃了，虽然他的身上仍然披着成功的光芒，但他并不满意。他想写作，写作，写作——可是一个月又一个月过去了，他什么都没写。玛丽安说他饮酒过度，因而止步不前，于是他把一杯朗姆酒砸到了她的脸上。之后，他跪在地板上痛哭。这是他第一次身处异国，时间自然十分宝贵，因为这是在国外。他想写正午时蓝色的天空，墨西哥的阴影，山里清新如水的空气。但是日复一日——每天都是宝贵的，因为这里是国外——他一个字也没写。他甚至也没学会西班牙语，因此，当玛丽安跟厨师和其他墨西哥人交谈时，他很生气。（学外语对女人而言更容易，而且她还会说法语。）而且，恰恰因为墨西哥物价低廉，生活反而更加昂贵；他肆意花钱，仿佛这些钱是魔术变出来或是戏里的，因此，古根海姆奖金的支票总是提前花完。但他这是在国外，在墨西哥的日子对他这个作家而言迟早会派上用场。接着，在八个月之后，奇怪的事情发生了：玛丽安乘飞机到了纽约，而事先并没有任何征兆。他不得不中断古根海姆奖的年度项目，去追玛丽安。再接下来，她就不愿跟他住在一起——或者说是一起住在她的公寓里了。她说这如同是跟二十个罗马皇帝住在一起，而她却已经无计可施了。玛丽安在一家时尚杂志找了一个小说助理编辑的工作，然后他就住在连热水都用不起的公寓里——他们的婚姻失败了，他们分居了，尽管他一直试图在她的身边转。古根海姆基金会不再延长他的研究职位，于是他不得不预支他的新书稿酬度日。

　　这期间，有一个早上是他永远忘不了的，尽管根本没有发生什么。那是一个和煦的秋日，摩天大楼的上方是晴天碧空。他去一家咖啡馆吃早饭，正坐在明亮的窗户边。街上行人匆匆，所有人都在去往某地。咖啡馆里有早餐时分的喧闹，充斥着餐盘的哗啦声，众多人员的嘈杂声。人们进来，吃饭，然后离开，每个人似乎对自己的目标都是那么地自信和确定。他们似乎把某个目标当作是理所当然的，而这个目标并非仅仅是工作或者职位上的俗套。虽然大部分人独自用餐，但他们看上去却是彼此的一部分，或者是这个晴朗秋天里的城市的一部分。唯独他看上去是孤立的，是这个有着明确目标的城市拼图中被隔离的没有价值的符号。阳光给他的柠檬酱上了光，他把它抹在一片烤面包上，可是他却没有吃。他的咖啡泛着淡淡的紫色，杯子的边缘有一个淡淡的口红印。这是孤寂忧伤的一个小时，尽管什么事情都没有发生。

此时，多年以后，在鸡尾酒会上，人们的嘈杂声和自信，以及他自己的孤立感让他想起了咖啡馆的那个早餐，而那一个小时因为时间的飞逝而更显孤单。

"玛丽安来了，"梅布尔说，"她看上去很疲惫，比以前更瘦了。"

"如果那该死的古根海姆基金会延长了我的研究身份的话，我本打算带玛丽安去欧洲待一年，"他说，"这个该死的古根海姆奖不再给有创造力的作家了。它只给物理学家——这种人只是在为另一场战争做准备而已。"

战争对肯而言曾是一种安慰。他很高兴放弃了那本进展极其糟糕的书，如释重负地从"幻影石"转向了那些日子的一般性体验——因为，战争无疑是他这一代人的一次伟大的体验。他毕业于军官训练学校，当玛丽安看见他身着军装时，她惊叫起来，爱上了他，然后他们就如胶似漆。在他最后一次休假的时候，他依旧跟结婚后的头几个月一样经常做爱。英国每天都下雨，有一次，他受一个贵族之邀去了他的城堡。在诺曼底登陆日他横渡了海峡，他的部队一直到了施密茨。在一个被炸为废墟的镇上的一个地窖里，他看见一只猫嗅着一具尸体的脸。他很害怕，但这不同于咖啡馆里那种莫名的恐惧，也不同于面对打字机上的白纸时的那种焦虑。总是不断地有一些事情发生——他在一个农民的屋子的烟囱里发现了三块威斯特伐利亚火腿，他还在一次车祸中弄断了一条胳膊。战争是他们这一代的伟大经历，书写它的每一天自然都是有价值的，因为它是战争。可当战争结束了，还有什么可写呢——难道写那只平静的猫和尸体，那个英国的贵族，以及断了的胳膊吗？

在格林威治村公寓里，他重新拾起那本丢弃已久的书。战后的那一年，有一段时间，他有了自己笔下的作家的那种愉悦。那时，儿时的声音，拐角处的一首歌，都可入书。在孤独的写作所带来的奇怪的愉悦中，世界被拼凑在一起。他在写另一个时间，另一个地点。他在书写自己在得克萨斯的那个多风的遍地沙砾的城市，也就是他的家乡，度过的青春岁月。他书写了青春时期的叛逆以及对繁华都市的向往，书写对他未曾踏足的地方的思念。当他写《一个夏季的傍晚》的时候，他住在纽约的公寓里，可他的心却在得克萨斯，这种距离不仅仅是空间上的：是令人悲伤的中年和青年之间的距离。因此，当他在写书的时候，他被两个现实割裂——纽约的日常生活和记忆中得克萨斯的青春岁月。当书出版而评论界反应平淡或不友好的时候，他想他是接受的，直到这种孤寂一日连着一日，进而引发了他的恐惧。这些日子，他做了不少奇怪的事。有一次，他把自己锁在浴室里，手里拿着一瓶消毒液，他什么也不干，只是拿着消毒液站在那里，全身颤抖，非常恐惧。他站了足足有半个小时，然后慢慢地很认真地把消毒水倒到抽水马桶里。之后，他便躺在床上哭，一直哭到接近傍晚，然后就睡着了。还有一次，他坐在敞开的窗户边，让十几张空白纸从六楼飘到街上。他把纸一张一张地往下扔，风吹着纸，看着这些纸随风飘走，他感到一阵莫名的欣喜。不是这些怪异行为的毫无意义，而是伴随着它们产生的极度紧张，让肯觉得自己有病。

玛丽安建议他去看精神病医生，可他说精神病治疗已变成了前卫的自我玩弄。然后，他自己大笑起来，可玛丽安没有笑，因此他孤独的笑声最后变成了令他发抖的恐惧。最后，玛丽安去看了精神病医生，肯却嫉恨他们两个人——嫉恨医生，是因为他成了这桩不幸婚姻的仲裁者，嫉恨玛丽安，是因为她更平静，而他自己却精神更加错乱。那一年，他写了一些电视剧本，挣了几千美元，给玛丽安买了一件豹纹外套。

"你还在写电视剧本吗？"梅布尔问。

"不，"他说，"我正在努力地开始写下一本书。你是我认识的唯一真心诚意的人。我可以跟你谈谈……"

酒过三巡，外加友谊带来的安全感（毕竟，梅布尔是他最喜欢的人之一），他开始谈起很长时间以来试图开始写的那本书："最重要的主题是自我背叛，中心人物是一个名叫温克尔的小镇律师。背景是得克萨斯州——我的家乡——大多数事件的场景在镇法院的肮脏的办公室。书的开头，温克尔面临着这样一种局面……"肯慷慨激昂地展开整个故事，讲述各种各样的人物以及他们的用意。玛丽安走过来时，他还在说，他示意她不要打断他，他一面滔滔不绝地说，一面直直地盯着梅布尔眼镜后面蓝色的眼睛。可突然间，他有种可怕的似曾相识的感觉。他觉得自己曾经跟梅布尔讲过这本书——同一地点，同一情境。连窗帘飘动的样子都一样。只是，梅布尔眼睛背后那蓝色的眼睛闪着泪光，因此他很高兴，她竟然被深深地打动了。"因此，温克尔最后不得不离婚——"他很得意，"我有一种奇怪的感觉，我以前跟你讲过这个……"

梅布尔等了片刻，他也保持着沉默。"你说过，肯，"她终于说，"大概是在六七年前，而且是在一个跟这差不多的晚会上。"

他受不了她眼中的怜悯，或者说是他自己身体里跳动的耻辱。他喝着酒，摇摇晃晃、跌跌撞撞地走了。

　　刚摆脱房间里的喧闹，小小的阳台上分外安静。只是，这里有风，它增添了一些荒凉和孤独。为了缓解耻辱，肯大声地说着不合逻辑的话："为什么，到底——"然后他有些痛苦地笑了笑。可是他的耻辱依旧在燃烧，他把冰凉的手放到滚烫的跳动的额头。雪已经不下了，可是风在雪白的阳台上掀起一阵小雪。阳台大概是六步左右的长度，肯慢慢地走着，注视着他那双窄小的鞋子留下的浅浅的脚印。为什么他会如此紧张地看着脚印呢？热闹的房间里的灯光在阳台上投下一块淡黄色的长方形的阴影，他为什么独自站在这里呢？这些脚印又是怎么回事呢？阳台的尽头有一小段齐腰高的围栏。他靠在围栏上，发现它很不牢固，或者说他觉得自己原本就知道它会很不牢固，却依然斜靠在上面。这套公寓在十五楼，城市的灯光就在他的眼前。他想，只要他推一下这不牢固的围栏，他就会掉下去，可他依旧平静地靠在松垮的围栏上面，精神上感到莫名的安全和满足。

　　当阳台上传来一个人的声音时，他感到受到了不可饶恕的打扰。此人正是玛丽安，她轻声叫道："啊，啊！"过了一会儿，她又说："肯，过来。你在这里做什么？"肯直起身来。站稳了之后，他轻推了一下围栏。它没有断。"这段围栏烂掉了——也许是下雪的缘故。我在想到底有多少人曾在这里自杀。"

"有多少？"

"肯定有。因为很方便。"

"回来吧。"

小心翼翼地，他循着原来的脚印往回走。"雪肯定有一英寸厚。"他弯下腰，用中指试了试。"不，两英寸。"

"我很冷。"玛丽安用手拽着他的外套，打开门，把他带进晚会的房间。房间里较之前安静，人们陆陆续续回家了。从黑暗的外面进来，在明亮的灯光下，肯看出了玛丽安的疲倦。她那黑色的眼睛里带着责备和恼怒，因此肯不敢直视它们。

"亲爱的，是鼻窦炎又犯了吗？"

她用食指轻轻地摸着额头和鼻梁。"是此刻的处境让我心烦。"

"处境！我吗？"

"我们拿上东西走吧。"

可是他受不了玛丽安的眼神，他讨厌玛丽安暗指他喝醉了。"我稍后要到吉姆·约翰逊家去参加聚会。"

大家找到各自的外套，闹哄哄地道别之后，一行人乘坐电梯下楼，站到路边叫出租车。他们讨论着各自下车的地址，玛丽安、那个编辑以及肯一起坐第一辆去往市中心的出租车。肯的羞耻感已经平复了一点，因此在出租车上他又谈起了梅布尔。

"梅布尔真是太不幸了。"他说。

"你指什么？"玛丽安问。

"所有事情。她衣服的接缝都被撑开了。全部都要裂了，真是可怜的人啊。"

玛丽安，因为不喜欢这个话题，对霍华德说："我们从公园里穿过去好吗？下雪的时候里面很不错，而且也更快些。"

"我要到第五和第十四街的交叉口。"霍华德说。他接着对司机说："请从公园中间穿过去。"

"梅布尔的麻烦就在于她曾经红极一时。十年前，她曾是一个诚实的画家和布景设计师。她可能是想象力衰退或者是饮酒过度。她已经失去了诚实的本性，而且重复地做着同样的事情——一遍又一遍地重复。"

"胡说，"玛丽安说，"她一年比一年好，而且还赚了很多钱。"

车子正穿越公园，肯看着冬天的风景。公园里的树木上堆积了厚厚的雪，有时候，风吹过树枝，积雪便滑落下来，然而树枝并没有低头。坐在出租车上的肯开始背诵那首关于风的旧童谣，可是，诗句再一次给他带来了不祥的回忆，他的手心又被汗湿了。

"我有好多年都不曾想起这首优美好听的诗了。"约翰·霍华德说。

"优美好听？它跟陀思妥耶夫斯基的作品一样令人撕肝裂肺。"

"我记得在幼儿园的时候我们经常吟唱。如果有哪个孩子过生日，小椅子上还会挂上蓝色或者粉色的彩带，然后我们就唱《祝你生日快乐》。"

约翰·霍华德躬身坐在玛丽安的身边。很难想象这个高大笨拙、穿着橡胶套鞋的编辑多年前在幼儿园唱歌时的样子。

肯问："你是哪里人？"

"卡拉马祖。"霍华德答道。

"我一直不清楚，是真的有这样的一个地方呢还是——只是一个比喻。"

"一直被用作比喻，可的确有这么一个地方，"霍华德说，"我十岁时全家搬到了底特律。"

肯再次觉得陌生，他认为的确会有一部分人对儿时的记忆不多，因此提及幼儿园的椅子或者是搬家之类的事情总不免觉得生疏。他突然构思了一个描写这种人的故事——他要把它命名为《穿粗呢西装的男人》——他坐在那里沉思，整个故事在他的脑海里展开，其间偶尔还会闪现过去的那种欣喜，这种情况现在已是不多见了。

"天气预报说今晚气温会降到零度。"玛丽安说。

"你可以在这里让我下车。"霍华德对司机说，他打开钱包，递了一些钱给玛丽安。"谢谢你让我跟你一起坐这辆车。这是我的那部分车钱，"他微笑着说，"能再次见到你真的是太好了。改天我们一起吃午饭，如果你的丈夫愿意的话你可以带上他。"他吃力地下了车，对着肯叫道："我期待你的下一本书，哈里斯。"

"白痴，"出租车重新启动后他说，"我先送你回家，然后去吉姆·约翰逊家待会儿。"

"他是什么人——你为什么非去那里不可？"

"他是我认识的一个画家，盛情难却嘛。"

"你现在交往的人太多了。你先围着一批人转悠。然后又换另一批。"

他知道她观察得没错，可他控制不住自己。过去几年，他一直是只跟某一群人联系——有很长一段时间，他跟玛丽安各自有不同的朋友圈——直到他会喝得大醉，然后出尽洋相，这样一来身边的人都对他不满，于是他就很恼火，觉得自己是多余的人。那么，他就换一圈人交往——每次换的那群人较之前的更不稳定，聚会的公寓更破旧，酒水也更廉价。现在，只要被邀请，他都很乐意去，他会去陌生人的地方，或许那里的某个声音可以给他点拨，那里的一捆捆廉价的酒可以抚慰他紧张的情绪。

"肯，为什么不寻求帮助呢？我不能再这么继续下去了。"

"为什么，出什么事了？"

"你知道什么事。"她说。他能够感觉到，她坐在车上的时候一直非常紧张和僵硬。"你真的要去参加另一场聚会吗？难道你不明白这会毁了你自己吗？你刚才为什么要斜靠在那个围栏上？你没有意识到你——你病了吗？回家吧。"

这些话让他不安，可想到今晚跟玛丽安回家的样子，他更无法承受。他有一种预感，如果他们俩单独待在公寓里，可能会发生可怕的事，心中的不安向他警告了这种尚不明确的灾难。

过去，鸡尾酒会后，他们会很高兴一起回家，一边安静地喝着酒，一边谈论着刚结束的聚会，吃空冰箱里的食物，然后上床睡觉，不受外部世界的干扰。然而，有一天晚上参加完聚会后，却出事了——他一时糊涂，说了不该说的话，或做了不该做的事，具体是什么他记不得了，也不想记住；之后，他发现了被砸碎的打字机，断断续续地回忆起一些他不想面对的片段，想起了她那充满恐惧的泪汪汪的眼睛。玛丽安戒了酒，并劝他参加嗜酒者互戒协会。他跟着她去了集合地，甚至还跟她一起在那辆货车上待了五天——直到被记忆忽略的那个可怕的夜晚变得遥远。后来，他不得不独自喝酒，他憎恨玛丽安的牛奶以及她那不朽的咖啡，而她则憎恨他喝酒。面对这种紧张的局面，他认为他的精神病医生负有责任，他甚至怀疑玛丽安受了精神病医生的蛊惑。总之，现在晚上已没有了任何兴致，气氛也很尴尬。此时此刻，他能感觉出她直直地坐在出租车上，他想像过去结束晚会回家的时候一样吻她。可是他怀抱里的身体却是僵硬的。

"亲爱的，让我们像过去一样。我们回家，安静地小酌几杯，好好聊聊。你过去就喜欢这样做。你过去喜欢安静地喝上几杯，就我们俩。跟我舒舒服服地喝几杯，就像过去一样。如果你不去，我也不去另一个聚会。求求你了，亲爱的。你根本就不是一个嗜酒的人。你不喝酒的话反倒让我觉得自己是个酒鬼——我感到很不自在。你绝不是一个酒鬼，我两都不是。"

"我可以为你做一碗汤，这样你就可以安然睡觉了。"可是她的声音是那么绝望，而且，在肯看来，甚至有些自命不凡。接着她又说："为了保住我们的婚姻，为了帮助你，我付出了这么大的努力。可我仿佛是在流沙中挣扎。喝酒会引起很多问题，我真的是太累了。"

"我就在聚会上待一会儿——你跟我一起去吧。"

"我不可能再去了。"

出租车停下来，玛丽安付了车钱。下车时她问："你有钱支付接下来的路费吧？——如果你坚持要去的话。"

"当然了。"

吉姆·约翰逊的公寓远在西区的波多黎各人居住区。敞开的垃圾桶很显眼地摆在路边，大风把一些纸刮落在覆盖着雪的人行道上。出租车停下来的时候，肯依旧神情恍惚，司机不得不叫他。他看了看计价器，打开皮夹——他连一张一美元的纸币都没有，他只有五十美分，可这并不够车钱。"我没有钱了，只有这五十美分，"肯把钱递给司机，说，"怎么办呢？"

司机看着他。"没事，下车吧。还能怎么办呢。"

肯下了车。"差你十五美分，也没有钱给小费——抱歉——"

"你刚才应该从那个女士那里拿一些钱的。"

聚会在一栋没有电梯的房子的顶层一套没有供暖设备的公寓里，每一层的楼梯平台上都传出不同的饭菜的味道。房间拥挤、寒冷，炉子上喷出蓝色的火焰，它开着用于取暖。除了一张折叠长沙发外，屋里没有什么家具，因此大多数的客人都坐在地板上。靠墙边支了许多油画布，在其中的一个画架上有一幅画，画的是一个紫色的垃圾场和两个绿色的太阳。肯在地板上坐下来，紧挨着一个穿着棕色皮夹克的脸庞发红的年轻人。

"坐在画家的画室里总是让人感到安慰。画家没有作家的那些问题。谁听说过画家会卡住？他们总有事可做——准备一下画布、画笔等等。面对一张白纸——画家就不会像许多作家那样精神焦虑。"

"我不知道，"年轻人说，"凡·高不是把自己的耳朵都割掉了吗？"

"不管怎样，颜料的气味和颜色以及一些动作都能让人感到安慰。而空白纸和寂静的房间则不能。画家在作画的时候可以吹口哨，甚至跟别人交谈。"

"我知道曾经有一个画家杀了自己的妻子。"

有人给肯拿来朗姆潘趣酒和雪莉酒，他选了雪莉酒，它闻起来有种金属的味道，好像硬币在里面浸泡过似的。

"你是画家？"

"不，"年轻人说，"作家——也就是说，我写东西。"

"你叫什么？"

"我的名字对你没有什么意义。我还没有出版过自己的书。"停了片刻后他接着说："我在《更强音符》上发过一个短篇小说——这是一本不知名的小杂志——或许你听说过。"

"你写了多长时间了？"

"八到十年吧。当然，我必须出去打一些零工，够我吃饭和交房租。"

"那你做些什么工作呢？"

"各种工作。我曾经在停尸房工作了一年。报酬很高，而且每天有四五个小时可以做自己的事。可一年以后，我开始觉得这个工作对我的事业没有帮助。尸体太多了——因此，我换了一个在康尼岛上煎热狗的工作。现在，我在一个非常小的旅店做夜班服务员。我整个下午都可以在家里写作，我也可以在夜里思考一下我的书——另外，那里可以遇到许多趣人趣事。你知道，这些可以变成将来的书。"

"你凭什么觉得自己是作家呢？"

年轻人脸上的热情退去了，当他用手指按了按自己发红的脸颊的时候，上面留下一些白色的印子。"因为我自己知道。我一直非常努力，而且我相信自己的才能。"暂停了片刻他接着说："十年后才在一本小杂志上发表一个短篇小说并不是一个良好的开端。不过，想象一下，几乎每一个作家都曾有过挣扎——即使是伟大的天才。我有时间，有决心——当小说最终问世的时候，全世界都会认可这种才能。"

这个年轻人毫不掩饰的认真劲儿让肯十分不愉快，因为他从中感受到了他自己失去已久的某种东西。"才能，"他愤愤地说道，"只写了一个小小的故事的才能——这是上帝所能给你的最危险的东西。你会一直写下去，不停地写，心怀希望，坚信不疑，直到你的青春被荒废——这种事情我见得太多了。一点点小才是上帝最大的诅咒。"

"可是，你怎么知道我只有一点点小才呢——你怎么知道它不是大才？你不知道——你没有看过我写的一个字！"他气愤地说。

"我并不是具体地说你。我只是抽象地谈谈而已。"

房间里的煤气味很浓——烟雾停留在靠近低矮的天花板的通风层附近。地板很冷，肯伸手从边上拿了一个枕头，坐在上面。"你写什么样的事情呢？"

"我最近的一本书是关于一个名叫布朗的人——我希望给他起一个普通的名字，用以象征普通人类。他爱他的妻子，却不得不杀了她，因为——"

"不要再说了。作家决不能提前把自己的作品说出去。另外，我曾经听过这个。"

"怎么可能？我从来没有跟你说过，从来没有把整个故事说完——"

"最终的结局都一样，"肯说，"我听过这个故事，七年前——八年前，就在这同一间屋子里。"

红扑扑的脸突然变得苍白。"哈里斯先生，虽然你出版了两本书，但我认为你是个卑鄙小人。"他抬高了嗓门，"你不要捉弄我。"

年轻人站起来，拉上皮夹克的拉链，闷闷不乐地站到房间的一个角落里去了。

过了一会儿，肯开始怀疑自己为什么要到这里来。除了男主人，晚会上的人他一个都不认识，而且，那幅垃圾场和两个绿太阳的画让他很不开心。在这个挤满了陌生人的房间里，没有一个声音能给他任何指导，而且，雪莉酒在他干燥的嘴里太过刺激了。没有跟任何人道别，肯就离开房间下楼了。

他想起身上没有钱了，因此他必须走路回家。雪还在下，街角传来风的呼啸声，气温接近零度。他的家还在几个街区以外，此时，在一个熟悉的角落他发现了一家杂货店，他突然想到里面喝一杯热咖啡。如果能喝上一杯真正的热咖啡，把手捂在杯子上，他的大脑将会清醒一些，那他就有足够的力气赶回家，面对妻子以及回家后将发生的事情。此时，乍一看很平常，甚至很自然的事情发生了。空荡荡的大街上，一个戴着卷边毛呢礼帽的人正要从他身边经过，当他俩靠得很近的时候，肯说："你好，现在差不多是零度了，不是吗？"

那个人犹豫了片刻。

"等等，"他继续说道，"我现在的情况有点麻烦。我把钱给弄丢了——你不要管是怎么丢的——我只想，你能不能给我点零钱买杯咖啡。"

话一说出口，肯突然意识到这件事一点都不平常，他和那个陌生人相互交换了耻辱和不信任的眼神，这是乞讨者和被乞讨者之间所拥有的。肯两手插在口袋里——他把手套丢在什么地方了——陌生人最后看了他一眼，匆匆离开了。

"等等，"肯叫道，"你以为我是抢劫犯——我不是！我是作家——我不是罪犯。"

陌生人匆匆地走到了街对面，走动的时候，他的公文包不停地拍打着他的膝盖。肯午夜过后才到家。

玛丽安已经上床了，床头桌上放着一杯牛奶。他给自己调了一杯威士忌苏打水，带进卧室，尽管这些天他通常是偷偷地快速地喝一大口酒。

"你把钟放哪儿了？"

"在脏衣篮里。"

他找出闹钟，把它放到牛奶的边上。玛丽安用奇怪的眼神瞪着他。

"聚会怎么样？"

"糟糕透顶。"稍作停顿，他接着说，"这个城市真是一个凄凉的地方。虽然有各种聚会，各色人——还有多疑的陌生人。"

"你可是一直喜欢聚会的人。"

"不，我不喜欢。我不会再喜欢了。"他坐在玛丽安边上的那张单人床上，突然间他的眼里充满了泪水。"亲爱的，苹果农场怎么样了？"

"苹果农场？"

"我们的苹果农场——你不记得了吗？"

"那是多少年前的事了，这些年发生了太多事。"

虽然那个梦想早已被忘记，可是它现在却又重新有了生机。他能看见春雨中绽放的鲜花和灰色的农舍。他在黎明时分挤牛奶，然后打理蔬菜园，园子里长满了卷曲的莴苣、落满灰尘的夏季玉米、茄子以及紫甘蓝，它们在晨露中闪闪发亮。乡间的早餐将是薄煎饼和自家养殖的猪做的香肠。晨间的杂活和早餐结束之后，他可以有四个小时的时间来写小说，然后到了下午，他可能会修一修篱笆，劈一劈柴。他可以看到果园里四季的景色——一口气写完整个短篇小说的大雪封园的冬日；温暖适宜、芳香怡人、阳光灿烂的五月天；夏季里钓自养鲑鱼的绿色池塘；蓝色的十月天及苹果。现实没有给这个梦想带来任何瑕疵，它是那么地逼真和具体。

"夜晚，"他看着摇曳的火光和农舍的墙上此起彼落的影子说，"我们认真研究着莎士比亚，把《圣经》从头到尾通读一遍。"

有那么一会儿，玛丽安也沉浸在梦境中。"那是我们结婚第一年的生活，"她带着受伤和惊异的口吻说，"建起苹果农场后，我们就打算要个孩子。"

"我记得。"他含含糊糊地说，尽管这恰恰是他已经忘记的部分。他看见一个身穿牛仔裤的六岁左右的小男孩模糊的身影……接着，孩子消失了，他清楚地看见自己骑在马上——或者说是骡上，把一本刚刚完成的伟大的小说手稿送至最近的村庄去邮寄给出版商。

"我们可以生活下去——而且还活得很好。我什么活都干——体力活是现在最有价值的事——养殖各种吃的东西。我们可以自己养猪，养牛，养鸡。"暂停了片刻，他接着说："甚至不用花钱买酒。我可以做苹果汁，酿苹果白兰地。这是非常简单的事。"

"我累了。"玛丽安用手指轻触额头说。

"再也没有纽约的这些聚会，晚上我们可以通读《圣经》。我还没有把《圣经》从头到尾全部读完，你呢？"

"没有，"玛丽安说，"可是，并非一定要有一个苹果农场才可以读《圣经》。"

"也许，可我非得要有苹果农场才可以读《圣经》，才可以写好作品。"

"哎，拉倒吧①。"这个法语短语让他很恼火；因为在他们结婚前的那一年，她在中学里教授法语，有时候，当她怨恨他或对他失望的时候，她常常使用他听不懂的法语短语。

他感到他们之间的关系日趋紧张，他想打破这种紧张的局面。他坐在床上，弓着背，一副可怜兮兮的样子，眼睛盯着卧室墙上的图片。"你瞧，我的观点发生了奇怪的变化。年轻的时候，我确信自己会成为了不起的作家。可多年过去了——我不得不安于不起眼的小作家的境遇。你感觉到这种垂死的落魄了吗？"

---

① 原文为法语 tant pis。

"没有，我已筋疲力尽了，"过了一会她说，"过去这一年，我也一直在想《圣经》的事。圣训第一条是：不可信耶和华以外的神！可你和那些跟你一样的人却创造了另一个神——幻想。你置其他责任于不顾——家庭、收入，甚至是自尊。你排斥任何可能妨碍你那个怪神的东西。跟它相比，金牛犊①都不值一提。"

"不得不安于一个不知名的小作家的境况之后，我进一步降低志向。我给电视节目写剧本，极力做一个高效的廉价雇佣文人。就连这个，我都没法一直干下去。你能理解这种恐惧心理吗？我甚至变得心胸狭窄，嫉贤妒能——以前我绝不是这样的。心情愉快的时候，我可是个很好的人。最后，唯一可做的可能就是放弃写作，找一个写广告文案的工作。你明白这有多可怕吗？"

"我经常想，这也许是个好出路。什么都行，亲爱的，只要能让你重拾自尊。"

"对，"他说，"不过，我宁愿去停尸房工作或去煎热狗。"

她的眼神有些不安。"很晚了。睡觉吧。"

"在苹果农场里，我会努力劳作——体力劳动和写作。生活也会很宁静——安稳。我们为什么不可以这样，亲爱的

---

① golden calf, 摩西在西奈山时以色列人崇拜的偶像，比喻崇拜并贪婪地追求的财富。见《圣经·旧约·出埃及记》。

宝贝？"

她正在修剪手上的倒刺，看都没看他一眼。

"也许，我可以从你的罗斯姨妈那里借钱——严格按照合法的银行操作模式。把农场和庄稼拿去做抵押。我也可以把第一本书献给她。"

"借钱——决不能从罗斯姨妈那里借！"玛丽安把剪刀放到床头桌上。"我要睡觉了。"

"你为什么就不相信我——不相信苹果农场呢？为什么你不想要它？它会非常宁静——可靠。就我们俩住在那里，远远地——你为什么不想这样？"

她睁大黑色的大眼睛，他从中看到了他只见过一次的表情。"因为，"她故意说，"我不愿意单独跟你住在那个遥远的奇怪的苹果农场里——没有医生、朋友和用人。"她的担忧不断加剧，很快就变成了惊骇，眼睛里充满了恐惧，双手抓着床单。

肯的话音中带着惊异。"宝贝，不要怕我！喂，我不会动你一根毫毛。我甚至都不希望风儿惊到你——我不可能伤害——"

玛丽安把枕头放好，转过身去，躺下了。"行了。晚安。"

有那么一会儿，他茫然地坐在那里，然后在玛丽安床边的地板上跪下来，一只手轻轻地放到她的臀部。这一摸触动了他本来平静的欲望。"来吧！我把衣服脱了。我们享受欢愉吧。"他等着，可是她既不动也不回答。

"来吧，亲爱的宝贝。"

"不。"她说。可是他的爱意渐浓，没有听见她的话——他的手在颤抖，指甲在白色的毯子上显得格外脏。"不要再做这个了，"她说，"永远不要。"

"求求你，我的爱。之后我们可以安安静静地睡觉。亲爱的，亲爱的，你是我的全部。你对我的生命而言贵如黄金。"

玛丽安把他的手推开，猛地坐起来，一道怒火取代了之前的恐惧，太阳穴处青筋暴出。"生命的金子——"她本来打算讽刺一番，可是并没有如愿，"也对——我就是你的面包和黄油。"

他渐渐地理解了这些话里的侮辱，突然间，怒火蹿上心头："我——我——"

"你以为只有你感到很失望。我嫁给了一个我认为会变得很伟大的作家。我心甘情愿地供着你——我以为这些付出都是值得的。因此，我出去工作，而你可以坐在这里——一再降低你的志向。上帝啊，我们这是怎么了？"

"我——我——"怒火让他说不出话。

"也许，你可以尽早得到帮助。如果问题刚出现的时候你就早早地去看医生的话。你我早就知道，你——病了。"

他再一次看到了他曾见过的那种眼神——这是记忆里缺失的那段时间里他记得的唯一的表情——目光恐惧的黑色的眼睛以及青筋暴出的太阳穴。他以同样的眼神回应、对抗，因此两人的目光久久地对视，恐惧的火焰在熊熊燃烧。

肯再也无法忍受了，他拿起床头桌上的剪刀，举过头顶，两眼紧盯着她太阳穴上的青筋。"病了！"他终于开口，"你是说——疯了。我要教训教训你，让你知道我疯了的话有多可怕。我要教训教训你，看你还敢不敢说什么面包和黄油。你再说我疯了，别怪我不客气。"

玛丽安的眼里露出惊慌，她无力地试着动了动，太阳穴的青筋蠕动着。"不要动。"之后，他用力张开手，剪刀掉在了铺着地毯的地板上。"对不起，"他说，"原谅我吧。"他用茫然的眼神环顾房间，他看见了打字机，快速地朝着它走去。

"我把打字机拿到客厅去。我还没有完成今天的任务——这种事情自我约束很重要。"

他坐在客厅的打字机前，不停地在 X 键和 R 键之间切换，只为了让打字机发出声音。打了几行之后，他停住了，用落寞的声音说道："这个故事终于有点模样了。"然后，他开始写起来。懒惰的棕色狐狸向狡猾的狗扑去。他把这句话写了很多遍，然后靠在椅背上。

"我最亲爱的，"他急促地说道，"你知道我有多爱你。

你是我心里唯一的女人。你是我的生命。你难道不明白吗，我最亲爱的？"

没有她的回应，整个房子寂静无声，只有散热管发出的隆隆声。

"宽恕我吧，"他说，"我非常后悔拿起那把剪子。你知道，我都不会用劲地拧你。跟我说你原谅我了。求求你，求你告诉我。"

仍然没有回应。

"我要做个好丈夫。我甚至愿意去广告公司找个工作。我要当周末诗人——只在周末和假期写作。我会的，亲爱的，我会的！"他绝望地说，"尽管我宁愿在停尸房煎热狗。"

是雪让这套房子显得这么安静的吗？他甚至能听见自己的心跳声，于是他写道：

> 我为什么这么恐惧
>
> 我为什么这么恐惧
>
> 我为什么这么恐惧？？？

他起身，到厨房里打开冰箱。"亲爱的，我给你做些好吃的。角落里的碟子里那黑乎乎的东西是什么？哦，是上个星期天晚饭剩下的肝——你很喜欢鸡肝，或者，你想喝点滚烫的汤吧？你要哪个，亲爱的？"

没有声音。

"我确定你晚饭一口都没吃。你肯定是太累了——乱糟糟的聚会，喝了那么多酒，走了那么多路——没真正地吃上一口。我必须照顾你。我们可以吃东西，然后就舒服了。"

他一动不动地站着，听着，然后蹑手蹑脚地走到卧室，手里拿着裹着油脂的鸡肝。房间和浴室都空的。他小心翼翼地把鸡肝放在白色的台布上。然后，他站在门口，抬起脚准备走路，可脚却在空中停留了片刻。之后，他打开衣柜，甚至打开了厨房里的杂物柜，看了家具的背后和桌子底下。玛丽安根本就不在。终于，他发现那件豹皮大衣和她的钱包不见了。他气喘吁吁地坐下来，拨通了电话。

"嗨，医生。我是肯·哈里斯。我的妻子不见了。刚才趁我在打字机前写作时出走了。她在你那里吗？她打电话给你了吗？"他在便条簿上画着正方形和波浪线。"哎，是的，我们吵架了！我还拿起了剪子——不，我没碰她！我没有动她一根手指。不，她没受伤——你怎么会这么想？"肯听着对方。"我只是想告诉你一下。我知道你给她灌了迷魂汤——让她失去理性，跟我作对。如果我和妻子之间出了问题，我会杀了你。我会直奔你在派克大街的办公室把你杀死。"

独自在空荡荡的寂静无声的房间里，他感到难以确定的恐惧，这种恐惧让他想起鬼魂出没的幼儿时期。他穿着鞋子坐在床上，双臂抱着膝盖。他想到了一句诗。"我的爱，我的爱，我的爱，你为什么撇下我一人？"他啜泣着，咬着裤子下面的膝盖。

过了一会儿，他给每一个他认为她可能去的地方打了电话，指责朋友插手他们的婚姻或者藏匿了玛丽安……当电话打到梅布尔·古德利那里的时候，他已经忘掉晚上早些时候的事了，说他想过去见见她。当她说已经是凌晨三点，她早上还要起早的时候，他问她如果不是为了这种时间里发生的事情，那还需要朋友做什么。接着他指责她把玛丽安藏起来，指责她干涉他们的婚姻，并跟那个邪恶的精神病医生合起伙来……

夜幕退尽时，雪停了。黎明前，天空呈淡淡的蓝灰色，这一天将是晴朗而寒冷的。太阳升起的时候，肯穿上外套下楼。这个时间街上没有人。阳光给清新的雪投下斑驳的金色，阴影处是冷冷的薰衣草色。他的感官捕捉着清晨那凝固的光辉，心想他早就应该写下这样的一天——这正是他一直有意要写的。弯腰驼背，满脸憔悴，目光明亮而迷惘，肯拖着沉重的脚步朝地铁缓缓走去。他想到了列车的轮子和裹着沙砾的风，还有那呼啸声。他想知道，死亡的最后瞬间大脑里是不是真的会闪现出过去所有事物的图像——苹果树，爱人，以及已故的人的声音——全都融合在一起，在垂死的大脑里清晰可见。他走得非常缓慢，眼睛盯着自己孤独的脚步和面前的茫茫白雪。

一个骑警正准备从他的身边经过。马的呼吸在静止而寒冷的空气中十分明显，他紫红色的眼睛清澈明亮。

"喂，警官。我要报告一件事。我的妻子拿剪刀对着我——对着我的静脉。然后，她就离开了公寓。我的妻子病得很重——疯掉了。在可怕的事件发生之前，她必须得到帮助。她晚饭一口都没吃——就连那小小的鸡肝都没吃。"

肯笨重地吃力地往前走，警官则看着他渐渐走远。肯的目的地就像那看不见的风一样不受控制，他只想着自己的脚步和面前没有任何痕迹的路。

游行示威

游行示威由希尔顿锡安教堂被炸事件引起，可是爆炸本身又是因为事先镇上的一些动荡；教堂成为爆炸目标，只因一些教士，既有白人又有黑人，在那里聚集讨论镇子的贫困和落后。民权，自然而然是焦点问题。希尔顿这个镇子有着一些比国会法律更强大的法律——即，南方的白人和黑人，不能以任何理由公开见面。希尔顿会自己解决问题，这已经是一百多年的老规矩了。

一个周三上午的某个时候，教堂里就被安放了定时炸弹。下午两点，正值一场婚礼的排练期间，它爆炸了。准新郎被炸死了；殷红的血从他的身体里喷射出来。牧师受了轻伤。新娘没有外伤，但爆炸的巨响以及目睹未婚夫就这样死在自己的面前让她昏厥了。起初，大家认为她也死了。当她被送到医院以后，她足足有十二个小时说不出话，可后来她平安无事了——或者说像任何经历过这种事的人那样没事了。

虽然这是黑人的教堂，镇上却是一片哗然。报纸和电视台的摄影师及记者突然出现，尽管他们当中没有人曾经听说过希尔顿这个镇子。教会的长者和其他负责任的民间领袖，既有黑人也有白人，决定举行抗议游行，从希尔顿出发，一路前往亚特兰大的州议会大厦，那可是在一百英里以外。

那个夏天，止水村——希尔顿两英里以外的一个村——的吉姆·格雷一直在考虑很多关于游行、静坐、禁闭式抗议的事情，他只是在等待时机参与任何民权示威活动。他在十一点的电视新闻节目上看到了被炸毁的教堂，于是决定不再等待。据宣布，游行将在第二天早上开始。因此，那天早上，住在止水村这个南方小镇上的这家人早早就匆匆忙忙地吃了饭，因为詹姆斯·格雷，这个家里十七岁的儿子，要去参加游行示威。这个生活优裕的白人家庭正处于对民权的困惑、纷争和苛责的阶段，而这种困惑和动乱的中心人物詹姆斯正打算去往一个未知的世界。这些词语——"黑人的平等权利""选民登记""废止种族歧视"，甚至是"黑白异族通婚"这样一个丑陋的词汇——所产生的混乱，由于这个时刻的到来而平息了。

格雷家住的是一栋舒适的维多利亚风格的房子，他们拥有这个房子已经近百年。临行前是一番叮嘱和反驳。詹姆斯就不能顺便拜访一下住在温顿的老姑姑吗，尤其是那里还紧邻着亚特兰大呢？她那么地疼他，而且她跟人说了，他是她唯一的继承人。

"不，"詹姆斯坚定地说，"不拜访任何亲戚。"他自豪地加了一句："我是以一个团体成员的身份在行事。"

他的父亲说："一般说来，我是不信什么民权的，你是知道的，吉姆。但是这次暴行之后……虽然这是黑人的教堂，可这是财产啊，财产是美国的基础。我只是希望所有这样的游行示威中不要出现这样的危险。"

这家的祖父说："纵观整个历史，当人民感到不满时，他们就会走上大街。看看美国独立战争，法国大革命，俄国革命……"

没听他说完，老詹姆斯就拿起儿子的手，紧紧地握住——非常用力。"祝你好运，吉姆。我的小吉米。"

听了这番话，凯思林·格雷感到很欣慰，因为最近几个月父子之间的关系变得非常不愉快。最近，他们一直生硬地称呼对方"詹姆斯"和"父亲"。

"谢谢，爸爸。我会没事的，"他对着大家说，"你们都别担心了。"

祖父，一日三餐通常是在床上吃的，那天早上跟大家一起吃了早餐——尽管他几乎没有碰烤苹果，通常这可是他喜欢吃的。因为疼痛和焦虑，他挺直身体僵硬地坐着，用八十七岁老人那尖细的嗓音说着话。

"可是记住，詹姆斯·格雷——如果游行示威的时候发生了什么事，那将是你父母永远无法摆脱的悲痛。更别说我了。这种游行示威总是很危险的。这一点一定要牢记，吉姆。我只能说这么多了。"

"我知道了，爷爷。"吉姆从餐桌上起身，"我真的得走了。"

他的妹妹卡罗琳递给他一个背包。因为匆忙和厌烦，他有些不耐烦地问道："这是什么？"

"就是些午餐和一些也许派得上用场的东西。"

"拿着吧。"他的母亲说，"卡罗琳已经装好了，我确信每一样东西都很实用。还有你的睡袋。"她说。

快点，快点——快跑，快跑。他的心脏在胸膛里跳跃。然后，终于，终于，在一番道别的拥抱之后，他从家里跑出去，上了七点钟的车，它将把他送到希尔顿。他的心里猛地一惊，觉得它也许会把他带向荣耀。

一度，车里的每一样东西看起来都有点怪异——很普通，却有种莫名的怪异。他没有发现一个看似自由请愿者的人。他走向汽车的后排，把背包放在身旁。不知怎么地，一离开家，他就期待发生什么惊天动地的事，可这是辆普通的车，上面只有普通的人。没有人身上具有自由请愿者那种迷人的魅力和神秘的英勇。

天空万里无云，新鲜纯净的空气从车窗飘入。在下一站，一个跟吉姆一般年纪的有色人种男孩（吉姆的脑子里迅速把这个汤姆大叔式字眼换成了"黑人"）上了车，随着车子的颠簸，他不停地摇晃着，仔细地打量着每一位乘客，直到他蹒跚着来到吉姆身边的座位上。因为汽车过于颠簸，他绊到了吉姆，可并没有请求他的原谅。他只是坐在那里，把一个纸袋放在大腿上，他身体僵直，尽量地不碰到他。他公然地盯着吉姆，以及吉姆身边的那个背包。

"你是出远门吗？"他终于开口。

吉姆简短地回答："是。"

他们对视着。在他这个年纪，吉姆·格雷算是高个了。他头发金黄。过去，他感到很痛苦，因为他的鼻子翘得太高了——尽管他已经有几个月没有过多在意自己的长相了。他有一双深陷的灰色的眼睛，而且非常清澈。他把自己装扮成他印象中自由请愿者的样子——蓝色的牛仔裤，花格衬衫，胶底运动鞋和白色运动袜。

另一个男孩则非常黑，他刚剃了头发，眼中一副自豪和急切的神气——但也有一些害怕。他也穿了一条牛仔裤，一件干净的衬衫，还有一块新手帕从口袋里垂下来。

"我也是出远门。我要去亚特兰大。"

吉姆忍不住说："我也是。"

那个男孩打开他的纸袋，吉姆发现里面是玉米面包夹肥肉做成的三明治。男孩把它拿出来，大口大口地吃了起来。然后，他转向吉姆的背包，捅了捅。

"这里面是什么？"

"不知道。我还没打开看。"

"那我们打开看看吧。"

"等我方便的时候吧。"他说。

可是，那个男孩已经把手放在上面，准备打开它。

"喂，你怎么这样！"吉姆说，"这是我的。"

"那么，来吧，你打开。"男孩说。

吉姆觉得这是在违背原则，不过他还是打开了背包，他看见里面除了其他东西，还有午饭、牙刷、牙膏和几封信。

信！他想。到底怎么回事。

收信人是身在止水村的母亲，出于好奇，他打开了最上面的那封。里面是一张纸条，上面写道："最亲爱的吉姆，我知道游行的时候你不能写信，但寄一根蕨草，或树叶，或任何你沿途看到的东西，这样我就知道你一切安好。听上去我好像有点蠢，可是我真的想得到你的消息——所以，沿途给我发些信号，什么时候都可以。疼你的母亲。"所有的信收信人都是她，而且一切准备好了，就等着寄出。

吉姆的睡袋引起了另外那个孩子的注意。

"那是什么？"

吉姆告诉了他。

男孩不停地戳着它。

"是泡沫橡胶的。"吉姆说。

"这个派得上用场，可以睡在地上。"

"你在地上睡过吗？"吉姆问，他突然有一种可怕的预感。

"没有，不过马上就要在地上睡了。我是自由请愿者。"

这让吉姆大吃一惊。这个多嘴的、莽撞的、贪婪的小家伙竟然是自由请愿者？不过他还是礼貌地说："我也是。握个手吧。"他们握了握手。

"我叫吉姆·格雷。"

"我是奥德姆·威尔逊。那个睡袋可以睡几个人？"

"一个。"吉姆说，声音非常大，非常坚定。

过了一会儿，奥德姆说："我渴了。车上有水吗？"

"过去跟司机说，叫他在下一个加油站让你下车。"

"他？我不想跟他说话。"

吉姆费劲地走到车子的前面，叫司机让奥德姆下车。等待期间，吉姆在前排的一个座位上坐下，奥德姆再次出现，在吉姆的边上坐下。

司机转过头，说："黑鬼到车的后面去。"

"我不是黑鬼——我是自由请愿者。"

"你再说一个字，我就把你赶下这辆车。"

吉姆说："你没有听说过联邦法律吗？黑人可以坐在任何公共交通工具的任何位置。"

"这里没有什么这样的法律。我要让你们两个人都下车。"

"这样你会被解雇的。"吉姆说。

他以前从来没有跟公职人员争吵过，他的声音有些颤抖，但他为自己感到骄傲。

奥德姆用新的崇敬的目光看着他。

"这是我们的权利，"吉姆对司机说，"我们要坐到前排来，不管你喜不喜欢。"

"你也坐不长了，"司机说，"十分钟后我们就到希尔顿了。"

吉姆只好说了声："在锡安第一浸信会教堂让我们下车。"

车子在教堂停下的时候，吉姆急切地扫视了一下聚集在那里的一小群人。因为自己亲临现场，每个人在他看来都是深受爱戴的。这些就是自由请愿者！

在场的有罗莎·卡尔佩伯小姐，他的高中英语老师，她喜欢说自己："勇敢地拽着牛角！"她在镇上算得上是个人物，经常让学生写一些关于他们想写的任何事物的作文，这难倒了他们。

"什么都行吗？"他们经常问。

"是的，任何狗屁的坏事都行。请原谅我的用词。"

罗莎小姐曾经跟密涅瓦·威尔科克斯小姐一起生活了很多年。密涅瓦小姐是高等算术老师，她们共住一套公寓，这里曾因取自各自家庭的漂亮的古典家具而被外界称道。密涅瓦小姐饱受偏头痛的折磨，最终，罗莎小姐建议她去亚特兰大看精神病医生。这深深地刺痛了密涅瓦小姐的感情；她觉得她的朋友不仅仅非常不重视她的实际病情，而且还觉得她有些古怪。

"精神病医生，真是！"

密涅瓦毅然搬出去了，带走了她的那部分家具。

有这么多人做伴让吉姆热情高涨，他融入了游行者的人群中。他们极其热情地相互问候，尽管大多数人互相之间并不认识。接着，吉姆看见了珍妮特·卡尔佩伯，罗莎·卡尔佩伯小姐的外甥女。他和珍妮特从八年级开始就是校友，可后来，不声不响地，而且令人吃惊地，他在刚刚过去的这个冬天爱上了珍妮特。很长一段时间，她假装没注意到，可最近，她对他暗送秋波。

把所有的人都审视了一番之后，吉姆才去看被炸的教堂。

死去的新郎的血已经被冲洗掉了。即便到了此时此刻，仍然有一个女人在清理教堂里凌乱的东西。所有的窗户都被震碎了；彩色玻璃窗里头戴荆棘花冠的耶稣从腰部以下都被打碎了。这个窗曾是锡安第一浸信会的骄傲和欢乐。

八点钟，教堂的钟声敲响了，发出沉闷的回声，游行开始了。游行者排成四个纵队，朝希尔顿主街走去，这是通往亚特兰大的十五号公路的一段。

尊敬的乔治·汤普森——圣公会牧师，尊敬的贝雷尔·米勒——被炸教堂的牧师，哈里·法雷尔医生——镇上的一个内科医生，以及罗莎·卡尔佩伯小姐一起走在队伍的前面。其他人则跟在后面。

吉姆走在珍妮特的身边。在他的另一边，奥德姆·威尔逊紧挨着他。他们走在游行队伍的第二排，吉姆问："我们每天估计要走多少英里？"

"大约三十五吧。"罗莎小姐说。可尊敬的米勒先生却说："我推测最多二十，女士。"

当然，他们因同一个理由而游行，可每个人都以不同的方式最终来到这里。吉姆听到身后有一个女孩的声音在问奥德姆："你是怎么出来的？"

"我的母亲用鞭子抽我，不过我还是来了。"

珍妮特的家里掀起了不小的风波。她告诉了吉姆一些细节。当然，是因为罗莎小姐的努力，她才可以在这里。她说这对珍妮特来说是有益身心的民主经历，因为在她心里，她太经不起风浪了。

"况且，"罗莎还说，"这是耶稣基督也会全力支持的事。"

弗雷德·巴特森，珍妮特的父亲，每个星期天都在圣公会教堂里募集捐款，可他依旧无动于衷。更糟糕的是，他对罗莎姨妈的话很恼火。

罗莎小姐不得不进一步保证："我会在场，汤普森先生也在，还有其他一些牧师和教会的支持者。她会得到很好的保护。"

弗雷德·巴特森突然叫道："跟那些黑鬼在一起！"

"比在你家里的任何一天都安全。另外，我确信吉姆·格雷也在，他肯定不会让她出任何事。"

罗莎姨妈深得全家人的敬畏——特别是珍妮特的母亲，她现在还有点怕姐姐——因此，通常来说家里是她说了算。再者，她很有钱。她很明智地把一小笔遗产做了投资，而且，正是罗莎姨妈每年两次专门带着珍妮特远赴亚特兰大买衣服，也是罗莎姨妈主动提出明年把珍妮特送进大学。所有这些，外加珍妮特自己的苦苦哀求，让她得到了去游行的许可。

第一个小时是轻松愉快的。可两小时以后，太阳强烈地照射下来，似乎要钻进他们的脑壳。汤普森先生说："我们现在休息一会儿吧。"此时，大家已经累得不行了，脚也已经疼痛难忍。

他们坐在树叶茂盛的橡树底下，大家开始午餐——除了奥德姆以外，因为他在公共汽车上就把午饭吃掉了。不过，看着他饥肠辘辘地站在边上，其他游行者把自己的午餐分了一点给他，可他们心里却想：真是个害人精！

他们正好停在小溪边，针对这里的水是否能喝的问题，大家争论了一番，然后所有人都喝了一些。随后，男孩们走到远一点的地方，脱去衣服，一头扎进凉爽的水中。女孩子们则走到河里，把头在里面浸了浸。

稍稍恢复了精神，游行者们继续前进。

酷热的下午，他们觉得太阳更烈了。他们很少朝周围的田野里看，尽管路边的树林里，夏季的绿树多姿多彩，非常漂亮。他们既不朝左也不朝右看——只正视前方，前进，前进，在沉重而单调的踏步声中，每个人的心思里都有自己的事。

罗莎小姐在想密涅瓦·威尔科克斯小姐，自己多年的老朋友，此时，她依旧无论如何都理解不了她。

吉姆在考虑自己的职业选择——他想当医生或者是律师。两者都需要花费很长的时间。珍妮特等得及吗？想到高中里同班的那些男孩，他心如刀绞。他从侧面看着珍妮特和她坚定的神情，想跟她说一些柔言蜜语，一些永远难忘、充满浓情爱意的话。可在这里，身边全都是游行者，他只能焦急地问："你确定涂了足够的防晒霜了吗？"

她看着他，低声地说："你自己呢，亲爱的？"

在他听来，她的声音就像是音乐。

不知不觉地，他们已经开始下山了。

"吉姆·格雷！"罗莎小姐大叫，"你是鹰童军①吗？"

吉姆的肤色白皙，脸色稍有变化就看得很明显，他满脸通红地答道："是。"

"在那里，大家是要学着判读地图的，是吧？希望上帝显灵。我们正在靠近奥格尔夫沼泽地，不是吗？"

吉姆根本不需要看地图。他知道沼泽地就在前面。

二十分钟后，他们看见一片阴暗越来越近。食肉鸟在头顶盘旋。西班牙苔藓从多节的树枝上垂下来，成群的蚊子向他们袭来，潮湿的空气发出恶臭。吉姆看了看背包里面，找到了一张地图。这片沼泽地至少六英里长。

"我的脚疼得要命。"奥德姆说。他正打算脱掉鞋子，吉姆警告他千万别脱。

"这里有响尾蛇。"

沼泽地既危险四伏又景色优美。影子、阴暗，以及可怕的鸟叫声吓坏了游行者。大家挤在路的中间部分，不过最终他们走过了沼泽地。他们看见了不远处阿巴拉契亚山脉的一座小山，很快他们就开始向山上进发。这里的空气更纯净，

---

① 指得过 21 次奖章的最高级童子军。

每个人又开始考虑食物的问题。

"我有个叔叔，他在克莱尔蒙特开了一家商店。"游行队伍中有人说。

"就靠他了，老天啊。"法雷尔医生说。"大家注意了！"他用欢快的声音接着说，"快到吃饭的时间了，我们当中有个人的叔叔在克莱尔蒙特开了一家乡村小店。"

吉姆看了看地图。克莱尔蒙特就在一英里以外。

他们的心情好了许多。"我都饿了！"队伍后面的一个女孩说，"一直饿着呢。"

走在前面几排的领头人在悄悄地讨论着。每个人都曾得到警告，当心乡村小店，因为它们经常是三K党的巢穴。但如果是游行者当中某人的叔叔……罗莎小姐四处寻找有这么一个叔叔的游行者。

"你的叔叔很慷慨吗？"

"怎么说？"游行者不解其意。

"我的意思是，"她接着说道，"他人好吗？"

这个游行者是一个年轻的、看上去像是个聋子的黑人。

"他人好吗？"罗莎小姐抬高声音问。

"他人很好——他不是我的叔叔么？"

前面的那些人继续讨论着，最终，吉姆、两个牧师以及法雷尔医生被指派先去买食物。奥德姆以及叔叔开店的那个男孩跟他们一起去。

所有的提防都是没有必要的。当雅各布·芬尼拿到购物清单——十五罐炖菜、十二盒饼干、甜甜圈、三十只热狗——的时候，他高兴坏了，不过他却只说了声："我得四处找找。"他搜找出了许多食物，包括一些罐装存货，他曾经认为这些东西永远都卖不出去了。也正是因为这个，有三瓶红鱼子酱是游行者晚饭的时候分着吃的。大部分是罗莎小姐和乔治·汤普森吃的，吉姆还是第一次品尝这种食物。

"跟甜甜圈一起吃，它的味道有些怪怪的，不是吗？"罗莎小姐说，"可是我们没有更多的饼干了。"

吉姆认为炖菜、猪肉和豆子更好吃——这是他吃过的最好的食物。

大家围着营火大谈关于学生非暴力协调委员会、争取种族平等大会以及黑人权利问题。其中的一个人说："从来没有关于白人霸权方面的讨论，仅仅是谈论黑人权利而已，上帝啊！请原谅，尊敬的牧师们。"

吉姆听着大家各抒己见，可虽然也有一堆话在脑子里打转，他却不知道重点要说什么。

"这的确很滑稽，"罗莎小姐说，"不过我觉得，'你希望别人怎样对待你，你就应该怎样对待别人'。①我倒不去区

_____

① 出自《圣经·新约·马太福音》。

分学生非暴力协调委员会、争取种族平等大会，诸如此类。"

乔治·汤普森非常欣赏地看着她。很多年以来，她一直是他的教民，除了有一会儿她突然信起了基督教科学派，可这并没有持续多长时间。他向她打听密涅瓦小姐的情况，她告诉他她离开了，话音中有种如释重负的感觉。

"我们这么多年的友谊中断了，我不知道该怎么弥合。也许，我不应该尝试这样做。可这毕竟是多年的友谊……这真是件怪事，汤普森先生——太无辜了。你知道，她被偏头痛折磨得很痛苦。我们尝试了各种各样的方法，看了无数的医生，所以我建议她去亚特兰大看看精神病医生，她受到极大的伤害，然后就搬出去了——就这么回事。"

乔治·汤普森不得不重新考虑自己的想法。关于罗莎和密涅瓦的关系，镇上已经风言风语很多年了。可现在，罗莎小姐的脸被火光衬得红扑扑的。汤普森意识到，也许，她曾经是个美人儿。他是五年前失去了妻子的鳏夫，没个女人，他的牧师住所显得空荡荡的。从妻子去世至今，他第一次想到再娶的事，尽管这种想法仍然未暴露——他还没有正式说出来。

"关于密涅瓦小姐的事，我觉得你处理得完全正确。"

"我的建议完全是无辜的。"

"无辜"这个词的重复消除了他对那些风言风语的顾虑

以及罗莎·卡尔佩伯为人冷漠的责难。他的心中有了一丝奇怪的愉悦。

歌声在营火的周围响起——"我们一定会胜利"以及其他歌唱自由的歌曲之后是"我们正登上雅各的天梯",以及其他一些古老的宏大的赞美诗,尽管许多游行者都累了,他们的声音有些困倦。

结束了第一天的行程,自由请愿者们正准备睡觉。

突然,一件不同寻常的噩梦一般的事情发生了。十几个三K党成员,穿着他们的长袍,出现在山顶。他们一动不动地站在那里,看着这些游行者。接着,其中一个拿着扩音器的人大叫起来:"你们已经进入了反对者的领地。我在此警告。你们正在被警告。"声音在山间回荡,清晰而恐怖,可这些三K党还站在那里:"警告,警告。"接着,黑暗中传来七声枪响。

一时间,每个游行者都认为自己被击中了。可接着,穿着白长袍的三K党成员转身,走下山顶,消失了。

法雷尔先生往火上添了些柴,仔细看了看受到惊吓的游行者。很显然,没有人被击中。"多可爱的幽默感。"哈里·法雷尔嘲弄地说。

奥德姆站到远处,目光穿过黑暗,盯着山顶上三K党刚刚站的地方。当吉姆靠近的时候,奥德姆轻声地说:"那些——!他们以为他们是谁!他们以为我是谁!"然后,他朝地上吐吐沫。

"不要去想它了，"这两个孩子回到营火边时哈里·法雷尔说，"这就算是他们给我们开了一个可爱的玩笑吧。"他把营火熄灭。"现在该安静下来睡觉了。"他威严地说。

此时此刻，吉姆找到了长期困扰着他的那个问题的答案。他打开铺盖卷，考虑要当医生——一个像哈里·法雷尔那样的医生。正当他想入非非的时候，一个声音在叫他："吉姆？"原来是奥德姆，他就躺在吉姆的旁边。"吉姆。"他又叫了一声，这一次声音有些急切。

"是，奥德姆？"

"教我像你那样说话。"

吉姆躺在那里，听着猫头鹰的怪叫声，闻着绿色的树木和金银花的香味，然后，他也睡着了。

第二天早上，梳洗成了大问题。吉姆主动提出去找水。可是水桶成了另一个棘手的问题。正当他无所适从地站在那里的时候，问题却解决了。一个鼻音很重的山里人来到宿营地，说："我猜你们需要吃饭和梳洗，我有一口上好的井，而且，我的妻子正在做饼干。"

他是个黑人农民，靠土地勉强度日。游行者们急切地跟着他。他奇迹般地出现了，在经历了昨晚三K党的骚扰之后，他们很需要这种支持的信号。他们渴了，井水喝到他们焦干的嘴里分外甘甜。

布莱克夫人，这个农民的妻子，正在炉边做饭，除了饼干之外，还有玉米面粥、腌肥肉和热咖啡。

"你昨天晚上听到三K党的动静了吗？"尊敬的米勒先生问。

"我们看见他们了，听见了枪响，之后，我们就睡觉了。"

吃了一顿好早餐，一番道谢之后，游行者们又出发了。山顶就在不远处，由于是星期天，到达山顶时尊敬的米勒先生做了一个简短的礼拜。

"主把我们从蛇、有毒的沼泽地和坏人的手中解救出来。我们赞美你，我们的主，我们的施主和我们的勇气。"布道结束时，游行者们高唱"前进，基督精兵"。

再次启程后，吉姆发现了一片可寄给妈妈的叶子，于是把它装进信封里。他要在下一站寄出去，无论那是个什么地方。

下山跟上山几乎一样困难。在左边，他们再一次看到了阿巴拉契亚山脉的小丘。在下一个镇子，他们看见了许多白人谴责者，因此他们没有去找杂货店。这个镇上太混乱，太危险，他们非常不安，直到离开这个镇。

接着，在一个宁静的牧场，再次出现了支持他们的信号，而且是正当他们最需要它的时候。有二十个西瓜正放在清凉的山涧里凉着。看不见人，可游行者知道这是友好的信号。他们立刻切开西瓜分着吃。然后，他们把脚浸泡在小溪里。

一路上，乔治·汤普森一直想着一些神奇的事情。就在他的妻子死后不久，他去了圣地。他想看看以法莲，这是耶稣受难前的避难地。他在地图上找不到那个镇子，他大惑不解，直到他明白这个地方现在用的是一个阿拉伯语名称。他终于找到了这个镇子，发现它在耶路撒冷的高山上，从那里，基督可以看见并密切注视周围的整片乡村。此番西瓜的奇景让他想起那次的行程以及透过耶稣的眼睛所能看到的山景。另外，不知怎么地，他想起昨天那个梦魇般夜晚的罗莎小姐——一言不发，没有任何娇生惯养的南方小姐可能表现出的那种歇斯底里。

吉姆对珍妮特的看法也是如此。事情真的有点像奇迹——凉凉的山涧中有西瓜，却看不见一个人影。他对珍妮特说："我决定了……"

"决定什么？"

"我这辈子打算做的事，"吉姆说，"我想当医生。你愿意等我吗？"

"我愿意等你，吉姆。"

她的声音让他十分激动。爱也可以是奇迹吗？

吉姆一直认为自己像他的父亲一样是不可知论者。去

326

年，他还当着全家人的面详细地讲了自己的感受，说他反对基督，要退出主日学校。可现在，他想到游行开始时第一浸信会教堂里被震碎的基督的窗，在昏暗的深红色和黄色相间的彩色玻璃窗中，他那荆棘花冠神奇般完好无损。

他的血液中有了野性，心中火花四溢。这种狂暴是因为珍妮特吐露了真心吗？还是因为基督的花冠？他怎么会知道呢？

他们的脚还泡在小溪中，吉姆问珍妮特："你相信上帝吗？"

"有时候信，有时候不信，"她说，"此时此刻，我想我是信的。"

他说出了这个春天一直困扰着他的想法。"我认为专一的爱是不对的。可是对于你，我觉得恐怕就是专一的爱了。我这是不信基督教吗？"

"我不知道你在说什么，亲爱的。在我看来，爱就是爱——你可以用任何花哨的字眼来修饰它。"

"好了，孩子们，"罗莎小姐说，"我们又要出发了。"

游行者们知道，越接近亚特兰大，他们越危险。尽管这样，又有三个人加入了他们的队伍——一个老人，一个年轻的女孩及其男友。他们也想一路游行去亚特兰大。

在下一个城镇，更多的人讥讽他们，因此他们不敢到杂货店去。

队伍出现了奇怪的节奏——一种疲惫的、拖拽着脚步的、恐惧的节奏。美梦被突然意识到的危险打破了。游行者们像是在梦游，而后突然惊醒。他们向西行进，正在下山。突然，他们的眼前出现了带刺的铁丝网栅栏。他们停下来等待，边等边开始祈祷，他们唱道：

> "我们是英勇的士兵，
> 我们必须战斗到死。
> 我们必须高举自由的旗帜，
> 我们高高举起旗帜直到死。"

铁丝网栅栏的牌子上写着："禁止游行的贱人。"

一个粗野的乡巴佬和一个治安官员分站栅栏的两侧。栅栏的另一边是嘲弄的人群，正在向他们扔石头、瓶子和燃烧弹。

吉姆自言自语道："为什么有这么大的仇恨？这些嘲弄我们的人群是什么人？"他拉起珍妮特的手。

突然，他看见一把步枪正瞄准他们，步枪的枪口上抹着一团黑乎乎的东西。

我的上帝！他突然想到的是这个词。他们要朝我们开枪吗？

接着他们就遭到了怪异的袭击，眼睛刺痛。他抓住珍妮特，感觉到她在颤抖。要是他能把她抱在怀里就好了！可他只是说了声："不要害怕。我想这只是催泪弹而已。"

此时，游行者的队伍已经被打乱了，每个人都想办法逃到空气干净的地方去。吉姆擦了擦珍妮特的脸，而法雷尔医生在照顾其他人。他们需要水来浸润眼睛，可是周围却没有水。

那个老人，也就是最后加入队伍的那个人，晃了一下，倒在了路边。

法雷尔医生走过去，戴上听诊器，听着老人的心脏，尽管他自己还在流眼泪。

乡巴佬和治安官员围了过来。"是的！"其中的一人说，"他死了，毫无疑问。"

人群和游行者都安静了下来。每个游行者都曾预料到有危险，但没想到会死人。一个游行者唱道："耶稣必须独自背负十字架吗？"其他的人也跟着唱了起来。正午的太阳直射下来，悲痛的歌声让它分外无情。

治安官员问法雷尔先生："那个人是谁？"

"有人认识这个老人吗？"法雷尔医生问。

没有人认识。他是很迟才加入游行队伍的，没有人知道他的名字。于是，这个不知名的游行者被抬上警车运走了。

内心的自责与对无名者的敬畏交织在一起。人群在令人不安的沉默中站着，而游行者们自发地站好队形，从栅栏的另一边再次开始前进，边走边不时地吸着鼻子。

他们心烦意乱，内心对于下一个支持的信号没有任何期待。他们一直沿着山谷前行，此时，他们的左边出现了一栋南北战争前的房子，它坐落在绿油油的草场中间，看上去十分凉爽和宁静。

完全是《飘》中的画面，吉姆不无嘲弄地想。可是，当他们走近这栋房子的时候，一个头发被阳光照得发白的女人以军训教官的口气说："大家都跟我走。我一直在等你们。"

他们穿过修剪整齐的黄杨木丛中的大门，走进一座漂亮的花园，里面的道路两旁也是整齐的黄杨木篱，让他们感到欣喜的是，在百日菊围成的圆圈中有一片星形的黄杨木。房子有科林斯式柱子，新刷上去的白色油漆闪闪发光。

"我是卢拉·乔丹夫人，我的房子你们可以随便使用。你们愿意进来看看吗？"

游行者们怯生生地朝两间客厅里看，房间里挂着新上过浆的窗帘和锦缎的窗帷。餐厅里摆放的是邓肯·法伊夫[①]式餐桌。乔丹夫人十分为难地看着桌子。

"你们人太多了，不管我加多少块活动面板，这张桌子还是不够你们坐的，"她说，"最好还是在后院摆上一些搁板

---

① 邓肯·法伊夫（Duncan Phyfe, 1768—1854），移民到美国的苏格兰裔家具设计师，新古典主义风格家具的代表人物。

桌。每年秋天，逢十月的满月，成年猪和猪仔刚刚宰杀完毕，我都要举办一次烧烤。"

因为慷慨大方，"卢拉小姐"在这一带的乡下很出名。有一天，一个年轻的黑人男孩，种植园里一个工人的孩子，第一次弹了一下她的斯坦威钢琴，她听出这个孩子天赋异禀，于是就请了一个音乐老师定期给他上课。他的才能渐长，到了适合的年龄，她便将他送进了纽约的茱莉亚音乐学院。丈夫死后的三年里，她独自管理种植园。工人过长的劳动时间和可怜的生活境况让她很难受，所以她现在主营兰科植物和香草园，而不是种棉花。数英里以外的人都到她这里来欣赏和购买她的花，运奶车每天将这些花草运到亚特兰大。

那天的晚饭，他们吃了顿大餐——烤肋排、炸鸡、两整只火鸡、蔬菜沙拉、冰淇淋和蛋糕，餐后还有咖啡。

"这是我吃过的最好的一顿饭了。"其中一个游行者说。

晚餐后，卢拉小姐和罗莎小姐一起坐在走廊上。不久，她们就成了关系融洽的南方淑女，彼此喜欢。

罗莎小姐问："你的婚前姓氏是什么？"这自然牵扯到了复杂的家谱，因此卢拉夫人诚邀留宿。

"我非常诚心地感谢你，可是恐怕我不得不把此事推迟到另一个时间。我觉得游行过程中突然离开队伍，睡到一张舒适的床上对其他人是很不公平的。请你相信，你的真诚邀请的确打动了我。"

"好吧，另找时机，"卢拉小姐说，"不管怎样，我希望今晚能在我院子里扎营。我得提醒你，这里的人可没有那么宽容。我特别提醒你要提防维罗纳镇的人。"

"你不害怕让我们在这里吃住吗？"罗莎小姐问。

卢拉小姐尖锐地回答："当你到了我这个年纪，你什么都不怕了——特别是当你要像我这样单独生活的时候。"

听说他们要住在院子里，游行者们点起营火，分成小组。两个淑女继续聊着，直到罗莎小姐困得说不了话为止。然后，卢拉小姐吻了她，道了声晚安，罗莎小姐便加入营火边的游行者当中，很高兴第二天的游行就此结束。

接下来是特别痛苦的一天，比第二天更觉得疼痛。正如明妮·梅·约翰逊所说："我身上的每一块骨头都痛。我是继续去亚特兰大还是不去了呢？"

离她最近的一个同伴说："游行者，闭嘴！"

"哦！不过，你太残忍了。你不觉得疼吗？"

"自从开始了这次游行，我就没指望过什么清闲舒适、山珍海味。"

不管抱怨不抱怨，睡在地上让每个人都身体僵直，动弹不得。可是，最主要的是，他们在一英里一英里地接近亚特兰大。这一天，又有三十个新来的人加入游行队伍，让吃饭问题变得更难。一部分游行者带来自己的食物，可饥饿和口渴的问题依旧没有解决。

吉姆想念起家里柔软的床铺和凉爽的床单。

他们来到河边，把疲惫的脚伸进去浸泡，休息一会儿，喝点水。

游行继续进行，疼痛和不朽的太阳照旧。他们经过一个安静的小镇，这里并没有出现嘲弄的人群。罗莎小姐壮了壮胆，叫奥德姆和吉姆陪着她，到乡村小店里买了一些食物。

"还是有不带种族偏见的人的。"罗莎小姐对自己买到的东西很满意。不过她想起接下来就到维罗纳镇了，她想起了卢拉小姐曾提醒她警惕这个镇子。她跟游行的领头人商谈此事，他们极不情愿地一致同意绕过该地区，而这会拖延他们好几个小时。

到达维罗纳镇后面的那个镇的时候，最后加入游行队伍的那批人当中有人病得很重。法雷尔医生帮忙把他抬到树荫下，并用听诊器听了一下。

"愿上帝保佑我们，"他说，"这个孩子得了肺炎。离这里最近的电话在什么地方？"

有人记得刚才曾经过一栋房子，那里或许有电话。照着那个人指的路，医生找到了他描述的那栋房子。这个地方很整洁，周围围着尖桩篱栅，可开门的那个白人却阴沉着脸。

"不知可否用一下电话？"

他的声音阴沉而刻薄。"我不打算把电话借给任何一个该死的游行示威者。"

"我是人权医学委员会的会员，路上有一个孩子得了肺炎。我得把他送到医院去。"

"你听好了，"那个人说，"你，还有你那些游行者，他妈的从这里滚出去。"

法雷尔医生推开他挤进屋，看见一台老式电话机。老人用手按着听筒，守着电话。

"你不许为了任何一个游行者而使用这个电话。"

法雷尔医生说："可这个孩子得的是肺炎。"

"我不管他得的是什么病。"

法雷尔完全是出于本能才这么做的。他从来没打过人，可是，面对眼前这张丑陋的脸，他突然一拳打到他的下巴上。那个人踉跄了一下，跌倒在地，头撞到了地板。医生迅速拨通接线员，要求他接通最近的医院。似乎过了一个世纪接线员才接通那个号码，并汇报相关信息，而那张阴沉的嘲弄的脸在他离开房子时依旧注视着他。

病人呼吸沉重，似乎过了很久救护车才出现。在医院里，那个孩子紧紧地抓着哈里·法雷尔的手。医生给他打了针，然后戴上氧气罩。花了很长时间才弄到他的姓名和住址，所有这一切办完以后，哈里仍然觉得不放心。

"我觉得他很快就会好的。"医院里的医生说。

"我病得很重，不能游行了吗？"孩子问道。

"你会没事的，"哈里说，"这些奇效药会让你恢复健康。可是你得一直待在这里休息，直到医生说你可以回家。"

趁男孩打盹的时候，哈里离开了他。游行队伍有些散乱，过了很久才恢复队形。

"还要走多少英里？"哈里问道。

"我不知道还有多少英里，"罗莎小姐说，"不过还要走两天时间，每个人的脚都是红肿的。那个男孩还好吧？"

"他会好的。可当时为了能打电话，我被迫狠狠地给了那个偏执狂一拳。"

下午依旧是酷热难耐。最大的问题是怎样弄到晚饭的食物。途经的城镇都挤满了嘲弄的人群，当他们尝试着走进商店的时候，店主们都朝他们吐吐沫。而接下来的那个镇子连一家乡村小店都没有，几天里，在太阳下山之后，游行者们还是头一次知道他们将没有晚饭可吃。后来，吉姆、罗莎小姐和汤普森先生离开路边，然后——奇迹又出现了——他们发现了一片桃林，树上有很多半熟的桃子。他们把背包装满，尽他们所能地把桃子背到其他游行者已经点起营火的地方。

"这样吃可能会拉肚子。"吉姆吃着桃子时说。

"我们真的应该弄熟了吃，"医生说，"可是没有锅，煮不了。"

"大家四处找找，"罗莎小姐说，"看看有没有锡罐或者别的什么器皿。"

大家四处散开寻找，终于弄来了几个锡罐。不远处有水，他们把罐子洗了洗，把桃子切了切，在火上煮熟。虽然青桃吃起来有一股锡罐的味道，可总算是有东西可吃。

乔治·汤普森说："我去过圣地，沿着耶稣曾经的足迹走了一遍。"他转身对着罗莎小姐，显然是在跟她说，不知怎么地，"圣地"和"耶稣"这样的字眼让她非常激动，听上去很亲密，甚至是有点亲切。她微笑着看着他，虽然她不常微笑，但笑起来的时候，她的脸上呈现出一种隐隐的甜美。

"这些桃子让我想起了那一次的圣地之行，"他继续说道，"那里所有的食物都很油腻，而且很甜。那一年我的妻子过世，我觉得应该出去走走，可是，亲爱的女士，我可以告诉你，那里的食物一点都不像巴黎的。"

"我一直想到圣地去，可是它似乎太遥远了——"

"哦，是的！那里的每一样东西跟我以前见过的都不一样。他们仍然穿着耶稣时代人们穿的衣服。妇女们穿着精美的刺绣长袍。衣服从上到下装饰着垂直的彩色的刺绣；它们让人们觉得耶路撒冷的任何场景都是五彩缤纷的世界。男人的长袍和衣带跟两千年以前的完全一样，他们的头上都戴着用黑色粗绳系着的薄纱面罩，以保护他们的脖子不被日晒。"

罗莎小姐看上去非常感兴趣，因此他说得更投入了。

"我寻找以法莲，耶稣被钉上十字架之前避难的地方，却发现那个镇的名字被改成了塔伊贝。要费尽千辛万苦才能到达那里，路又窄又陡，当我最终到达那里的时候，我终于明白耶稣为什么要选择那个地方了。你可以从山脉的最高处俯视约旦河谷的最深处。你可以看见耶稣的整片土地，他如此深爱的土地，我们的圣地。"

"你描述得太美了，乔治。"

"谢谢你这么说，罗莎。"

这是第一次他们互相称呼对方的名字，双方都认为这很神奇。

那天晚上的歌声并不响亮——游行者们太累太饿了——大家很早就睡觉了。

当然，这指的是除罗莎、乔治、珍妮特和吉姆以外的所有人。罗莎和乔治还坐在营火边畅谈。珍妮特和吉姆则从营火边退到了树林里去了，他们在那里接吻。

"我想要，我想要……"她耳语道，"可是，吉姆，我们这样做对吗？"

"我想可能不对，"他喃喃道，"不管如何，游行时这样是不对的。"他紧紧地握起拳头，然后他们就分开了。

他们回到营地，珍妮特睡到罗莎小姐的身边，吉姆则躁动不安地睡到了奥德姆的身边。

第二天空气清新，天空晴朗，万里无云。灼热的太阳无情依旧，也没有少炙烤他们一分钟，可是游行者们只有一个念头，他们只需要再走一天。游行队伍加快了步伐。由于头一天晚上缺少食物，他们很饿，可是他们还是不停地加快节奏。到了十一点的时候，天热得实在令人难受，这时，一个赶集卖菜的黑人农民赶着他那蔫头耷脑的骡子嘚嘚地走来。骡车上装满了新鲜的蔬菜——玉米、西红柿、秋葵和豌豆。罗莎小姐管着大家的钱，她给他付了高价。他们再次遇到烧饭器具的难题，不过他们再一次找到了一些旧罐子，做了一顿全素的午餐。

"我们这是在浪费时间。"米勒先生说。

"什么时间？"罗莎小姐厉声问道，因为她已经非常饿了。

"下次我参加自由游行活动，或者是任何其他游行的话，我就知道该带些什么了，"乔治·汤普森说，"长柄勺和炊具跟牙刷、牙膏一样重要。"

罗莎小姐和乔治·汤普森走到离队伍远一点的地方，他们之间出现了紧张的沉默。两个人似乎都想打破沉默，可他们都不知道该说什么。他们在树底下暂停下来，最后，罗莎小姐指了指树根长出的毒蘑菇。

"你知道吗，我永远都分不清有毒蘑菇和无毒蘑菇。"

"因为你分不清，所以看在上帝的分上，你千万别吃，"不过他接着又温柔地说道，"我会教你。"

这种气氛分明摆明他们之间有一些彼此心照不宣的东西，可此时东西煮好了，他们感到既失望又如释重负。

大家都吃得太饱，因此他们需要休息半小时才能继续游行。疲惫的脚步有节奏地前进着，一张张脸直视前方。想到游行即将结束，他们如释重负，甚至有些愉快——此时，突然出现了另一个路障。路障的两边又出现了两名治安官；游行者们再次唱起了歌。一群暴民已经聚集起来，一个年轻人对着扩音喇叭吼着："还唱起歌了，以为你们是金丝雀呢！你们马上就要换曲子了。"这是一个高个头、身形瘦削、长着野蛮无知的眼睛的年轻人。"你们马上就要有好果子吃了！"

"我们做什么了？"罗莎小姐用教师特有的最佳声音说道，"我们只是很平静地在游行。"

"同情黑鬼的人在我们这里不受欢迎。"

"他们不是你嘴里说的黑鬼，他们是游行示威的人。如果不是我的脚踝扭伤了，此刻我可能也正在游行队伍中呢。"

说这话的是玛丽·霍尔——有时被人称作"大腕小姐"①。最先使用这个绰号的是她的母亲，因为玛丽曾说过自己要成为玛丽安·安德森②式人物。她在教堂唱诗班里唱歌，并且坚持练习独唱。可是，由于她的声音像乌鸦叫，那个梦想很快就破灭了。不过，她仍然打算出人头地！因此，"大腕小姐"尽其所能地接受了她接受得了的教育，终于从中学毕业。她能找到的最好工作就是在花枝镇的罐头厂上班——那里可没有人再叫她"大腕小姐"了。可尽管她现在不会再想起玛丽安·安德森，尽管没有人再叫她"大腕小姐"，她仍然认为自己是一个恪尽职守的女人，一个有人生追求的人。所以民权事业成了她新的辉煌梦想；她参加所有的集会，以她自己的方式再次成为"大腕小姐"——花枝镇选民登记秘书和不辞辛劳的工作者。她早上六点钟就起床找农场工人谈话，将午餐时间用于劝服人们改变信仰，而晚上则忙于争取种族平等大会事宜。

　　"不要再啰嗦了，黑鬼。"治安官说。

　　"不许叫我黑鬼。如果你挡了他们的道，将会有大麻烦。"

　　"谁会有麻烦，你这个大嘴巴？"

① 原文"Miss Big"，big 为了不起的大人物的意思。
② 二十世纪美国著名黑人女低音歌唱家，坚信她的音乐是抵抗种族仇恨的最好武器，曾获得总统勋章，担任亲善大使，并曾出任美国驻联合国候补代表。

已经有人在扔樱桃爆竹了，爆竹声在酷热的空气里异常响亮。一些狗被放了出来，一颗臭鸡蛋正好砸中了米勒先生的肩膀。第一次冲突爆发了。一只狗咬了奥德姆的小腿，奥德姆踢了它。狗狂叫着再次对他发动攻击。

法雷尔先生从扰乱分子手中夺过扩音喇叭，说："我们是以和平的方式在游行，没有对任何人造成伤害。这是非暴力活动。"

三个治安官员围住他，挥动着棍棒，他倒在了地上。

与此同时，卡车纷纷开到，准备把示威者拉到监狱去。

吉姆的大腿被打青了，混战中，他跟珍妮特失散了。

"珍妮特！"他大声呼叫，"珍妮特！"

罗莎小姐叫道："我找不到她了，吉姆。"

于是，吉姆奋力反抗，不想被弄进卡车。一个治安官袭击了他的头部。车子开往监狱的路上，吉姆满脑子想的都是珍妮特。他们会对她做些什么？最初他为什么要让她参与游行？

在花枝镇的监狱里，他看见罗莎小姐被拖出去，每走一步她都绷直双腿进行反抗。他还看到了珍妮特。

他大声尖叫："珍妮特！"她转过头看他，微笑着。

贝雷尔·米勒莫名地感到轻松。他松了一口气，因为现在全国有色人种协进会、学生非暴力协调委员会，也许甚至是国民警卫队都会出来维护他们。他们将不再完全不堪一击，经过这次的混乱场面，游行者将得到保护。他想，我从来没有想到自己进监狱了还这么高兴。

治安官名叫布尔·布朗，当游行者开始唱歌的时候，他吼道："闭嘴！这个监狱里不许唱歌。"

他们依旧唱着自由歌曲，过了一会儿，他们又唱了"共和国战歌"。

"不许唱，"布尔喊道，"不然我就不客气了。我是这监狱的头儿，你们马上就会知道这一点。"

他们停止了，贝雷尔·米勒开始大声地祷告。

"也不要祷告！"

贝雷尔·米勒继续祷告。"圣父啊，你赐给我们无尽的帮助，求你帮我们安全地走出这座监狱吧。"

每个人倾听着，等待着。已经是日落时分了，这个下午令人窒息。窗户紧闭，空气凝固。布尔·布朗打开暖气，很快，室温接近一百二十度①。一些游行者晕了过去。因为遭到打击，吉姆的额头突突地跳。

一个民权组织派出的律师代表团到达了这里，检查了监狱的情况，让布尔关掉暖气。他们还坚持要求提供食物和水。陪同他们的还有一个联邦执法官，大部分时间都是他在

_____

① 相当于49℃。

342

说话，他开始安排释放犯人。

布尔则着手起诉他们。这需要很长时间。他们涉嫌扰乱公共秩序和未经允许举行游行示威。他们被判每人缴纳五十美元的罚款，此部分款项由全国有色人种协进会负责筹措。

"我们的身价可不低。"吉姆说。他还在担心珍妮特。那些该死的畜生会不会碰她或是侮辱她？罗莎小姐跟她是不是在一个牢房？

他自己的牢房既拥挤不堪又臭气熏天。要是能呼吸一口新鲜空气就好了……

那天晚上大家一夜无眠。

在一个柔和的夏日清晨，官方开始释放犯人，吉姆是第五个被释放出狱的人。他在城镇广场等着，游行者一个一个地往此处集中。夜间令人窒息的空气让他恶心，他的头还在痛。

女人们终于出来了，看到珍妮特的那一瞬间，他心里又蹦出了那种奇怪的感觉。他向她跑去。

"你还好吗？有没有人碰过你或侮辱过你？"

"没有——除非你把一百二十度的高温当成侮辱。"

欣慰地互相拥抱之后，他们到一家店铺解决了他们认为最急迫的两件事——喝一大杯冷饮解渴，并给家里打了电话。他们知道，他们在狱中过夜这件事可能已经传到了止水

343

村和希尔顿镇。

喝了几杯冰水和汽水之后，两个人有点胆怯地简要地跟家里人说了几句。然后他们俩就返回了广场。

罗莎小姐终于被放出来了。她属于最后一批，因为她跟治安官有过冲突——她的行为事实上相当于虎口拔牙。

与此同时，民权组织的妇女们在广场上搭起了一个餐厅，所有被释放的游行者在那里吃喝。他们从来没有像这样畅饮过。

正是在此时他们听说卢拉小姐的房子被烧的消息。种族主义分子砸坏了她的房子和家具，然后放了一把火。卢拉小姐本人没事，可是罗莎小姐还是放声痛哭了起来。

乔治·汤普森被感动了，他突然说："她将成为我们牧师住所的第一个座上宾。"

罗莎小姐睁大眼睛看着他。

如果没有引起足够的重视的话，乔治也就很难继续表白。

"我能不能冒昧地说明一下，罗莎·卡尔佩伯小姐？我其实是在向你求婚？"

"求婚？"她问。由于这正是她梦寐以求的，自己又不确定是否值得接受，她几乎难以相信这番话，于是她一言不发地站在原地——因为在狱中过夜，她头发凌乱，一只手上拿着一个热狗，另一只则拿着一个纸杯。突然间，罗莎小姐想明白了。她尽量表现出一副认真的样子朝他靠近，然后带着甜美的微笑说："我很乐意接受。"

他开怀大笑起来，她也是。他温柔地从她的手上把热狗和纸杯拿开，小心地放在地上，然后就在这个公共广场上拥抱她。

奥德姆一瘸一拐地走到吉姆面前，当吉姆发现他腿上被狗咬的伤口之后，他叫来了医生。法雷尔医生处理了惨不忍睹的伤口。

吉姆说："你表现得很勇敢，奥德姆。"这让奥德姆笑得合不拢嘴。

"监狱里太热了，"他说，"我是说炎热！吉姆，你还没有教我像你那样说话呢。"

"你说得很好。"

"可我想跟你一样。"

"好的，奥德姆。我很荣幸能帮你。"

花枝镇离亚特兰大只有三英里。游行快要结束了。镇上的支持者准备用汽车助一臂之力，可是很少有人接受。

"现在我不需要坐车了，"奥德姆说，"我的双脚走得很好。"

吉姆微笑着用呆板的、一点都不像他惯有的南方人那种拖得很长的声调对奥德姆说："我也不打算坐车。我的脚已经把我带到这么远的地方了。"

人群从各个方向聚拢过来，排成队形。可是在开始最后一英里的游行前，尊敬的米勒先生制止了人群中乱哄哄的声音，用清晰而响亮的声音做了一个他迄今为止做得最简短的布道。

"感谢主，把我们从魔鬼的手中救出来，愿主铺平我们坎坷的道路，如果您愿意的话。"

他们高唱"我们一定会胜利"向亚特兰大进发。

这不是一次可以独自改变历史的游行示威，甚至都算不上是一次民权运动。可参与的每一个人身上都发生了变化。他们冒着生命的危险，许多人还冒着失去工作、财产的危险，可他们全然不顾。有一个游行者死去了，他年事已高，默默无闻，因此，此次游行总是笼罩着痛苦的阴影。可痛苦不是主要情感。虽然不是一次著名的游行，可是不知怎地，每一个人的心灵深处都出现了由爱而生的迅猛而神秘的变化。

Carson McCullers
COMPLETE STORIES OF CARSON MCCULLERS
根据 The Library of America 2017 年版译出

图书在版编目(CIP)数据

麦卡勒斯短篇小说全集/(美)卡森·麦卡勒斯
(Carson McCullers)著;胡织女译. —上海:上海译
文出版社,2021.10
(麦卡勒斯文集)
书名原文:Complete Stories of McCullers
ISBN 978 - 7 - 5327 - 8688 - 6

Ⅰ.①麦… Ⅱ.①卡…②胡… Ⅲ.①短篇小说-小
说集-美国-现代 Ⅳ.① I712.45

中国版本图书馆 CIP 数据核字(2021)第 278029 号

麦卡勒斯短篇小说全集
[美]卡森·麦卡勒斯 著 胡织女 译
责任编辑/管舒宁 装帧设计/张志全工作室

上海译文出版社有限公司出版、发行
网址:www.yiwen.com.cn
201101 上海市闵行区号景路 159 弄 B 座
江阴市机关印刷服务有限公司印刷

开本 787×1092 1/32 印张 11.75 插页 5 字数 165,000
2021 年 12 月第 1 版 2021 年 12 月第 1 次印刷
印数:0,001—8,000 册

ISBN 978 - 7 - 5327 - 8688 - 6/I · 5360
定价:69.00 元